代風雲時代風雲時代風雲時代風雲時代風雲時代風雲時代風
雲時代風雲時代風雲時代風雲時代風雲時代風雲時代風雲時
代風雲時代風雲時代風雲時代風雲時代風雲時代風雲時代風
雲時代風雲時代風雲時代風雲時代風雲時代風雲時代風雲時
代風雲時代風雲時代風雲時代風雲時代風雲時代風雲時代風
雲時代風雲時代風雲時代風雲時代風雲時代風雲時代風雲時
代風雲時代風雲時代風雲時代風雲時代風雲時代風雲時代風
雲時代風雲時代風雲時代風雲時代風雲時代風雲時代風雲時
代風雲時代風雲時代風雲時代風雲時代風雲時代風雲時代風
雲時代風雲時代風雲時代風雲時代風雲時代風雲時代風雲時
代風雲時代風雲時代風雲時代風雲時代風雲時代風雲時代風
雲時代風雲時代風雲時代風雲時代風雲時代風雲時代風雲時
代風雲時代風雲時代風雲時代風雲時代風雲時代風雲時代風
雲時代風雲時代風雲時代風雲時代風雲時代風雲時代風雲時
代風雲時代風雲時代風雲時代風雲時代風雲時代風雲時代風
雲時代風雲時代風雲時代風雲時代風雲時代風雲時代風雲時
代風雲時代風雲時代風雲時代風雲時代風雲時代風雲時代風
雲時代風雲時代風雲時代風雲時代風雲時代風雲時代風雲時
代風雲時代風雲時代風雲時代風雲時代風雲時代風雲時代風
雲時代風雲時代風雲時代風雲時代風雲時代風雲時代風雲時
代風雲時代風雲時代風雲時代風雲時代風雲時代風雲時代風
雲時代風雲時代風雲時代風雲時代風雲時代風雲時代風雲時
代風雲時代風雲時代風雲時代風雲時代風雲時代風雲時代風
雲時代風雲時代風雲時代風雲時代風雲時代風雲時代風雲時
代風雲時代風雲時代風雲時代風雲時代風雲時代風雲時代風
雲時代風雲時代風雲時代風雲時代風雲時代風雲時代風雲時
代風雲時代風雲時代風雲時代風雲時代風雲時代風雲時代風
雲時代風雲時代風雲時代風雲時代風雲時代風雲時代風雲時
代風雲時代風雲時代風雲時代風雲時代風雲時代風雲時代風
雲時代風雲時代風雲時代風雲時代風雲時代風雲時代風雲時
代風雲時代風雲時代風雲時代風雲時代風雲時代風雲時代風
雲時代風雲時代風雲時代風雲時代風雲時代風雲時代風雲時
代風雲時代風雲時代風雲時代風雲時代風雲時代風雲時代風
雲時代風雲時代風雲時代風雲時代風雲時代風雲時代風雲時
代風雲時代風雲時代風雲時代風雲時代風雲時代風雲時代風
雲時代風雲時代風雲時代風雲時代風雲時代風雲時代風雲時
代風雲時代風雲時代風雲時代風雲時代風雲時代風雲時代風
雲時代風雲時代風雲時代風雲時代風雲時代風雲時代風雲時
代風雲時代風雲時代風雲時代風雲時代風雲時代風雲時代風

天下炎黃

卷·2 無敵兵團

無極——著

人物簡介

天榜極品四大高手

扎木合

炎黃第一高手，徒有善名卻極其邪惡，後敗於許正陽之手，死於非命。

神妙

大林寺主持，炎黃第二高手，武功極高但品性卻一般，塵根未斷，終因害死許正陽兩位妻子而使大林寺步入萬劫無復之境。

蒼雲

炎黃第三高手，獨居東海，自創一門，武功之強已無人可比，後在勝許正陽與梁興二人後，感悟天道而去。

摩天

崑崙老道，炎黃天榜高手排行第四，為人陰險詭詐，卻死於許正陽之手。

人物簡介

五大極至風雲人物

許正陽

炎黃大陸殺戮最重的人，武功謀略天下無人可及，行事不依常規，多情又無情，野心極大，為鳳凰戰神之後人，被炎黃大陸的人稱之為噬血修羅。

梁興

許正陽此生最好的兄弟，同出一師，天下間唯一可以與許正陽爭鋒的絕頂高手，為許正陽統一炎黃大陸的最重要的幫手。

清林秀風

墨菲帝國的長公主，擁有絕世的美麗和智慧，更有著男兒般的壯志與雄心，許正陽此生最強大的敵人。

高飛

明月國六皇子，野心極大，兩次謀奪皇位卻都因遇許正陽而前功盡棄。其人才智過人，卻少了許正陽的運氣，雖是許正陽的敵人，卻極得許正陽欣賞。

南宮月

南宮飛雲之女，清麗絕倫，許正陽初戀之人，但因家族恩怨與許正陽有緣無份，最終出家為尼，其武功獨樹一幟，後為天下第三高手。

人物簡介

各國權臣榜

高權

飛天帝國的名將，卻是毀滅鳳凰軍團的主要負責人，後為許正陽擊成殘廢。

南宮飛雲

明月國第一上將，也是早期唯一的萬戶侯，崑崙弟子，多謀善用兵，但注定與許正陽成為對手，終死於沙場。

向寧

昔年鳳凰軍團的倖存者，明月國的一方王侯，擁兵數十萬，極忠心許正陽，南征北戰幾無敗績。

翁同

飛天太師，權欲極重，糊塗無能，一心排擠飛天重臣。

陸卓遠

拜神威帝國的名將，拜神威兵馬的大元帥，朝中支柱，被譽為有其存在一天，就不能有人用兵勝過拜神威，後死於清林秀風的詭計之下。

人物簡介

魔皇戰將榜

向南行、向北行、向東行、向西行

向家四虎，向寧的四個兒子，後為魔皇許正陽部下四名最為得力的戰將，各因軍功封王列侯。

黃夢傑

一代名將，文治武功足以定國安邦，更是魔皇手下水師最厲害的上將，本是飛天黃氏家族的人，但卻因被飛天滅門而改投於魔皇手下，高秋雨的表哥。

巫馬天勇

許正陽手下最得力的高手之一，有百萬大軍中取上將首級之能，魔皇的開國功臣之一。

子車侗

閃族之主，勇武過人，對夜叉梁興極其信服，率十數萬閃族鐵騎隨其征戰天下，立下無數功勞。

人物簡介

魔皇戰將榜

錢悅、傅翎

魔皇許正陽旗下的兩員虎將，足智多謀，凡魔皇所交任務，幾乎無失手記錄。

冷鏈

魔皇部下第一謀士，智深如海，膽識過人。

陳可卿

極為肥胖，忠肝義膽，對魔皇極其忠心，心智極深，極得許正陽所喜。

鍾離師

鍾離世家的新一代接班人，高才、多智，忠於許正陽，魔皇帝國的國師。

人物簡介

極品女人

高秋雨

高權之女，武功卓絕，聰慧過人，擁有美麗無雙的容貌，更有巾幗不讓鬚眉的豪氣，熟知兵法戰策，後為許正陽之妻，成為許正陽得力助手。

梅惜月

青衣樓主，艷冠天下，智深如海，許正陽最敬重的妻子，魔皇後宮之主，更是魔皇許正陽一統天下的最大功臣之一。

顏少卿

明月太子妃，其子後在許正陽的扶持下登基，榮登為皇太后，嬌艷無比，心智過人，卻深情至性。

鍾離華

鍾離師堂妹，鍾離世家的天之驕女，魔皇正妻之一，武功卓絕，膽識過人，美麗無雙，是能領百萬雄兵的天生將才，極得許正陽寵愛。

人物簡介

其他重要人物

天一、天風

亢龍山的高手，許正陽師叔，專為許正陽訓練殺手和衛隊，更為魔皇培養最恐怖的殺手和奸細。

蛇魔道人

許正陽之師，卻英年早逝，昔年武功天下無人可比，獨挑崑崙一派。

翁大江

翁同之子，心計狠毒，極其醜陋，無容人之量，典型世家子弟。

高占

明月國君，其人極有魄力，知人善用，力排眾議，讓許正陽與梁興建立起修羅和夜叉軍團。更收二人為義子，使其擁有無可比擬的榮耀。

鍾離宏

鍾離世家的長老，武功卓絕，一腔熱忱，對許正陽極其看好。

姬昂

飛天國君，其人昏庸無能，殘害忠良，淫亂朝綱，使飛天帝國在其手中走向衰落。

第一章　笑定青州

我站在大營外，腦中一直在回想著有關向寧父子的資料。這向家父子決不簡單，靠著自己的力量，撐起如此的局面，絕非等閒之人。我心中暗暗盤算，如何能夠得到向家父子的這股力量。鍾離家族雖然已經向我臣服，但是那不是我自己的力量，我總有一種坐在火山口的感覺。而且鍾離勝離京前告訴我，讓我等待五十天，可是直到現在還不見蹤跡，看來並不順利。

這向家父子目前沒有依附任何的派系，如果我能收爲己用，在今後的朝廷爭鬥中，我就可以立於不敗之地。我正在胡思亂想，只聽大營中三聲號炮，營門大開，只聽有士兵高喊：

「大帥有請欽差大人入帳！」

我抬頭一望，只見從營門到大帳，兩排校刀手立於兩側，威風凜凜，我抬腳來到營門，兩排校刀手同時高喝：「恭迎欽差大人！」接著，唰地一下抽出明晃晃的大刀在空中交叉，形成一條刀路。大帳前還站立著一人，一身便裝，身後站立一排將官，想來就是向寧。

我看看眼前的架勢，微微一笑，提氣高聲說：「一等傲國公，東京九門提督許正陽，請見向大帥！」一聲音不卑不亢，清楚地傳遍整個軍營。

我在說出第一個字時抬腳前行，眾人只覺眼睛一花，再見到我時，我已經出現在大帳前，此時，最後一個字恰巧說完。

向寧眼中露出驚異之色，脫口而出：「跨千里爲咫尺！」不由得倒吸了一口冷氣，身後的眾將也面露驚訝之色。

不過，向寧畢竟是一個久經沙場老將，神色馬上回復了正常，他朗聲一笑：

「久聞傲國公大人武功高強，膽色過人，自入京來，短短數月間，平亂黨，阻強敵，殺摩天，屢破南宮飛雲的詭計，乃是少年俊傑。今日一見，果然名不虛傳，向某佩服！佩服！」

我也連忙躬身施禮：「大帥過獎了，些許微薄之功何足掛齒！倒是在下對大帥是仰慕已久。向大帥十年來鎮守青州，屢建其功，向家五獸威震東瀛，使其不敢越雷池一步，勞苦功高，誰人不知，那個不曉？」

「在下更加敬佩的是大帥錚錚傲骨，十年來，大帥所立戰功，不計其數，但是屢受亂黨排擠，無法上達天聽，所受委屈與箇中辛酸，在下心中十分明白。然大帥始終不向亂黨屈服，在朝廷危急之時，更是挺身而出，實在是我朝典範，眾臣的楷模。今日，在下就代陛下、滿朝文武和東京的千萬百姓向大帥一拜！」說完我深施一禮。

向寧早已經被我拍得滿臉笑容，數年來的怨氣早就不知道跑到那裏去了。一見我行如此大禮，連忙將我扶住，急道：「國公大人言重了，萬萬不可如此！」

「向大帥萬勿阻攔，此禮乃是在下代明月的百姓一拜，今日大帥率兵來援，使得叛賊無法得逞，百姓免受刀兵之禍，明月幸甚！百姓幸甚！」我運氣深深一禮，向寧也運勁阻止，但是只覺所施真氣如石沉大海，他心中暗驚。

這時，向寧身後的向西行看出了父親的震驚，連忙走上前說道：「大帥，還是請欽差大人先入帳再說！」

向寧聞聽從震驚中驚醒，連忙拱手相讓，「在下失禮，欽差大人請入帳，我們帳中再敘！」說完，拉起我的手走進帳中。

到了大帳中，我們又是一陣禮讓，分賓主坐下，寒暄了幾句後，向寧扯入了正題：「國公大人今日來此，目的嘛，你我都心知肚明，我們不必再客套，不知國公大人如何教我！」

他一語中的，大帳中原來和諧的氣氛一掃而光，一片肅穆，帳中諸將齊刷刷地將目光放在我身上。

「不知大帥想要什麼呢？」我沉吟了一下，反問道。

「向某的目的當然是爲了救駕，爲我皇掃平身邊的逆臣亂黨，還我明月一片青天！」

我微微一笑，直視著向寧，「向大帥恐怕言不由衷吧！你我都是明白人，大帥心中所想在下也略知一二，大帥想要的恐怕不只如此吧！」

向寧眉毛一挑，「依國公大人之見，向某想要什麼呢？」

「十年來，大帥屢受六皇子高飛一系排擠，雖屢立戰功，但是卻始終在那南宮飛雲之下，心存怨氣。今日大帥明爲救駕，實則是暗探虛實，如明月尚有可爲則救，如明月已經是無可挽救，那就……」我故意停了下來。

「那就如何？」向寧緊逼著問道。

我端起身邊的一杯茶，拿起杯蓋，吹了一下漂在上面的茶沫，喝了一口，然後微微一笑，「反！」

我話音剛落，大帳之中一陣騷亂。眾將神色大變，向南行等性格暴躁之人更是拽出兵刃，一時間，大帳內劍拔弩張，肅殺之氣更重。

我沒有理會眾人的緊張，再次品了一口手中的香茗，「向大帥，這真是好茶，不知是產於何地？」我悠悠地問道。

向寧制止住騷亂的眾將，他沉吟了半晌，「既然國公大人將話已經說透，那向某也就不再多說什麼廢話了，省得讓大人笑話！依大人之見，我若要反，可能成功？」

「大帥可要聽實話？」我放下茶杯。

「當然聽實話！」向寧步步緊逼。

「大帥要反，下場會比南宮飛雲的下場更加慘！」我斬釘截鐵地說。

「此話怎講？東京還能擋的住我青州兵的進攻嗎？」向寧一臉的不信。

我呵呵一笑，「當然，以現在的東京城防，勢必無法擋住兇悍的青州兵，但是我只要能拖住大帥五天，只要五天，哪怕是和大帥打一場巷戰，只要我確保皇上無憂，那時，大帥要面對的將不止是區區七八萬東京守軍，還要面對無數勤王諸侯的聲討！我斗膽問一句，大帥將如何面對數十萬的西陲士兵？他們不比大帥的青州兵弱上多少！而那時，大帥的青州兵已經被我拖得筋疲力盡，又當如何？」

一席話讓向寧不由得倒吸一口冷氣，半晌不說話。

一旁的向北行冷冷地插嘴道：「東京守將以國公大人為馬瞻，如果今日將大人留下，不知大人有何感想？」

「這位一定就是有『嘯天狼』之稱的向三少爺吧！果然一表人才，傳言不虛呀！不過，三少爺要留下我恐怕不易！」

話音未落，也不見我有何動作，眾人眼前一花，向家四兄弟只覺一陣微風，他們的臉上一涼，連忙伸手去摸，卻發現每人手上多了一片茶葉，而我卻又端坐回椅中。

我端起茶杯，悠悠對有些發呆的向寧說：「大帥，你說呢？」

半晌之後，向寧才開口，「大人好快的身手！」

我手中擺弄著茶杯，用低沉的聲音說：「即便大帥將我留下，東京城內還有戰國公梁興梁大人，想來大帥有聽過他的名字。他或許沒有我的功夫好，但是同樣用兵如神。前夜東京的攻防就是由他來指揮，想來大帥必有耳聞。修羅、夜叉同時在炎黃大陸出現，大帥不知做何感想？」

說完，我突然一變話題，「大帥，茶有些涼了！不如加熱一下？」說著，我手中茶杯中的茶水突然如一條水蛇般飛起停在空中，我暗運真氣，雙手剎時變得赤紅。帳中的溫度瞬間升起，眾人都感到炙熱難耐，空中的水蛇化成水氣，聚而不散。

我開口說道：「對不起，溫度有點高了！」真氣一轉，雙手由赤紅變成煞白，帳內的氣溫又急速下降，眾將又感到寒氣逼人，空中的水氣瞬間變成冰珠落入杯中，我再次運轉真氣，杯中的冰珠迅速融化，沸騰起來。

我端到嘴邊，抿了一口，長出一口氣，「好茶，不過經這冰火三重，味道更佳！」

大帳中靜悄悄的，沒有人說話，向寧好半天開口道：「大人神技！今日向某大開眼界，看來我這帳中的人，是不會有人留住大人了！」他停了一下，「不過，我若攻不下東京，至少還有青州一方，大人爲何說我會比南宮飛雲更慘呢？」

「大帥難道不知，南宮謀反乃是因爲高飛的主意，高飛乃是當今皇子，所以這是皇家自己的事情，外人不好說什麼，怎麼處理由皇上定奪。而大帥不同，大帥沒有任何背景，如要謀反，只怕明月上下必將傾全國之力討伐，那時，恐怕大帥的青州也不安穩！」我冷冷地說。

大帳中一片沉寂，所有的人都在思考我的話。

向寧也有些不安，「依大人之見，向某該如何是好呢？」

我看時機已經成熟，起身站起，大喝一聲：「向寧接旨！」

向寧先是一愣，連忙跪下身，帳中諸將也紛紛跪下，我拿出聖旨，大聲念道：

「奉天承運，皇帝詔曰：青州守將定東伯向寧，十年來戰功赫赫，勞苦功高，更在危難之時挺身而出，率先勤王，忠心可見一斑。故向寧官升一級，世襲定東侯，賜青州賦稅，上朝不拜；麾下將士官升一級，各賞金十萬，欽此！」

向寧連忙高呼萬歲，我伸手將向寧扶起，「大帥，恭喜了！十年不平，今日得以宣洩，大帥好自爲之呀！」

向寧接過聖旨，激動地說：「皇上聖明，向某十年來無時無刻不在想如何爲聖上效命，但是朝中小人把持，多少有才之士無法爲國效力，向某不善迎奉，受盡排擠，今日有許、梁兩位國公在朝，何愁我明月不興！」

我長嘆一聲，轉身坐下。

向寧奇怪，連忙問道：「國公大人爲何長嘆？」

我看了看帳中眾人，欲言又止。向寧馬上明白，「大人放心，這帳中諸人都是隨我十年之久，絕對沒有問題！」

「既然向大帥問，恕在下直言，如今皇上聖明，但是已經老矣，說句大逆之言，恐怕時日不多。一旦皇上龍御歸天，那時誰來當政？如再入小人之手……我明月再也經不起第二次南宮之亂了！」說完，我又長嘆一聲。

「不是尚有太子殿下嗎？何況，太子殿下對大人言聽計從，何來小人把持？」向寧聽了我的話，更是奇怪，帳中諸將也一臉疑惑。

我沉吟半晌，「大帥，不知許某是否可以相信大帥？」

「當然！大人此話怎講？」

「好！我就將大帥視爲長輩，今日之言，除了帳中諸位，萬不可傳出！」我神色凝重。

向寧看到我嚴肅的表情，也知事情嚴重，厲聲對帳中諸將說道：「今日國公大人所言，如果傳出一個字，莫說國公大人，向某第一個不放過他，明白了沒有？」

眾將齊聲應是。

我環視了帳中諸人，「太子殿下在高飛謀亂之日，就已經殉國了！」

「什麼？」帳中眾人全部都呆住了，向寧更是被這個消息震驚得呆若木雞。

「不錯，只是這個消息一直被我封鎖，南宮飛雲攻城期間，我害怕這個消息會使京師再起風雲，所以……而今亂黨已退，這個消息勢必要公佈於眾，那時，皇位之爭會更加激烈，黨派之爭會愈演愈烈，你我都要捲入其中，大帥要早做準備！」

大帳中沒有一點聲響，向寧更是不再說話，低頭沉思。半晌，他毅然抬頭，「大人將此消息告之，足見大人視向某是一個人物，而且大人更使向某懸崖勒馬，向某感激不盡。大人想來已有對策，可否告之？」

我想了一下，「我決定推太子之子高正，畢竟高正年幼，可塑性較強，有我扶持會少些麻煩，而且，太子在世之時對我不薄，我理應爲他再盡一分心力。如果成功，明月將會更加興旺！」

「不知大人有幾分把握成功？」向寧小心翼翼地問道，帳中諸將也聚精會神地等著我的答覆。

「武威鍾離世家已經向我表示支持，而向大帥手握青州兵馬，必將是眾人爭取對象，若大帥能保持中立，我就有七八分把握！」

「什麼，鍾離世家已經站在大人一邊？」向寧有些不敢相信自己的耳朵。

「不錯！鍾離家的下代家主目前就在我麾下，任參軍一職。」我肯定地回答。

向寧呆了半晌，「如果我也站在大人這邊，大人將如何對我？又如何讓我相信你能成功?!」

「若我成功，大帥必能再升一級，現在大帥只是一個侯爵，與那逆賊南宮飛雲平級。而大帥的才能勝那逆賊十倍，我保證大帥必位列萬戶侯，與在下平級！」

我停了一下，想了想，決定拋出我的王牌，「聖上目前還能主事，我想三年之內應該沒有問題。在這三年裏，應該還不會有太多變故。而我目下還沒有太多的威信，我想必須要有足夠的軍功，方可一言九鼎，威懾眾人！陛下已命我和戰國公組建修羅、夜叉兩個兵團，只要我一手有強悍的兵力，一手有赫赫的戰功，再加上鍾離世家和大帥的支持，朝中的一幫跳樑小丑何足為懼？」

「只是，大人如何取得這赫赫的戰功呢？」向西行在旁插嘴。

「四少果然聰明！一語道破核心！」我看著臉色微紅的魔豹，扭臉對向寧說：「自我明月六十六年前，敗於飛天的鳳凰戰神，這些年來受盡壓迫，飛天對明月橫徵暴斂。若要明月復興，就要扳倒飛天，不知大帥意下如何？」

我突然發現當我提到曾祖時，向寧的臉色一變，我心中不由得一動。

見他不出聲，我繼續說：「要扳倒飛天，開元城將是我們一個最大障礙，向大人早年也曾在飛天待過，應該知道，只要拿下開元，飛天北大門就被我打開，所以，我要在三年內佔領開元！」

我此話一出，帳中一片譁然，大家議論紛紛，向寧更是神色激動，猛然起身，單手指我，「開元經戰神許家父子三代經營，固若金湯，你小小年紀竟然開口要佔領開元，我，我，我問你，你憑什麼去佔領他，你，你，你又有什麼資格去佔領！」

看著向寧激動的神色，向寧二十年前的資料中，有數年的時間是空白的。一剎那，我決定鋌而走險，我也站起來，神色激動，從脖子上摘下已經戴了二十二年的玉佩，我將玉佩高高舉起，用顫抖的聲音厲聲說道：

「憑什麼，就憑它，就憑我是戰神的後代，就憑我是許家的後人，天下還有誰比我更有資格去佔領開元！」

帳中諸將全都站起來，向寧看到我手中的玉佩，恍若電擊，神色大變，眼中流露出一種狂熱的尊敬、崇拜，他「撲通」一聲跪在我的面前，嚎啕大哭。

帳中諸將大驚失色，他們跟隨向寧十年來，所見到的是向寧冷靜、遇事不慌的沉穩表情，何時見過向寧如此失態。向家四兄弟略略知曉箇中原因，連忙將向寧拉起。

看著我手中的玉佩，向寧喃喃自語：「二十一年，整整二十一年了，我無時無刻都在思念它，我以為我這一輩子都不會再見到這個圖案了，這曾經輝煌無比、震驚大陸的圖案，浴火鳳凰，這個驕傲的徽章，我終於又見到你了！」

突然，向寧神色一正，高聲喝道：「來人！」門外的衛兵應聲進來，「肅清大帳百米範圍，誰若靠近，格殺勿論！」接著，又面色猙獰地對眾將說：「今日之事，誰要吐露，就算你亡命千里，我向寧也誓將你追殺！有違此誓，就如此案！」

說完拔劍出鞘，只見銀光一閃，大帳中桌案被一劍劈成兩半。然後向寧整整衣冠，大步來到我的面前，推金山，倒玉柱向我跪下，「浴火鳳凰軍團重騎兵營萬騎長，開元城金明寨都統領向寧參見少主！」身後向家四兄弟連同帳中諸將也一起向我跪下，呼啦啦跪成一片。

我原本抱著試探的心理拿出玉佩，萬萬沒有想到事情竟然發展到如此的地步，我也被眼前的一幕驚呆了，一時間，我不知該如何是好，連忙手忙腳亂地將向寧扶起，「大帥，使不得，快快請起！許正陽萬萬受不起此禮！」

眾人站起來後，都是一臉疑惑地看著向寧。

我扶著向寧坐下，他喝了一口茶，定定心神，「少主，能否將那玉佩再讓我看看！」他的臉上露出期盼之色，我默默將玉佩遞給向寧，他小心翼翼地拿著，翻來覆去地看了一遍又一遍，輕柔的撫摩著玉佩之上的鳳凰圖案。半晌之後，他依依不捨將玉佩還給我。

向寧用低沉的聲音說：「二十一年來，我無時無刻不在想著如何爲王爺報仇，我一直以爲許家再無血脈，沒想到上天有眼，今日能讓我再見到少主，老天待我不薄，哈哈哈……」向寧仰天長笑，眼中流出兩行眼淚。

「你們知道我爲何要進京勤王嗎？」過了一會兒，向寧扭頭對四子和帳中眾人說，沒有等他們回答，他接著說：「我並不是在乎什麼皇位，二十一年來，雖然我在青州已經有了一些基礎，然飛天雖已經衰落，但是瘦死的駱駝比馬大，依靠現在的力量，我還遠遠無法爲王爺報仇，只有調動明月的全部力量，此事方有可能，這也是我爲何要起兵的原因！」

帳中諸人都默默的點頭，這時，向東行走到我的身邊，「你就是正陽？」他疑惑地問道，說完，他伸手來撥動我額前的髮髻，突然他高興的喊道：「父親，他真的是正陽！」接著就咳嗽了起來。

向寧看著，微微的一笑，我十分奇怪，「你撥撥我的頭髮就知道我是誰？」

「你天目穴上的那個傷疤，是你小時候我抱你時，不小心將你摔在地上留下的！」他開心的嚷嚷。

我摸摸額頭的傷疤，從小我就有這樣一個疤，我還問過童大叔，那時，他開玩笑地說這是天眼，傳說中的二郎神也有一個，還說我是二郎神轉世，原來是這個傢伙幹的，可算是找到仇家了！

向寧笑了一陣，神色一正，「大家都別鬧了！」大帳中立刻靜了下來，大家都看著他，「少主，你現在是朝廷的欽差，深受聖寵！不知你有什麼打算！」

我想了一想，「鳳凰戰旗不會消失，它終有一天會重新飄揚在炎黃大陸。但是現在還不行，我們的力量還不夠，我們只有彙集天下賢才，握有無敵雄兵，才能讓鳳凰戰旗再次重生。」

「叔叔，我現在深得高占的信任，只要我能夠扶植高正登基，那時我就可以號令明月，將飛天滅掉，即使有人反對，我也可以挾天子以令諸侯。那時，我左有無敵雄師，右有鍾離世家和叔叔的幫助，何愁鳳凰不浴火重生，威震天下！」

帳中諸人聽了我的設想，無不震驚。

好半晌，向寧才開口：「好！有霸氣！不過此事事關重大，我要和大家商議一下，賢侄在帳中稍候。」說完，向寧領著眾人走出大帳，我獨自在帳中浮想聯翩。

過了大約半個時辰，向寧大步走進帳中，身後跟著青州諸將，大家都神色肅穆，我不由得也跟著緊張起來。

只見向寧來到我的面前，看了我一會兒，突然倒身單膝跪下，「從今日起，向寧攜四子及青州三十萬將士效忠於國公大人，聽從調遣，赴湯蹈火在所不辭！」身後向家四子和眾將官一起跪下，口中同時向我高聲宣誓。

我愣住了，心中突然湧起了一種無比的豪氣，我立直身體，伸出雙手，「我，許正陽，戰神的後人，明月一等傲國公，未來天下的霸主，今日接受你們的效忠，從此我們將要並肩作戰，一起去開創屬於我們的天地！」

炎黃史書記載：炎黃曆一四六二年五月二十三日，當時還是明月一等傲國公的許正陽孤身出使青州軍大營。當天，青州守將向寧攜四子和青州三十萬將士向其宣誓效忠！也就在這一天，魔皇得到了他征戰天下的第一支無敵雄師。

經過一番商議，向寧決定將所帶來的二十萬青州兵撥給我十萬，用來組建修羅兵團，同時向家四子將留下來給我，協助我負責兵團中的大小事宜。我十分高興，要知道青州兵經過十年來向寧父子的調教，已經是一支戰力奇強的隊伍，我相信只要假以時日，它將會是一支無敵的鐵軍，再加上向家的四頭野獸，縱橫炎黃大陸指日可待。

商議完畢，天色已暗，我決定在向寧的大營中留宿一夜，那天晚上，我們在大帳中徹夜暢談，當然，我們談的最多的就是我們家族的事情，從向寧的嘴裏，我知道了更多關於曾祖、祖父、父親和童大叔的事情。

第二天天一亮，我就帶著向家父子前往京師，因爲他們還要面聖謝恩。來到東京城外，只見城門緊閉，戒備森嚴，宛如大敵來臨。城外，大戰之後的殘跡尚在，黑色的城牆，紅色的土地，雖然已經過去了兩天，但還是可以看到遍地的殘肢。

我走上前向城門的守軍喊話，向家父子環視著四周，心中不由得嘆道：好殘酷的戰爭，只看眼前的痕跡，就可以想像一下當時的慘烈。

這時，我已經叫開城門，出城來迎接我的是梁興，他一看到我，就激動地衝上來將我一把抱住，語無倫次地說：「鐵匠，你他媽的終於回來了，我還以爲你已經……」

「我呸！你個弼馬瘟，見面就咒我！」我笑著狠狠地擂了梁興一拳，然後我低聲的將向寧的情況在他耳邊簡單地說了一遍，梁興面露不可思議的表情，跟著我來到向家父子的面前，躬身深施一禮，「晚輩梁興見過大帥！」

向寧連忙拉住梁興的手，「賢侄不必多禮，早聞賢侄大名，修羅、夜叉可謂是威震天下，東京一戰更是立下赫赫戰功。今日一見，果然是少年英雄，今後向某還要國公大人多多照應呀！」

兩人嘴裏說著客套話，但是眼中都流露出真摯的目光。

我連忙上前打斷二人，「兩位大人，不要再客套了，這裏血腥氣太重，還是改日再親近吧！大帥此次入京面聖，莫要讓聖上等太久！」

我向二人使著眼色，兩人馬上明白，此時城門人多嘴雜，萬不可讓人看出我們的關係。

「皇上早在大殿中等候，大帥請隨我前往！」梁興連忙拱手相讓。

「國公請！」

「大帥請！」

大家又是謙讓一番，然後在眾人簇擁之下進入東京。

來到了午門，梁興上殿通報，不一會兒，就聽見從皇城內傳來高喊：「宣傲國公許正陽，青州定東侯向寧父子進殿！」

我和向寧並肩大步走進皇城，來到大殿之上，高占和群臣都等候在殿中，我率先跪下：

「臣許正陽奉命前往青州大營，今隨青州定東侯向寧攜其四子特向聖上覆命，向寧父子精忠爲國，率先領兵入京勤王，忠心可昭日月，朝中小人所奏謀反一事，乃是居心叵測，另有圖謀，請聖上明查！」

「臣向寧攜四子叩見皇上，臣聞聽朝中亂黨作亂，領兵勤王，因不知京中虛實，故紮兵城外，未能及時拜見皇上，實乃臣之罪過，請皇上降罪！」向寧連忙領著四個兒子跪在殿中。

高佔先是一愣，接著馬上明白過來，我這是在爲他昨日誅殺大臣之舉找藉口下臺，要知道無故誅殺大臣，雖然箇中原由朝中大臣們心知肚明，可是百姓心中不明。如果被人借機煽動，勢必有所不妥，總不能說是因爲那幾個人反對我，就被殺了，那樣，高占還要背上一個無法聽進逆耳之言的名聲，而我也會跟著落個殘害忠良的名聲，以後我怎麼能再招覓天下的賢士呢！

「定東侯免禮平身，朕相信定東侯乃是國之棟樑，戰功赫赫，明月誰人不知，此次勤王就是明證，朝中小人惡意中傷，朕怎會不知？那些小人朕已經將他們誅殺，愛卿萬不可將那些流言放在心上，今後還望愛卿繼續爲我明月盡心效力，朕對愛卿寄以厚望，萬萬不可心存疑慮呀！」

「謝聖上，聖上聖明，對臣的愛護令臣惶恐不安，臣必將肝腦塗地，以謝聖恩！」向寧一副誠惶誠恐的樣子。

高占十分滿意，面帶笑容，對還跪在地上的我說：「正陽快快起身，此次你爲朕又立一功，維護朝中忠臣，使得奸黨未能如願，你連立大功，朕真不知該如何賞賜你了！哈哈哈！」高占開懷大笑。

「臣爲吾皇辦事，安敢奢求賞賜，只求我明月日益興旺，臣心中足矣！」我也連忙謝恩。

「好！好！我兒如此想法，實是我明月眾臣楷模！奸黨小人聽了，必將羞愧得無地自容，好！好！有我兒和眾位卿家，我明月何愁不興？」說完，高占笑得已經合不住嘴。

「我等必將肝腦塗地以謝聖上聖恩！」梁興、向寧和殿中的眾位大臣和我異口同聲，躬身說道。

高占又勉勵了向寧父子一番，然後宣布退朝起身離去。

在高占離去後，殿中的大臣連忙將我和梁興圍住，好一番阿諛奉承。我一邊應付身邊的大臣，一邊冷眼旁觀，過了一會兒，我藉口說要安排向家父子的住宿，拉著向寧擺脫了眾人的糾纏，離開了大殿。

「真是要命！」向寧和我一出午門，長出一口氣，苦笑著對我說：「那些牆頭草實在是討厭，以前遠離京師尚不覺得，今日一見，當真是讓我的頭痛煞了！」

向寧的四個兒子也不由得面露贊同的神情。

「大帥！這就是政治！當你得勢之時，所有的蒼蠅都圍在你的身邊，可是當你一旦失勢，呵呵……」我笑著沒有往下說。

大家都是身有同感的點點頭，向南行更是一副受罪的模樣：「這可比上陣殺敵痛苦多了，兄弟，我真的佩服你，竟然能在這裏活下去，還一副深得其樂的樣子！」

「向二哥，你遲早也會有這麼一天，那時你就知道這箇中的樂趣了！」我打趣道。

向南行直晃頭，「要是有那麼一天，我就去自殺！」

看著他誇張的表情，我們都不禁大笑。

就在這時，從午門內匆匆跑出一個太監，一看見我們，就高聲喊道：「兩位殿下留步！」

我們停下腳步，扭頭向後看去，只見那個太監氣喘吁吁地跑到我們面前，上氣不接下氣地說道：「殿下，請留步！聖上有急事召兩位殿下前去商議！」

我和梁興詫異地互相看了一眼，還有什麼事情讓高占這麼急著找我們，我連忙問道：「公公，請問聖上眼下在哪裡等候？」

那太監這時稍稍緩了一口氣，「殿下，聖上目前在紫心閣等候，聖上說請兩位殿下立刻前去！」

「公公請稍待，待我和定東侯交代一下，馬上前去！」說完我扭頭對向寧說，「大帥，我看無法陪你了，今晚大帥不如就在提督府休息（危機已經解除，我不能再留在太子府，那樣將會落人口實），我安排人爲大帥領路，等我和梁大人面聖之後，你我再秉燭夜談，你看可好？」

「在下聽從國公的安排！」向寧也只好答應。

這時梁興已經給身邊的隨從交代好，隨從領著向寧父子前往提督府，我拱手向那太監說道：「公公請前邊帶路！」說著和梁興轉身走向皇城。

我們來到紫心閣，早有人通報進去，所以我們沒有在門外等候，直接走進紫心閣。

高占此時面呈焦慮之色，見到我們進來，他將屋內的侍衛打發下去，屋中只有我們三人。他看著我們，沒有說話，一時間，屋內一片寂靜。

半晌，高占開口道：「正陽，興兒，你們可知我找你們何事？」

我和梁興對視了一眼，「兒臣愚魯，請聖上明示！」

「目下京師危機已除，太子的死訊也無法再隱瞞下去，我打算明日就將這個消息公告天下，不知你們有何想法？」高占沉吟了一下，對我們說道。

我幾乎已經忘了高良這件事，高占一提，我恍然大悟。是的，眼下危機基本上已經解除了，那麼，高良的死訊也無須再隱瞞下去，但是可以想像，如果高良的死訊傳出，必將引起一輪新的皇位爭奪戰，那時同室再起干戈，高占必是爲此擔心。

我想了一下，抬頭看著高占，「不錯，太子的死訊是不能再隱瞞下去了，但是此消息如果傳出，勢必會引起騷亂，父皇可是擔心同室操戈，再起紛爭？」

高占點點頭，「正陽果然聰明，朕正是擔心此事，唉！朕實在不想再看到兄弟相爭、骨肉相殘的慘事，不知正陽可有何妙計？」

我想了一想，「父皇，兒臣以爲，我們應當先將太子殿下的死大肆宣揚一番，將他的忠貞不屈、視死如歸的精神向天下告之。然後，我們可以立太子之子爲太子，那時，太子的事蹟已經是天下皆知，正兒即位也是理所當然之事，而其他的殿下也必將不好意思去爭奪侄兒的太子之位，這樣即可以爲天下樹立忠貞的楷模，也可以使皇家免受同室操戈之禍，乃是上上之策！」

高占聽了，沉思了一會兒，抬頭問我：「此計甚好，只是正兒年齡尚幼，一來群臣未必信服，二來他還不懂事，如何處理朝政？」

「父皇此言差矣，正兒雖然年幼，但是聰明非常，若得明師教導，他日必是一代名君，況且以父皇的身體，一二十年裏必然無憂，以父皇的聖明，只要時時指點，何愁正兒不能處理政事？再者，父皇可以指派親信之人爲大臣，共同輔佐正兒，這樣一來，父皇還有何擔心？」我小心翼翼地說道。

高占臉色一變，又是沉思半晌，緩緩地說道：「正陽此計也是一法，只是朕一時難以下決斷，還是從長計議，容朕再想一想，你和興兒先退下吧！」

我知道高占此時恐怕很難決斷，但是我也不能對此事過於積極，畢竟，我雖名爲皇室中人，但終究沒有皇室血統，若是太過積極，反而可能會事與願違。所以我也不再多說，躬身和梁興退出。

回到提督府，我和早在府中等候的眾將一一打過招呼，卻發現鍾離師不在府中，當下一問，才知道他一早就被人叫走不知何事？我也沒有在意，吩咐下去，準備宴席款待向家父子。

酒桌之上，我向眾將介紹了向寧父子，大家相互客套了一會兒，開始把酒言歡，自從東京攻防戰開始後，就沒有安安穩穩的吃過一頓安生飯。南宮飛雲退兵後，大家先是爲我的昏迷著急，等我清醒後，又立刻碰到了向寧這一碼事，大家又好一陣擔心，今天終於可以無憂無慮的喝上一頓，所以大家好不開心。

正當興頭之上，就聽門外一陣嘈雜，一個人急匆匆的衝進屋內，口中喊道：「殿下，快！快隨我來！」

鍾離師急匆匆地跑進大廳，拉著我的手就往外走，眾人都不禁爲之愕然，平日鍾離師總是不緊不慢的，連說話都是慢聲細語，即便是在東京城防最爲危急之時，也沒有見到他如此的失態。

我笑著說：「鍾離參軍，何事讓你如此的慌亂？莫要著急，先來見過青州的向大帥！」

鍾離師聞聽，也感到了自己的失態，他的臉微微一紅，先走到向寧父子的面前，躬身一禮，「方才是鍾離師失禮了，大帥莫要見怪！」說完，又向廳中的諸將躬身賠禮。

向寧爽朗的一笑，「鍾離參軍不必見外，這裏都是自己人。不知參軍何事如此？不妨說來聽聽，看我等能否幫上忙！」

鍾離師再次向大家賠了一個禮，在我耳邊輕聲說道：「我爺爺回來了，而且，鍾離世家的三位長老同時也來到京師。武威大軍兩天後就要到達東京，爺爺請殿下速速趕去，說是有要事相商，還說萬不可讓其他人知曉！」

我聞聽一愣，疑惑地看了鍾離師一眼，但馬上明白了鍾離勝的意思。鍾離勝回京，想來是秘密潛回，還沒有覲見過高占，如果讓人知曉，勢必要引起大家的猜測，那樣對我們的大計十分不妙。我點了點頭，輕輕問鍾離師：「師祖在何處？」

「還是在老地方等候！」

我示意鍾離師先坐下，然後朗聲對大家說道：「鍾離參軍姍姍來遲，當罰酒三杯！諸位可有異議？」

大家一起起鬨，我來到梁興身邊，在他耳邊輕聲說了幾句，梁興點點頭。

然後，我又向向寧父子解釋了一下，起身對正在給鍾離師灌酒的眾將說：「各位，在下有些許小事，去去就回，大家盡興，莫讓向帥掃了興頭。還有，我回來時，如果鍾離參軍尚未醉倒，爾等每人罰酒三大杯！哈哈哈……」接著，我來到鍾離師的身邊，輕聲說：「兄弟，委屈你一下，我會儘快趕回！」

鍾離師無奈的苦笑，「殿下快去快回，不然末將恐怕難以承受如此的酒力！」正說著，眾將已經一哄而上，我拍了拍鍾離師的肩膀，「好自爲之！」說完，我看了梁興一眼，梁興衝我點點頭，我扭身大步走出大廳。

出了提督府，我提氣直奔我與鍾離勝上次見面的小院，黑夜中宛如一縷青煙，路上的行人只覺一縷微風拂面而過，定睛看時，眼前卻什麼也沒有。沒有用多少時間，我就來到了上次的那個小院。黑暗中，院子裏靜悄悄的，四周沒有一點聲息。

不知爲什麼，我突然感到了一種寒意，我停下腳步，屏氣凝神運轉真氣，我龐大的氣場立時散發出去，方圓五十丈內的一草一木，我清楚地感受到了它們的氣機。我發現小院的四周隱藏了許多的人，雖然他們都在竭力地隱藏著他們的氣機，但是，我還是可以感受到他們身上的真氣波動，不過我卻感覺不到他們的殺機，這是一些什麼人？

我小心的走進院內，突然發現在院內的大樹上，一股強大的真氣波動，接著，一個如鬼魅般的人影電射而出，帶著沙場中慘烈的氣勢和無比強大的真氣向我撲來。我心中一驚，連忙出掌相迎，兩人掌力虛空接觸，只聽見一聲砰的微響，院中風力激盪，來人身體在空中倒翻了幾個跟頭，落在地上。

我身體一晃，也向後倒退數步，我心中大驚，此人功力之高，不弱於摩天。而且他的真氣雖然沒有摩天那麼的深厚，但是卻極爲渾厚純正，隱隱中透著一種光明正大，不似摩天的真氣中隱含邪氣。

「什麼人！報上名來！」我連忙大聲喝道。

「在下無名小卒，說出來有汙殿下的耳朵！」那人沉聲說道，聲音清朗，不像是一個偷雞摸狗之人，而且我也感覺不到他身上的殺機。

我心中暗叫奇怪，正要開口，那人身形再次騰起，身體在空中連續三折，凌空向我撲擊下來，真氣在空中發出隱隱的風雷之聲，雙掌瞬間變得赤紅，「烈陽掌！」我失聲叫出。

這乃是一門已經失傳百年的絕學，我只有在明月的皇家藏書閣中見過這種絕學的記載，我已經無暇細想，雙掌空中劃圓，左陰右陽，大喝一聲：「修羅震天！」掌力二次相交，出人意料的沒有發出任何聲音，空中暗勁橫流，風力激蕩，院中的那棵大樹似乎無法再承受如此的勁力四溢，憑空化爲粉末，飄在空中。

隱藏在周圍的眾人見狀，心中都是一顫，臉上的神色爲之一變，要知當掌力到達極限之時，方能相觸無聲，卻最易傷人內腑，這種功夫，有個名稱叫做「否極泰來」，正是物極必反的道理。

這一掌已經顯示場中兩人的功力，都已經達到了超凡入聖的地步。我身體向後一晃，心中暗讚那人的功力非凡，烈陽掌乃是天下至剛至猛的絕學，而此人能將如此的剛猛絕學練到如此的至柔，當真是不同凡響，我已經感到那人沒有惡意，當下朗聲說道：

「前輩好功力，晚輩佩服！請前輩說明來意，以免自誤！」

「好狂妄的口氣，久聞修羅之名，武功天下無雙，今日一見，這狂妄更是勝於武力！哈哈哈！」說完身體再次騰起，空中九轉，如蒼鷹搏兔，雙手已成暗紅之色，院中的溫度瞬間飆升，如身處火山之上，炙熱難當！

「如你能擋此一擊，再說大話不遲！」

我心中大怒，無緣無故打上這一場不明不白的架，而且此人如此不知進退，令我肝火大盛，不再考慮，真氣運轉之下，體內至陰之氣大盛，雙手瞬間煞白，如玄玉般光華暗閃，一股如萬年玄冰般的絕寒之氣從我身上散發而出，我飛身而起，雙掌迎向那人，只聽空中「波」的一聲輕響，我二人在空中竟然僵持在一起。

至陽至陰兩股真氣相交，彷彿水火相遇，發出「滋滋」聲響，空中騰然升起一縷白煙，院牆再也無法承受洶湧的暗流，轟然倒塌。一冷一熱兩股真氣在方圓十丈內激盪不止，原先隱藏在暗處的眾人再也無法忍受那噬骨氣流的暗襲，紛紛跳出躲避。

我由於身形在下，除了要抵擋那雄渾炙熱的真氣，更要消去那人撲擊的猛勁，不一會兒額頭已經現出汗水，身體慢慢地向下降落。我一咬牙，決定不再顧及許多，調動全身真氣要做全力一擊。

就在這時，就聽一個熟悉的聲音響起，「老二，你瘋了怎的，怎能如此撲擊，還不趕快退下！」是鍾離勝！只聽他又說：「阿陽，你也緩收真力，莫要兩敗俱傷！」

我們兩人對視一眼，心領神會，同時發勁，只聽一聲巨響，我跌落下來，單膝著地半跪在地上，口中微微喘息。

那人在空中急滾數圈，落在地上，更是氣喘如牛，汗如雨下，口中不斷高喊，「痛快！痛快！」臉上的面巾脫落，赫然是一個鬚髮潔白的老人，長相與鍾離勝有七分相似，神情宛如一個老頑童，他沙啞著嗓子說道：「好霸道的真氣，修羅之名果然名不虛傳！真不愧是我的乖乖小徒孫！」

鍾離勝走上前，將我扶起，「阿陽！好，果然是戰神後代，這段時間我一直留意你的事蹟，東京攻防震驚大陸，你比你曾祖不遑多讓呀！」說完，轉身對那個老人厲聲說道：「你個老傢伙，說好只是切磋，怎麼動真格了！要是傷了少主，你十條命都賠不起！」

「大哥，不是我傷他，如果你不出聲，傷的恐怕是我！」那老人一臉的委屈，但是在鍾離勝面前又不敢大聲，只能不停地訕笑。

這時，遠處傳來嘈雜的人聲，想來是剛才的拼鬥驚動了城中守衛，我連忙對鍾離勝說：「師祖，請你們先進房，待我打發了這些人，再與您詳談。」

鍾離勝點點頭，一揮手，屋外的眾人連忙進屋，他狠狠地瞪了一眼剛才和我打鬥的老人，「還不趕快進去，這麼大的人了，做事還沒有分寸！」說完扭身進屋，身後還跟著那個一臉尷尬的老人。

人聲由遠而近，一隊城衛軍打扮的巡邏隊來到我的面前，當先一人老遠就大聲喝道：「什麼人在此打鬥？」

我一看此人，不由一笑，我和他還真有緣，每次我打架，他一定在。我呵呵一笑，開口道：「前面可是解懷？」

來人正是解懷，他來到我的面前，借著燈火一看，連忙跪下向我請安，「卑職解懷見過殿下！」

我將他拉起，笑著對他說：「怎麼今夜是你巡城？」

解懷有些受寵若驚，連忙回答：「正是！剛才聽見這裏有打鬥的聲音，所以過來看看！殿下你怎麼在這裏，沒事吧？」

「沒事，剛才是我和一個朋友在比試，不想竟然驚動了你們，實在是不好意思！」

「哪裡！哪裡！是我們驚擾了殿下的雅興，殿下不怪罪我們就好！」解懷看了看我身後的房子，馬上機靈地點頭。

我十分滿意解懷的機靈，拍了拍他的肩膀，又和他聊了兩句，解懷躬身向我告辭，遠遠的，我聽見有人在悄悄的說：「他就是修羅殿下！一點也不像嘛，挺和藹的。」

我目送巡邏隊離開，轉身來到門前，輕輕地拍打房門，只聽裏面傳來鍾離勝低沉的聲音：「阿陽！進來吧！」

我推開房門，屋內除了鍾離勝和剛才和我打鬥的那位老人，只有兩個老人，都是鬚髮皆白，但是精神奕奕，其他的人不知去了哪裡。

看到我走進屋內，鍾離勝開口道：「阿陽，來！先見過幾位長老！」我依言向那幾個老人參拜。

這三個老人，就是鍾離世家目前最具權威的三位長老，也是鍾離勝的弟弟，他們分別掌握著鍾離世家的財政、軍權和長老會，鍾離世家並不像其他的家族一樣，大權都掌握在族長的手中。在鍾離世家，族長所負責的是家族內部的大小事宜，但是如果發生戰事，就由剛才和我打鬥的老人（**鍾離勝的二弟鍾離宏，手握武威三十萬大軍，掌控鍾離世家的軍政大權**）出面。西陲各項收支，稅法，相關的各項經濟政策，則是出自於鍾離勝的四弟，鍾離濤手中。而對於鍾離世家的發展和未來的走向，則是由長老會共同協商、制定，平日裏，長老會不會插手家族事務，但是如果長老會所定下的事情，絕對無人能夠改變。鍾離飛就是長老會的首席長老，鍾離世家的族長就是負責執行長老會制定的各項政策。

這或許聽起來有些荒誕，但正是因爲這種分權，才使得鍾離世家能夠在近千年來始終保持興旺，每一代都是人傑輩出，成爲炎黃大陸上最爲神秘的家族。而今天，坐在我面前的，就是決定鍾離世家命運的四人！

鍾離勝在我向幾位長老拜見之後讓我坐下，然後，他詳細地向我解釋了武威兵馬爲何會遲來救援的原因。

原來在鍾離勝回到武威後，馬上就向長老會報告了關於我的事情，長老會在聽完鍾離師的彙報之後，產生了三種意見：一種是同意鍾離勝的判斷，決定馬上出兵；一種是反對鍾離勝的意見，因爲鍾離世家安居西陲以來，已經有了爭霸天下的資本，他們不願再爲他人作嫁衣。如果要起兵，就讓鍾離世家來稱霸天下。

而最多的一種意見，是每一次鍾離世家出世，都將喪失家族中的大部分精英，特別是明月的開國皇帝高懷恩更是讓他們失去了信心，他們寧願固守西陲，也不願貿然去幫助某一個所謂的明主。如果真的要幫助，就必須要經過鍾離世家的考驗，而東京的防衛戰就是他們的第一個考驗，此次鍾離世家元老盡出，就是爲了考察我的能力。

剛才在院內，我已經通過了第二道考驗，就是測試我的武力是否能夠自保，只是出乎大家的意料，我竟然能夠在鍾離宏全力一擊之下不但全身而退，而且能再繼續下去，鍾離宏甚至難以自保。

要知道鍾離宏乃是鍾離世家的第一高手，名列天榜第七位，這一下，他們是真的相信了我有單人擊殺摩天的能力（之前，他們不相信我能夠依靠我自己的力量擊殺摩天，他們認為我只是利用詭計，或是圍攻摩天，方才得手）。

說到這裏，鍾離勝停了一停，他看了看我的臉色，想看看我有何反應，但是他看到的是一張十分平靜，沒有任何不平之色的面孔，他滿意地暗自點點頭。

我聽完之後，心中真的是波瀾起伏，久久不能平靜。五十天來，我歷經多少凶險，多少次我從死亡的邊緣掙扎。三十天，十八萬將士浴血奮戰，十萬大好男兒就此埋骨城下黃土，而這一切，只是一場考驗。

我心痛！但是我更憤怒！這麼說來，武威兵馬本可以早些到達，那樣，就可以少死多少無辜的性命，而且，如果不是向家軍的到來，南宮飛雲只需兩日，就可攻破東京，那時我所謂的考驗也就失敗了，武威的那些長老們也找到了理由，而我許正陽從此也就消失在歷史的長河了。

嘿嘿嘿，你們竟然拿我當成一個可以隨意擺弄的棋子，我心中暗暗冷笑，我不喜歡被任人擺弄的感覺。雖然我心中怒火中燒，但是自小就學會冷靜的我，沒有露出一絲的不滿。聽鍾離勝說完，我起身向面前的三位長老躬身一禮，「請長老開始我的第三項考驗，正陽願向長老證明，我許正陽才是這炎黃大陸的真正主人！」

第二章　三道測試

聽了我的話，四位老人相互看了一眼，只見鍾離勝點點頭，鍾離飛咳嗽了一下，清了清嗓子，開口問道：

「好！許正陽，我來問你三個問題，若你的回答能令我們滿意，鍾離世家將傾全力幫助你來爭霸天下；若是無法令我們滿意，鍾離世家將不再重涉紅塵，你只有依靠你自己的力量去完成你的夢想。你可明白？」

低下頭，我考慮了一下，心想：如果我連眼前的這幾個老人都無法說服，我又憑什麼爭取天下的賢士呢？我抬起頭，眼中流露出無比的信心，堅定地點了點頭。

鍾離飛見我答應，沉吟了一下，「這第一個問題，爭霸天下不是依靠個人的力量就能完成，你如何使天下的有識之士為你所用？」他問道。

我沉思一下，開口應道：「長者視為師，弱者待為友，幼者為兄弟子侄，只要有一技之長，無論是有經天緯地之才，或是偷雞摸狗之技，我皆以上賓待之。爲我所用者，我推心置腹，傾心結交；不爲我所用者，即使他有包容天地之能，我也決不手軟，殺無赦！以免他謬論迷惑百姓，敗壞朝綱！」

鍾離飛聽完我的回答，眼中閃過一絲驚異，但他臉上沒有任何表情，他看了看我，又接著問道：「何以使將士效死，百姓效命？」

「不違時！使百姓衣食無憂，百姓無憂則必求安逸，何來無憂，天下歸一，再無戰亂，我登高一呼，百姓安不從焉；功必賞，過必罰，身先士卒，與將士共甘苦，用之不疑，將士安不效死命？」我根本沒有考慮，立刻開口答道。

屋內的幾位老人不約而同地微微點頭，鍾離飛稍稍考慮，「那你又要如何治天下?!」他緊接著問道。

「君君臣臣，君有君綱，臣有臣綱。爲君者，如履薄冰，效周公吐哺而無倦怠；廣開諫路，聞白諫則喜，無諫言則憂！爲臣者，各司其職，公正廉潔，不求無過，但求有益天下蒼生！」我不緊不慢，緩緩地說出我心中的答案。

鍾離勝四人聽完我的回答，相互對視一眼，都點了點頭。

鍾離飛起身形朗聲說道：「都出來吧！」只見從內室呼呼啦啦的一下子走出了許多人，肸瘦各異，但都是精神抖擻，神采飛揚，這些都是鍾離世家的精英。只聽鍾離勝沉聲說道：

「各位，剛才許正陽的回答你們都已經聽到了，不知你們如何考慮？」

眾人一陣交頭接耳，過了一會兒，一個四十歲上下的中年男子閃身站出向鍾離四老躬身一禮，「家主，三位長老，我等一致認爲，許正陽乃是我鍾離世家期盼數百年的不世明主，我等願意效命於他的麾下，重振我鍾離世家的雄風！」

我在回答完後，心中的一塊大石已經放下，我端坐在椅中，手指輕敲扶手，用以掩飾我心中緊張的心情，靜靜地看著屋中事態的發展。只見鍾離勝和大家商議一陣，率領眾人來到了我的面前，伏身單膝向我跪下，身後的鍾離世家眾人也紛紛跪下，屋中一片寂靜。

鍾離勝朗聲開口：「鍾離世家第十一代家主鍾離勝，率鍾離世家向許正陽宣誓效忠，自今日起，鍾離世家大小五百二十一名成員連同西陲六十萬將士，將效命於許正陽麾下，聽從許正陽調遣，不離不棄，一統炎黃，有違此誓，鍾離世家萬劫不復，永淪九幽！」

這種結果雖然早已在我的意料之中，但是我心中依然激盪起伏，站起來伸出雙手，朗聲說道：

「我，許正陽，戰神的後人，炎黃大陸未來的霸主，今日接受鍾離世家的效忠！從今日起，我願與我忠實的屬下，同甘苦，共患難，一起去開創炎黃大陸嶄新的一頁！從此不背不棄，生死與共，有違此誓，神明共罪！」

說完，我伸手將跪在我面前的鍾離勝等人扶起，我看見他們的眼中都含著淚水，神色激動。我明白這個神秘的鍾離世家爲了炎黃百姓，千年來不求聞達於諸侯，拋頭顱，灑熱血，所求的只是一個崇高的信念。而今天，他們就要開始爲了這個信念再一次拼搏，也許功成之日，今天在屋中的眾人會有大半人都已經不在了。想到這裏，我不禁對他們產生了一種深深的敬意。

大家漸漸的平靜下來，各自散去，屋內只剩下了鍾離勝和三位長老，還有剛才閃身而出的中年人，經過介紹我才知道，這個人是鍾離師的父親，明月世襲武威侯鍾離智。大家落座後，鍾離勝看著我，我也不說話，屋內的人也都是一言不發。瞬間，小小的廳房內陷入了死一般的沉寂。

半晌，鍾離勝開口道：「主公，不知目前宮中動向如何？」

他沒有像往常一樣叫我阿陽，而是稱呼我主公，我知道從這一刻起，鍾離勝也不再是我的師祖，鍾離世家從這一刻，已經成爲了我的屬下。

我沒有客氣，認真地想了一下，「國師，你可知太子高良已經戰死？」

「什麼！不可能！朝廷中沒有一點消息透出，不是說他出京搬救兵了嗎？」鍾離勝一臉吃驚，其他的人也都有些失去了方寸。

我點點頭，「這是真的，知道這件事的人只有高占、梁興、太子妃母子和我，其他的人都已經被我滅口了！前段時間東京吃緊，我害怕此消息傳出後，會影響軍心，特別是飛龍軍團的軍心。而且還會再起宮廷之爭，那個時候，我不能使東京再有任何的差錯，所以我建議高占對此事秘而不宣。如今危機已過，這件事就不能再隱瞞下去了！」

大家呆住了，這個消息太突然，讓他們一時無法接受。過了好一會兒，鍾離勝又開口說道：「不知主公有何打算？」

我看了一眼屋內的眾人，想了一下說道：「我們目前根基未穩，不可貿然起事，我的意見是廣積糧，緩稱王！所以，我比較傾向於輔佐高良之子高正登上太子之位，畢竟高占經此一亂，我想他也已經沒有太多時日了，高正母子孤兒寡母，相對而言，容易控制。更重要的是，只要高正即位，我們可以借機打壓朝中的反對勢力，建立我的威名，一旦時機成熟，就將他們……」

我沒有向下說，而是做了一個「殺」的手勢，我想屋中的眾人都已經明白了我的意思，沒有人開口，他們都面面相覷，然後看著我。

我冷冷一笑，「諸公可是覺得我的手段有些卑鄙？」

「千年前，一代聖皇曹玄曾經說過：寧可我負天下人，不可讓天下人負我！我知道諸公多年輔佐明月，對於高氏家族都有了深厚的感情。但是，要得明月得天下，是我們必行之事。高氏家族經營明月多年，已經根基紮實，若我們留他一條血脈，結果必然是春風一吹，野草遍生，那時戰火再起，我想諸公必然不願見到百姓再次流離！所以為了一個崇高的目標，我要不擇手段，這是夫子教給我的，多年來我一直牢記心中。諸公！為了天下蒼生，我許正陽甘願背負千年罵名，也在所不惜！」

說到這裏，我猛然起身，雙手背負，環視眾人，「若是諸公心有芥蒂，現在後悔也為時不晚，諸公可以將我許正陽擊殺於此地，我絕無怨言，但是我意已決，誓不更改，望諸公原諒！」說完，我不再看眾人，抬頭仰視屋頂。

在這一刻，我身上湧出了一股吞天噬地的霸氣，夾雜著強大的殺機，一時間將斗室填塞的滿滿的。鍾離勝眾人感受到了這股強絕的霸氣和殺機，不由得遍體生寒。「撲通」全都跪伏在地上，齊聲說道：

「鍾離世家自開創以來，未有人背叛聖主，以前沒有，今日沒有，以後更加不會有。主公不計虛名，一心為天下蒼生，我等赴湯蹈火也在所不辭！」

看著匍匐在我腳下的眾人，我知道我已經完全將他們收服，鍾離世家將會是我爭霸天下的一支利箭！我連忙將他們一一扶起，「諸公快快請起，我許正陽年少，對於將來之事常心有疑慮，還要諸公多多提攜。今日所出之言，如有得罪，還要請諸公原諒！」

「主公，莫要這麼說！老臣聽聞此言，心中深感愧疚。成大事者，原該如此，我們為了些須私情，竟然不識主公良苦用心，實在是慚愧！」

我又寬慰了眾人幾句，大家再次坐下，這時，屋中眾人的神色已經是變得誠惶誠恐，原來還有的那種自傲，已經消失的無影無蹤。

「主公，不知老臣能爲主公分擔何事？」鍾離勝小心翼翼地問道。

我看了看眾人，長嘆一聲，「實不相瞞，今日高占也問我此事，我將我的意見告訴了他，但是他並沒有立刻答應，相反，我覺得他對我已經有了一種戒心！」

大家一聽，均是十分詫異。鍾離智開口問道：「不會吧！京中傳言，高占對於主公言聽計從，信任有加，更是將主公和梁興收爲義子，何來猜忌之說呀？」

我苦笑兩聲，「他收我和梁興爲義子，是在他無所依靠之時不得已而爲之的事，想想東京危機重重，親生之子又要殺父奪權，那時他能相信的就只有我和梁興。如今危機已過，各路援軍馬上就要彙集京師，他已經不需要我們，畢竟我和梁興不是他的親生之子。而且，今日我不應回答他的問題，這使他對我更加的猜忌！」說完我搖搖頭，又長嘆一聲。

鍾離勝呵呵一笑，「主公莫要煩惱，想來此事老臣或許可以出上一臂之力！」

我做出一副十分感興趣的表情，「國師快快請講！」

「高占對我還是比較相信和尊重的，況且我鍾離世家乃是明月的開國之臣。所以，明日我就回朝，他一定會向我詢問，只要我將主公的意見呈上，再爲主公開脫幾句，想來他會疑慮盡消！只是主公你要儘量忍耐，我想他會將主公調離京師！」鍾離勝不緊不慢的說道。

「那在下就多謝國師！其實我本意也就是想離開京師，只是大勢不定，我一直不敢細想，今日既然國師回來，我也就可以卸任了，哈哈哈！」我聽完不禁開懷大笑，我就是要讓鍾離勝自己提出來。一來我領軍在外，可以遍交天下賢士，發展自己的力量，同時修羅、夜叉兩大軍團也需要進行一番好好的演練，才可以實現我的目標！

「另外，主公！有一人你必須要好好控制住！」這時鍾離飛開口道。

「何人如此重要？」我有些奇怪，扭身問道。

「太子妃顏少卿！」鍾離飛一字一頓地說：「主公莫要小看此人，她的背景十分神秘，雖然她是原來刑部尚書顏真之女，但是從她十五歲到十八歲之間，有三年的經歷無處可查。此女不識武功，但是心機頗深，高良在未得到你之前，對她倚仗頗深，想一想高良在勢弱之時卻始終立於不敗之地，你應該可以瞭解到此女心智有多深。而且，若能將她控制，何愁高正將來難以馴服呢？」

原來這個顏少卿也不是一個簡單的人物呀！想一下那晚在太子府大廳裏她的話頗有深意，嗯！我不禁對她產生了一種濃濃的好奇心。

因爲時間關係，我不敢久留，我們又商量了一下，最後決定，將此次從武威而來的援軍中，抽調出十萬人馬，供梁興組建夜叉兵團，大家又說了一些細節，然後我起身告辭，鍾離勝領著眾人將我送到屋外。

目送著我消失在夜色中的背影，緩緩的，鍾離勝問道：「對此子，你們持何看法？」

「盛世之逆臣，亂世之英豪！」鍾離智幽幽的回答。

「此子心計之深，手段之辣乃屬罕見，他明明知道大哥你可以去勸說高占，可是他偏偏不說，而是讓大哥你自己說出！他的算計當真是……大哥，我敢和你打賭，炎黃天下必爲他所得！」鍾離飛看著我消失的方向，用低沉的聲音說。

「功力之深，可以直追天下第一高手，厲害！厲害！」鍾離宏也開口說道。

聽完眾人的意見，鍾離勝默然無語，他抬頭仰望天上的繁星：康節，你教導出來的弟子果然是非凡，你十餘年的苦功沒有白費，阿陽已經成長爲了一個真正的帝王！剩下來的，就看爲師的吧！一代帝王出自鍾離世家之手，康節呀康節，你好大的手筆。

離開鍾離世家的眾人，我突然想起了小月和與她的約定，一旦想起，心情也就變得更加急切，一刻也不等地帶上巫馬天勇向小村方向趕去！

由於我們縱馬狂奔，大約在急行了三個時辰，我們就來到了我和小月分別時的山岡，我停下烈焰，遠遠望去，那個小村子就在我的眼前，我心中一陣激動，小月，我來了！我和巫馬天勇來到村口，我跳下烈焰，直奔那個小院子，我從來沒有像今天這樣的急不可待。

當我來到院門前，我停了下來，還是那個院子，可是院門卻是鐵將軍把門，小月和楊大叔不在家？我有些疑惑，天色已經過了午時，他們這個時候應該在家呀！我上前敲了敲門，裏面沒有聲音，門上落下許多的灰塵，好像已經有些時日沒有人住了。

我心中產生了一種不安，莫非夢中的景象成爲了現實？這時，一個村民打扮的人走過，我連忙拉住他，這個人很面熟，只是我想不起他的名字，應該是在我養傷時見過。我深施一禮，「這位兄台，請問這個院中的住戶去了哪裡？」

他仔細打量我一下，好半天他才開口道：「你？你是不是一月前在這裏養傷的那個？」此時的我與一月前的打扮截然不同，他有些不敢認。

我連忙點頭，「是呀！兄台，我是在這裏養傷，不知你可知這戶人家的去向？」我有些著急。

「哦！我說嘛，你看上去有些面熟。你說小月姑娘呀，她走了！」

「什麼！她走了？不可能！她答應我要等我的呀！她什麼時候走了？」我一聽，心中大急，一把抓住那人的胳膊，情急之下，我體內的真氣勃然而發。那人如何能經受的了我這一抓，當時疼得直齜牙，連聲叫疼。我清醒過來，連忙鬆開手，忙不迭地向他道歉。

「大約在七天前，來了一些士兵，他們將小月姑娘接走了！」那人一邊揉著被我抓過的地方，一邊告訴我。

「什麼樣的士兵？他們把小月劫走了？他們爲什麼劫走小月？」我急急地問道。

「兄弟，不是劫走了，是接走了！小月姑娘好像和他們認識，而且那些士兵對她也十分的恭敬！」看到我著急的模樣，他連忙解釋。

我放下心來，只要小月沒有事就行了，「你知道那是哪裡的士兵嗎？」我又問道。

「這我可就不清楚了，從他們的打扮來看，好像是正規軍，究竟是哪裡的，我也不知道！不過，那天小月姑娘好像不願意走，但是不知道爲什麼，和她一起在這裏的那個楊大叔和她說了幾句，小月姑娘就流著淚走了！」

我向那人謝過，等他離開後，我縱身跳進小院，希望能找到一些蛛絲馬跡。可是我失望了，房間裏空空如野，桌子上積著厚厚的灰塵，我找遍了每一個角落，但是什麼都沒有發現，看來她離開的時候，什麼也沒有留下。我失望地回到村口，巫馬天勇看見只有我一個人回來，有些奇怪，但是他沒有問，這是他的優點，從來不主動詢問和他無關的事情。

我腦海裏激烈的轉動，東京攻防三十天，周圍的軍隊都已經調回東京參加防禦，按理這附近不應該有什麼部隊了。七天前，正是東京城門開放之日，城防軍無人出城，也沒有援軍到達。那麼出現在這裏的，會是什麼部隊呢？我努力的迴避著那四個字，但是最終只有這麼一個合理的解釋，那支部隊是：鐵血軍團，只可能是它，不然沒有別的部隊。那麼，小月應該是鐵血軍團中某一個將領的女兒，也正是這個原因，這個小村莊沒有受到刀兵之禍，這個將領在鐵血軍團中的地位應該不低！不行，我一定要查個水落石出！

我打了一個呼哨，飛身跨上飛奔而來的烈焰，向巫馬天勇說道：「天勇，我們馬上回京師！馬上！」說完，我不管一頭霧水的巫馬天勇，徑直一個人向東京急馳而去。

小月，不論妳走到天涯海角，我也要將妳找到！我發誓！我心中暗想。

我飛一樣地趕回了東京，衝進提督府，大廳中，梁興等人看見我都是一愣，顯然他們沒有想到我會這麼快的回來。梁興起身向我迎來，可是我沒有理他，高聲喊道：「鍾離師，馬上將鐵血軍團萬騎長以上的將官資料拿到書房，立刻！我要看！」說完，我頭也不回的衝進後院的書房，留下了一屋子滿臉驚愕的人。

雖然心中十分的詫異，鍾離師還是起身準備，這時，巫馬天勇從廳外走進，梁興一把將他拉住，急急地問道：「天勇，發生了何事？傲國公為何如此神色？那個小月姑娘呢？」

巫馬天勇也是一頭霧水，他愣愣的回答：「殿下，我也不太清楚，傲國公大人讓我留在村外，自己進了村子，過了一會兒，我就看見他急匆匆地衝出來，一臉若有所思，然後就瘋了一樣地往回趕。我在路上問他，他也不出聲，只是一個勁地往回趕！」

梁興愣住了，沒有想到一件好好的事情竟然出現如此的局面，而且自己一點原因也不知道，這該如何是好？

「殿下！國公大人是怎麼了？」巫馬天勇在一旁一臉的疑惑。

梁興看著他，心裏的火不打一處來，「你問我，我問誰？讓你跟著大人一起前去，就是爲了以防意外，你倒好，留在村外，什麼事也不知道！你還問我？我又沒有去，怎麼知道！」他大聲的吼道。

巫馬天勇訕訕的傻笑兩聲，沒有出聲。

回到書房，我坐在桌前，不停地用手指敲打桌面，心中焦急萬分。過了一會兒，鍾離師抱著一摞厚厚的卷宗走進屋內。他來到桌前，將手中的卷宗放在桌面，小心翼翼地說：「大人，鐵血軍團的全部檔案都在這裏，請大人過目！」

我抬頭看了他一眼，「哦！謝謝你，老兄！」

鍾離師有些受寵若驚，他口中連連客氣。站在桌前，他猶豫了半天，終於開口道：「主公，關於我家族的決定，也是出於無奈，還請主公不要見怪！如果在下能夠爲主公分憂，請主公儘管吩咐！」說完，他等了一下，看我低頭全神貫注的在看那些卷宗，好像沒有聽見他說話，不由得嘆了一口氣，轉身向門外走去。

就在鍾離師快要走到門邊，我突然抬起頭，「鍾離師，你不要擔心，我很理解你家族的謹慎，我想如果換成我，我也會小心處理此事！請告訴師祖，不要擔心我會對鍾離世家不利，同時，我也非常感謝他對我的支持，畢竟我現在什麼都沒有，那些有疑慮的人謹慎也是應該的。我只是希望以後不要再有這樣的考驗，我不喜歡受別人的擺弄！」說完，我又低下頭，埋首在眾多的卷宗之內。

鍾離師的身體一震，轉身向我深施一禮，扭頭走出屋子。

我知道我不需要再說什麼了，剛才的話已經在鍾離師心中烙下了深深的印記。我仔細地翻閱著卷宗裏的資料，記得小月對我說過，她有兩個哥哥，那麼就從這個線索去搜索，一定能找到一些有用的東西。

鐵血軍團中千騎長以上的官員一共有四百六十七人，我用了近一天的時間去查閱他們的資料。經過反覆篩選，一共有十七人符合小月的條件，我傳令下去，讓人去調查這十七人具體的資料。伸了一個懶腰，看看外面的天色，已經是第二天的黃昏時分，我突然覺得有些饑餓，手扶桌子站了起來，突然，我的目光停在了一份卷宗之上。

那卷宗上寫著南宮飛雲四個字，我一直沒有看南宮飛雲的檔案，因爲在內心中，我覺得這是不可能的，而且在下意識中，我幾次將南宮飛雲的卷宗扔在一邊，但是……

我用顫抖的雙手拿起那份卷宗，深深的吸了一口氣，慢慢地打開：南宮飛雲，炎黃曆一四一五年出生，無家世背景，自幼師從崑崙，拜崑崙掌教紫雲爲師，聰明好學，深得紫雲的喜愛，乃是崑崙三代弟子中的佼佼者，與高飛交好。擅使九節斷魂槍，位列天榜四十七位。好計謀，用兵如神，現任鐵血軍團統帥，現年四十七歲，有兩子一女，長子南宮凌，現年二十七歲，鐵血軍團禁衛營大都統，次子南宮雲，現年二十四歲，鐵血軍團驃騎營萬騎長；幼女南宮月，深居簡出，資料不詳。

南宮月，南宮月！這三個字映入我的眼簾，我心中一顫。小月是南宮月？我不敢想下去，小月真的就是南宮月的話，我又該怎麼辦呢？我與南宮飛雲的仇恨是無法化解的，那麼小月和我……我突然感到一種迷茫，我該怎麼辦呢？

「報！殿下，太子府派人前來，說是太子妃有請大人過府一談，現正在府外等候！」一個親兵的聲音將我從迷茫中喚醒。

「什麼？」我一楞。

「殿下！太子妃請大人過府一談，說有要事相商，來人在府外等候殿下的答覆！」

太子妃？顏少卿！她找我何事？我先是一愣，但是隨即馬上明白過來，看來她要和我商談的事，無非是如何將高正的太子位保住。突然間，我從迷茫中清醒過來，我現在還在京師，不應該想那麼多的瑣事，目前最重要的，就是保住我現在的一切，如果我就這樣失魂落魄的話，那麼，我如何去和那群蒼蠅鬥下去呢？

我應該振作，小月是不是南宮月還沒有證實，就算是，只要我今後留意，還是有機會挽回的。我精神一振，不再那麼的迷茫，吩咐親兵：

「前去回話，就說我隨後就出來，讓來人在府外稍等片刻！」

親兵領命下去，我振作了一下，整理了一下衣冠，大步向府外走去。

門外，一個黑黑瘦瘦的太監打扮的人站在門外等候著，身邊還有一個轎子。不知為什麼，我對這個人很不喜歡，此人給我一種很不好的感覺，我無法形容，就好像是一條毒蛇，對！一條隱藏在暗處的毒蛇，我不禁對此人產生了一種深深的戒備。

「累公公久候，恕罪恕罪！」我連忙拱手施禮。要知道，這些當太監的傢伙，十個有九個心理不正常，一個不小心得罪了他們，將會給我帶來無窮的麻煩。

「殿下客氣了！太子妃有請殿下過府一敘，在下打攪之處，還請見諒！」那人也是十分客氣。

但是我卻心中一震，這個人有問題，因爲太監從來不稱呼自己爲「在下」，他……我仔細地打量眼前這人，想從他身上發現什麼破綻，但是他隱藏得很好，而且身邊的轎夫確實是太子府中的人，我曾經見過。我心中雖然疑惑，但是目前京師在我的掌控之下，我沒有什麼可怕的。於是我開口說道：「請公公帶路！」

「殿下請上轎！」

我沒有猶豫，鑽進轎子坐好，這頂軟轎晃晃悠悠地被抬起，離開了提督府。

沒有多長的時間，就聽外面有人說道：「殿下，到了！」我起身出轎。嗯，沒有錯，這裏正是太子府，看來我有些多慮了。

那個在提督府迎接我的人來到我的面前，「殿下，太子妃目下在後宮恭候殿下，請殿下隨我來。」

「公公前面帶路，我自會跟隨！」我客氣地說道。

跟隨著那人，我們穿過太子府，來到後宮。說是後宮，其實就是平日裏高良的家眷活動的地方。

我們在一個小院前停下，那人十分恭敬地說：「殿下，太子妃就在裏面恭候，殿下請進！」

「有勞公公了！」我謝過那人後，抬腳走進。這是一個非常精緻的小庭院，院中種滿了花草，已經是初夏季節，花草已經盛開，景色十分漂亮，可惜我不懂花草，也叫不出它們的名字；庭院正中央有一間小屋，我來到屋前，輕敲房門，「許正陽奉太子妃之邀，前來覲見！」

「進來吧！門沒有鎖！」一個嬌柔的聲音從屋裏傳出，正是顏少卿的聲音。

我推門走進屋內，這是一間並不大的房間，分裏外兩間，外間正中擺放著一張八仙桌，上面有幾道精緻的菜肴和兩壺酒，屋中沒有什麼豪華的擺設，靠窗放著兩個書架，上面堆滿了書籍，另一側則是掛著一幅元江的觀潮圖，屋中焚著一爐香，整個房間裏顯得古香古色，十分典雅。

門簾一挑，顏少卿從裏屋走出，依然未施脂粉，一身素裝，長髮披肩，在燭光下，顯得楚楚動人，風情萬種。她來到桌前坐下，纖手一指對面的空椅，輕啓櫻唇：「正陽，坐呀！」話語間秋波流轉，柔媚萬分。

我依言坐下，但是卻不知該說些什麼。說實話，讓我指揮兵馬，決勝千里或是單人匹馬面對天下英豪，我都會無所畏懼，但是這一刻，我卻不知道該怎麼辦才好，也許我天生沒有和女孩子打交道的天分，還要學習呀！

我不出聲，顏少卿也不開口，只是一雙美目看著我，看得我十分不舒服。半晌，她開口道：「正陽這兩日沒有上朝，聽父皇說，正陽是去辦理一件私事，不知辦得如何了？可有讓本宮幫忙之處？」

「些許小事，有勞太子妃掛念，實在是慚愧！這等小事正陽一人處理就行，怎敢勞太子妃費心！」我恭聲回答。

「唉！正陽如此一說就顯生分了，昨日父皇召我入宮，說起你十分讚賞，還說你提出讓正兒繼任太子之位；再加上前不久，正陽為維護我母子安全，特意駐紮太子府，如此大恩，本宮感激不已，能為正陽分憂，也是本分之事！」

「太子待我，恩深似海，正陽粉身碎骨，也難以報答萬一，太子妃萬萬不可客氣！」我連忙說道。

顏少卿目光一轉，端起一杯酒，起身來到我的面前，「不管如何，請正陽滿飲此杯，以示本宮謝意！」

看來鍾離勝已經做好了工作！我慌忙站起，一副誠惶誠恐的模樣，「太子妃敬酒，正陽安敢不喝！」說完，接過她杯中之酒，一飲而盡。

放下酒杯，我發現顏少卿的表情有些怪異，我心中隱隱覺得有些不妥。

「如今東京之危已解，不知正陽有何打算？」

「正陽奉命組建修羅兵團，此後自是埋首軍務，為我明月效力！」

顏少卿看著我，半晌不語，久久她才說道：

「正陽，你是聰明人，我也不笨，你我還是不要再打謎語了。正陽可還記得數日前，你我在這太子府的大廳之言？你所說的非常正確，父皇的身體經此一劫，已經是大不如前了，雖然他表面不露聲色，但是我依然可以感覺到，父皇之意，也是讓正兒繼任太子之位，可是也十分擔心正兒年幼無知，所以一直有些猶豫！」

我裝做十分奇怪的樣子，「哦？不知聖上有何擔憂？」

「一來，擔心正兒年幼，其他的皇子在他歸天後伺機奪位，那時，朝中恐怕無人肯幫助我孤兒寡母；二來嘛，則是擔心你！」顏少卿笑著對我說。

「擔心我？擔心我什麼？」

「原因無非兩點，一是擔心你此次救駕雖然有功，恐怕還是無法震住其他的官員；二是擔心你功高勢大，再加上戰國公與你交好，你們相互呼應，難以控制！」

「這些是聖上告訴你的？」我試探地問道。

「不，這只是本宮的猜測，我想就算有些出入，但是相去也不會太遠！」說到這裏，顏少卿緊緊地盯著我。

我心中一驚，好聰明的女人，她的想法竟然和我不謀而合，看來今日她是要我向她效忠，既然如此，那我何不也利用她來完成我的計劃呢？想到這裏，我體內真氣一轉，運功逼出一頭的汗水，一臉的驚慌，「太子妃，許正陽對太子殿下忠心耿耿，絕不會做出大逆之事！」

看到自己的目的已經達到，顏少卿又給我倒了一杯酒，「正陽莫慌！先飲這一杯！」

我一仰脖喝下，然後看著顏少卿。

「本宮苦思數日，覺得正陽再留在京中已無意義，倒不如向父皇請一道聖旨出京，做一個地方大員，也好立一些大功。我覺得北邊的通州和南邊的涼州是兩個絕佳之地。這兩個地方，一處閃族的叛亂時有發生；一處緊鄰飛天皇朝，戰亂不停；若正陽能主動向父皇請旨，父皇必將十分高興，心中的疑慮自然打消；而本宮在京城為正陽打點，如此，正陽也不會有後顧之憂。不知正陽意下如何？」

顏少卿一言正中我下懷，但是我知道不會這樣簡單，看著她，我想了一下，「太子妃此計甚好，正陽感激萬分！」

「但是，本宮也害怕一件事，不知正陽能否為我釋疑？」顏少卿含情脈脈地看著我。

我就知道，哼！「太子妃請講！」我恭聲說道。

「正陽此去，必然立下赫赫戰功，到時父皇歸天，我又怎能相信正陽會一直效忠於我母子？」

「太子與太子妃對我的恩德似再生父母，正陽安敢背叛？請太子妃放心！」我連忙起身，作勢就要向她跪下。

顏少卿一把拉住我，一雙多情的眼睛上下打量，看得我心中有些蕩漾。她抓住我的手，「正陽的忠誠，我自然明瞭，但是最好還是有些保證才好！」

「不知太子妃要何保證？」我實在是不敢再看她的雙眼，不知為何，我胸中有些衝動，身體也有一些奇怪的反應，我連忙低下頭。

「本宮這裏有一毒藥，名為噬魂丹，乃是天下間僅次於陰陽奪命散的奇毒。此毒只有本宮有解藥，正陽若是真的忠心於我，就將此藥服下。不過，就是正陽不服，本宮也不會怪罪！」她的手輕輕的在我臉上拂動，讓我更覺衝動。

奇怪，今天我為什麼會有這樣的反應，我對自己的定力一直有著自信，為何？……不過，這噬魂丹沒有什麼可怕，想那陰陽奪命散都沒有將我如何，我有什麼可怕的。

「正陽願意服下，以示對太子妃的忠誠！請太子妃賜藥！」我還是不敢看她的眼睛，努力地克制著下身的蠢蠢欲動。

「那好，就請正陽張開嘴，本宮親自餵正陽服下。」說著，顏少卿探手從懷中取出一粒丹藥，那丹藥奇香撲鼻，她伸手將我的頭扳起，將丹藥放到我的嘴邊，「來，張口！」她的聲音十分溫柔，彷彿手中拿的不是毒藥，而是一粒仙丹。

我依言張嘴，將那噬魂丹服下，但是她卻不將手拿開，輕輕的在我唇邊遊走，一張如花俏臉向我探來，身體更是幾乎貼在我懷中，「正陽感覺如何？」她輕輕地問我。

說實話，那噬魂丹確實不假，一進我腹中，就覺一陣絞痛，但是隨著真氣一轉，我立時感到神清氣爽。要命的是，她如溫香軟玉般的身體貼著我，而且，她的衣服在剛才取藥時衣扣鬆開，隱隱我看見她誘人的雙峰，一股欲火直衝丹田，我的額頭流出汗來，氣息也微微變粗，我想將她推開，可是不知為何卻將她緊緊摟住，我的神智逐漸有些不清，但我依然咬牙克制，「痛，萬分的絞痛，但是少卿，我更覺得熱，好熱！」

「熱就將衣服脫下，正陽，你額頭直出汗，可是身體有些不適？說真的，我也有些熱了。」

顏少卿在確定我已經服下噬魂丹後，神色一鬆。她在我懷中將衣扣又鬆開數顆，胸前溝壑盡現我眼中，她媚眼如絲，紅唇微微張開，那神態嬌煞，誘煞！我再也無法克制身體的衝動，一把將顏少卿抱起，「藥，我已服下，但是少卿此舉大傷我心，該如何補償呢？」說話間，我舉步向內室走去。

「正陽要我如何補償，少卿就如何補償！」她嬌喘道。

走進內室，我再也無法忍耐，三兩下將身上的累贅除去，向床上的顏少卿撲去。在神智將失之刻，我腦海中閃現了兩個字：媚藥！

一番雲雨，我躺在床上，顏少卿像一隻赤裸的綿羊一樣，蜷縮在我的懷中。我腦子裏一片空白，我剛才做了什麼?!我不敢相信，剛才自己就像禽獸一樣，就這樣和她發生了……。原來和女人的性愛如此暢快，可是我卻是和一個與我相互利用的女人。

天！我該怎麼辦？這個女人如此的令我著迷，她的身體，她在我身下的輕聲呻吟，都令我感到一種無比的興奮，可是我對她沒有一絲的感情。我將在以後如何面對小月，一時間，我感到迷茫。

看著在我懷中熟睡的顏少卿，看著她的嬌顏，觸摸著她豐滿誘人的身體，突然間，我心中產生了一種失落，一種無法言表的失落。

第三章　修羅兵團

從太子府出來，已經過了子時。臨走時，顏少卿將我送到門外，她告訴我，噬魂丹是一種慢性的毒藥，發作時會令人痛苦至極，解藥每三個月要服食一次，她會按時派人給我送去。

看著她盈盈的笑靨，我突然感到一陣發冷，女人！實在是令人難以琢磨。爲了自己的利益，她可以像一個婊子一樣的去討你的歡心，也可以在你最高潮時將你置於死地，剛才還處心積慮的和你抵死纏綿，可是一轉眼，她就可以翻臉無情，像一個冷血的殺手。嘿嘿！這皇宮裏的女人，比婊子更婊子，我心中冷笑著。

突然間，我想起鍾離飛的忠告，眼前的這個女人決不簡單，她的身後還有著一股神秘的勢力，他們能培養出如此出色的女人，我十分的佩服，同時也讓我產生一種渴望，真希望能夠早日和這股勢力碰撞一下！

回到提督府，我的心情已經平靜了許多，雖然小月的神秘離去讓我著實的難受，但是我有一種感覺，我們很快就會再見面的。坐在床上，我運轉真氣，檢查體內的情況，噬魂丹果然厲害，它沒有像陰陽奪命散那樣猛烈，但是，卻是在不知不覺中侵蝕身體的機能。

顏少卿沒有騙我，但她沒有想到，我身懷噬天真氣，可以不懼任何的毒物，這將使我少了一個敵人，多了一個助力，使我能夠靜心建立我的勢力，以後這京城的是是非非，就由她來周旋吧！

我耗費了一個時辰，才將大部分的毒素排出，其實這本來不難，可關鍵在於，我需要留一部分的毒素在體內，它既不能對我的身體產生影響，而且還要讓人可以察覺到我確實已經中毒，所以必須是在我的控制範圍之內，這個分寸實在不好把握，我只好一點一點的調整。

從床上下來，已經過了寅時，遠方的天色已經微微放亮，天空中泛起一抹微紅。想想這短短的半年時間，我經歷了太多的變故，我從一個小小的草寇，成爲了東京的九門提督，而後又成爲了高占的義子。一場東京攻防戰，我不但名揚天下，而且還擊殺了天榜中排名第四的摩天；我現在是手握兵馬的統帥，而且又得到了鍾離世家的效忠，還遇上了我的世叔；我戀愛了，不到兩個月，我的愛人又不見了，而且，我又和一個神秘的女人，一個未來的太后發生了關係，我的處男之身就這樣沒有了。

仔細想來，這半年裏真的過的很精彩，那麼未來呢？未來又會是什麼樣呢？還有什麼樣的事情會發生呢?我心中隱隱有些期待。不想了,想也是徒勞的,趁著天還沒有亮,趕快睡上一覺,讓自己放鬆一下。

一覺醒來,天色已經大亮,起床伸了一個懶腰,我覺得精神爲之一振,推開窗戶,屋外豔陽高照,真是一個好天氣呀!親兵端來水,我洗了洗臉,吃過早飯,整個人感到精神了許多。

兒女私情先放在一邊,還是將自己的主要精力放在兵團的組建上,估計在不久的將來,我和梁興就都要被派外出,而現在,我們的兵團還沒有開始組建,必須要加快行動了。我吩咐親兵去將梁興找來,而我則坐在屋中仔細的考慮。

沒有多久的工夫,梁興滿頭大汗的從外面走進。他是在練武場中被找到的,一聽我找他,就急急忙忙地跑來,因爲從我回來後,就一直不出聲,府中的眾將一直猜不透到底發生了什麼事情,他心中更是著急,所以連衣服都沒有換,就趕過來了。

「鐵匠!找我什麼事呀!」一進門,梁興就說道。

我示意他先坐下,「大哥,今天找你來,是商量如何組建修羅、夜叉兩個兵團,不知道你是不是已經有了腹案?」等梁興坐好後,我問他。

「哦!是這個事情呀!你做主就行了!」

主意！」

我沉默了一會兒，「大哥，我們可能要分開一段時間了，所以有些事情，你必須要自己來拿

「沒關係，你不在，我會幫你看好家的！」梁興顯然還沒有理解我話中的含義。

我嘆了一口氣，「大哥，我是說我們要分開，而且時間會很長。」

看著梁興有些吃驚的模樣，我停了一下，又接著說道：

「我想過了，雖然我們在東京的這場大戰中表現的很出色，但是依然無法讓群臣信服。而我們雖然從青州和武威拿到了二十萬的人馬，但那畢竟是別人的，我們無法將他們調動如臂轉，所以他們還不是我們的部隊。只有帶領他們從一場場的血與火的考驗中走出來，才能在他們身上烙下我們的印記，那才是我們的兵團！」

「可是，也不用分開呀！阿陽！我們在一起努力，一起去建造我們的無敵鐵軍，不是很好嗎？」梁興心中十分不願意和我分開。

「不！大哥，如果我們不分開，你永遠無法建立自己的威信和勢力！其實，大哥你的才能不在我之下，只是平時不願思考，你看，南宮飛雲突襲的那一天，你做得就非常好，甚至比我做得還要好。如果我們一直在一起，那麼，這個世界上就只有修羅兵團，而夜叉兵團則會是名不符實，這樣對你我都不好。」

「大哥，你還記得我們在離開奴隸營時發過的誓言嗎？這個世上，我最相信的就是你，所以，你一定要將夜叉兵團帶出來，成爲你自己的力量，只有這樣才能夠幫助我。你知道，任何一個無敵的軍團，都刻有主帥的印記，我們現在要做的，就是讓青州、武威的士兵成爲真正的修羅、夜叉中的一員，只有這樣，我們才能建立起一支無敵的鐵軍！」

「好吧！那你要去哪裡？」梁興還是有些不情願。

我微微一笑，「大哥，不是我，而是我們都要離開京師，只不過我們的目的地不一樣。我已經想好了，你去通州，那裏閃族的叛亂剛剛停下，十分不穩定，而且，鐵血軍團的叛亂更讓他們蠢蠢欲動，所以我想，用不了一個月，通州必將戰火再起。大哥你就請命前去，但是要記住，大哥你的目的，不是去將那些閃族人滅掉，而是要將他們收服。閃族人尙武，民風剽悍，騎射功夫天下無雙，但是卻沒有統一的領導，所以我希望大哥，你要利用他們部落之間的矛盾，將那些閃族人納入你的夜叉兵團之中，當然，對於那些冥頑不化者，不要客氣，甚至將整個部落滅掉也在所不惜，只要恩威並施，大哥你的夜叉兵團之中，必將多出一支無敵的鐵騎！」

梁興聽完我的話，神色中也有了一些嚮往，但是一想到要和我分離，他的臉色馬上就又黯淡了下來，「那你呢？你又要去哪裡？」

「我要前往南邊的涼州，那裏緊靠飛天，我要用三年的時間，將飛天的北大門——開元拿下。大哥，你還記得夫子嗎？已經是時候爲他報仇了！」我說到最後，已經是咬牙切齒，話語中帶著無邊的殺機。

「要三年？那我們不是要分開三年？」

「大哥，還記得童大叔說過：大丈夫在世，萬不要效仿小女兒之態，要頂天立地！你我的分別只是暫時，我們爲的是將來能夠再次並肩作戰！」

我起身來到他的身邊，用力一拍他的肩膀，「我估計，三年後，也許用不了三年，高占一定會撐不下去，那時東京必會動盪再起，那時，你帶著你的夜叉，而我則領著我的修羅。我們比一比，看誰的部隊更加厲害，到時，輸了的人請客，我們在翠鳴閣請那個什麼梅惜月陪酒，好好的慶祝一番！」

梁興聽了我的話，心中的不快一掃而光，他也站起來，「好！那我們一言爲定！」說完我們擊掌立誓。然後我們又坐下，梁興突然問道：「那我們怎麼分配我們的兵力呢？」

「嗯，我早已經想好了，此次守城還剩下的七萬將士分出五萬，再加上武威的十萬大軍，共十五萬兵馬組成夜叉兵團，鍾離師、廖大軍、鍾炎、仲玄、伍隗、毛建剛、王朝暉和城衛軍、飛龍軍團的將領也由你指揮，同時別忘了在通州多攬人才。兩萬守城部隊和青州十萬大軍劃入修羅兵團，向家四兄弟、巫馬天勇、葉家兄弟、陳可卿和多爾汗就由我統領；讓高山大哥在京中坐鎮，負責探聽京中的消息，疏通各種關係。大哥，你看如此安排是否可行？」

梁興沉思了一下，「基本上我沒有意見，只是你只帶十二萬兵馬前去涼州，未免有些單薄，我看守城的五萬士卒你也帶走！」

我聽了心中一暖，伸手拉住梁興的手，「大哥，謝謝你的關心，但是你有沒有想過，你前去通州，那裏戰亂迫在眉睫，十五萬兵馬並不多，要知道，訓練新兵不是一朝一夕可以完成的，你剛開始所依靠的，就是這十五萬的人馬。而我不一樣，飛天目前不會對明月用兵，我有足夠的時間來招募和訓練新兵，我看這樣，我只帶十萬人馬就行了，這次東京守城所剩下的七萬將士，你全部帶走！」我看到梁興想反對，馬上又加了一句：「此事不必再議，如果你不同意，我寧可將這七萬將士扔在東京便宜那幫小人，你自己看著辦吧！」

梁興苦笑著搖頭，「你這個傢伙！唉！」他不由得嘆氣。

這時，一個親兵來到門外，「啓稟殿下！門外有一個姓錢的商人求見！」

姓錢的商人，我印象裏不認識有什麼姓錢的商人呀！他來找我幹什麼？我疑惑的看了看梁興，梁興看出了我的疑惑，哈哈一笑，「我說你這個人呀！你忘了，這個錢老闆曾經給我們捐獻了很多的黑油，他是一個軍火商，當時你問他要什麼賞賜，他說請你救救他的兒子，他兒子叫什麼來著？嗯，我也想不起來了。」

哦！我想起來了，是有這麼一回事，當時我好像還誇這個商人呢！他的兒子好像叫錢悅，失手將人打殘。東京解圍後，我就一直被雜事纏身，已經把這個事給忘記了，我連忙對親兵說：「快！快快有請！我在客廳恭候！」

親兵領命出去，我一拉梁興，「走，去會會這個錢老闆！」

來到客廳沒有多長時間，親兵領著錢老闆走進屋內，我連忙起身迎接，口中客氣道：「錢老闆，有失遠迎，快快請坐！」

錢老闆也忙不迭地向我行禮，我們大家客套了一番坐下。我清了清嗓子，「錢老闆的來意，本公很清楚，不用再多說了。因爲城防戰結束後，本公一直俗事纏身，所以一直沒有處理令郎的事情，實在是慚愧呀！」我頓了頓，接著說：「這件事容易辦，我馬上令人前去接令郎出來。」說完，我將門外的親兵召進來，將我的令箭交給他，讓他前去大牢提人。

「有勞殿下操心，小民實在是慚愧！」錢老闆連忙起身向我道謝，然後他話鋒一轉，「其實小民此來，還有一件要事相商。」

我眉毛一挑，奇道：「何事？說來聽聽？」

「小民聽說兩位殿下奉命組建修羅、夜叉兩大兵團。殿下知道，小民是一個軍火商，所以特來向大人探聽，是否需要軍械？如果需要，不知小民是否有這個榮幸來承接？」

真是一個商人，從來沒有商人這麼大膽來到我的面前推銷，我不由得對此人產生了濃厚的興趣，「不知錢老闆的貨物如何？如果好的話，本公倒是很有興趣。」

「殿下，不是小民誇口，小民的軍械都是用上等的材料，質量比大內軍械庫的武器還要好，只是以前朝廷的軍械都是由六皇子把持，所以一直沒有人理會。今日聞聽殿下組建兵團，所以前來一試運氣！小民還帶來兩套盔甲送予兩位殿下，不知殿下可否有興趣？」

「錢老闆如此盛情，倒讓本公難以推辭了，不知是何等寶甲，也好讓本公開開眼界！」我一聽來了興趣，有人送禮，那我要是不要，不是太對不起人家了。

只見錢老闆將身上的包裹拿下，放在我的面前。看樣子很輕，不知道是什麼鎧甲，我的好奇心越來越重。

他打開包裹，裏面是一黑一白兩件軟甲，我伸手拿起那件白色的軟甲，觸手光滑，隱隱之間一股寒氣傳來，令人神智一清。

只聽他說道：「兩位殿下，這兩件玄玉軟甲乃是從千年的玄鐵中採其精華，就是玄鐵魂魄，經過二十年的練造，然後取寒玉之精相融合，再耗時三十年，方才做成。這玄玉軟甲薄如蟬翼，而且十分輕巧，即使神兵利器也難傷其半分，可以抵擋所有專破護身真氣的暗器，更重要的是，這軟甲隱透寒氣，可以使人的神智保持清醒，對於殿下這樣的統帥，用處十分的大。」

我對於打造也略通一二，所以一拿起來，就知道這兩件寶甲確非凡品，一時間竟然有些愛不釋手。

「錢老闆，這兩件寶甲本公非常喜愛，不知要多少金幣？」

「殿下，這兩件玄玉軟甲乃是小民獻予殿下，分文不取。只求能有一個機會與殿下合作。」

我仔細地打量了一下眼前的這個商人，「錢老闆，皇上讓我與戰國公組建修羅、夜叉兩大兵團，爲的是加強我明月的戰力，所以要的是最好的兵器，最好的鎧甲，最好的戰衣。將來兩大兵團合起來有百萬之眾，如此的商機，天下的軍火商人都垂涎三尺，不知道錢老闆如何能使我相信你的貨物是最好的？」

「小民願意先捐獻兩萬套軍械，戰馬五千匹，如果大人覺得合用，不妨再向小民下單。小民可以打包票，今後修羅、夜叉兩大兵團所用，將是炎黃大陸最好的軍械！此外，小民家傳有一種火槍的圖紙，小民正在研製，這種火槍乃是用火藥發射，威力十分巨大，如果研製成功，小民願意只供應殿下的兵團！」

好傢伙，這個錢老闆看來是志在必得，一套軍械少說要三十個金幣，一匹好的戰馬也要二十個金幣，這一下子他就壓上了一百多萬枚金幣，有氣魄，我喜歡！

我看了一眼梁興，只見他點點頭，我咳嗽一聲，「錢老闆如此誠意，本公當真是不好推辭，好！我也不要你捐獻，我可以馬上向你訂十萬套軍械，五萬匹上等的好馬，先支付你一半的定金，然後，如果你的貨物真是上等，我會再向你購買；並且將這十萬套軍械的尾款一次付給你，而且我還可以向你保證，今後你的商隊在通州、涼州、武威和青州四條邊界不交任何賦稅！你看如何？」

這個錢老闆一聽激動萬分，「小民必不負殿下的信任。」

「哦！錢老闆，光知道你姓錢，還不知你的大名是……？」

「小民的名字好記，單字一個岩，小民名叫錢岩。」

錢岩，錢眼！我反覆念了兩遍他的名字，突然放聲大笑，「錢岩，我看你是真的掉進錢眼兒裏了！哈哈哈……」笑罷，我臉色一沉，「錢老闆，我醜話在前，如果你敢用次品充數，嘿嘿！你不但會血本無歸，而且，你的小命也難保，知道嗎？」

錢岩一聽，嚇得連忙跪下，「殿下，小民是一個商人，商人的首要信條就是要以誠信為本，小民還希望能借殿下的光芒，將生意做大，怎會不盡心竭力！」

「好！錢岩，本公就相信你一回，那麼，我首批定單你何時能交貨？」

「小民準備一下，大約要半個月的時間。」

「好，那你就在二十天內交貨，將軍械直接送到校軍場，我得到通知，會立刻付款。」我點點頭，將桌子上的兩件玄玉軟甲給了梁興一件黑色的，我留下了一件白色的。收好後，我突然想起了一件事，「錢岩，你說你現在正在研製一種火槍？」

「是的，殿下！」

「嗯，我對你這件武器很有興趣，不如你我共同研製，我手下有專門的人才，可以給你派過去，而且研製費用我來承擔，多少都行。但是如果研製出來，沒有我的允許，你不可以將火槍賣給他人。」說到這裏，我想起了鄧鴻，他對這方面是最有研究的。

「此乃小民的榮幸，如果殿下有興趣，我可以與殿下合作，具體的方式還是由殿下來決定。」這個錢岩很有眼色，我對他越來越有興趣。

「一個月後，我就要前往涼州，具體的方案讓我想一下再告訴你。」

錢岩猶豫了一陣，「殿下，小民還有一事相求！」

「我們既然就要成爲拍檔，就不必如此拘禮，說！」我這時的心情大好。

「小民之子錢悅，自幼好武，也練了一身本事，但是苦於沒有門路，也沒有讓小民放心的人可以託付，所以一直在家無所事事，才惹出禍端。殿下目前正在組建兵團，小民想讓小犬跟隨殿下，也好建功立業，爲我家族揚威。」

我哈哈一笑，「錢老闆，那你就相信我，爲什麼？」

錢岩左右看了一下，起身向我施禮，「小民祖傳有相人之術，從進了客廳，小民就一直在爲殿下相面，直到剛才，小民才有此念頭。」

我一聽心中興趣更濃，笑著問他：「那告訴我，你看到了什麼？」

錢岩猶豫半天，一咬牙，低聲說道：「殿下的面相乃是九五之相，他日必將成爲一代帝王！」

「什麼？」我和梁興聽了以後，都不由得臉色大變。

看著眼前這個胖乎乎的錢岩，我心裏突然有一種想要殺死他的衝動。如果真的如他所說，那麼我還有什麼秘密可言呢？我強壓下心中的衝動，冷冷地說：「錢老闆，這種話最好不要亂說，會死人的，你知道嗎？」我聲音冰冷，隱約間透出一股攝人的殺機。

相反，當錢岩說完這些話，神色突然變得輕鬆下來，「殿下莫要擔心，這種相人之術乃是我祖傳下來，據說此術乃是傳說中萬年前神魔大戰時，炎黃的創造者天帝座下的八大使者之一，沙竭羅龍王的密技。神魔大戰之後，神魔兩界都元氣大傷，天帝座下的八大使者有七位轉世輪迴，僅有乾達婆倖存，而魔界之主般羅則被修羅王臨死一擊，而魂飛魄散，永不超生。自此，神魔兩界的人退出了炎黃大陸的舞臺，許多密技也就此失傳，人類開始在這片大陸上稱主。傳說炎黃大陸第一個皇朝的帝王軒轅霸，害怕人類去探索那神魔的驚天之技，於是爲了隱瞞這段歷史，他坑殺了所有的儒士，燒毀了所有的資料，將史前的這段歷史全部的抹去。但是神魔之戰還是在人間留下了一些神魔的雕蟲小技，比如在下家傳的相人之術，還有一些流傳在各國的占卜之術，星象之術等等……」

我耐心地聽完他的話，很吸引人，但都是無稽之談，我不相信！我冷冷一笑，「如此一說，此種密技只有錢老闆會了？不知錢老闆可知本公眼下在想什麼？」

錢岩微微一笑，「殿下一定是在想如何將在下殺死，以隱藏這個秘密！不知是否正確？」

「既然知道本公的想法，你還敢在本公面前誇誇其談，莫非本公不能殺你？」我雙手扶案，兩眼精光暴射，頓時客廳內殺氣迫人，梁興也站起身形，死死地盯著錢岩，只要我一聲令下，他會毫不猶豫地出手將他格殺。

「殿下若要殺小民，猶如捏死一隻螞蟻一樣簡單，小民當然害怕。但是殿下剛才至少有三次將自己的殺機停下來，卻來聽小民講這個故事，想來還有回轉餘地。」錢岩看著我，不慌不忙地說。

我不由對他產生了極大的興趣，這也是一個不平凡的商人，此時的他和剛才在我面前點頭哈腰的錢岩截然不同，不知爲什麼，我突然產生了一種奇怪的念頭，如果此人能爲我所用，那將來我的敵人……

我坐下來，臉上掛著笑容，「你有如此密技，在你面前，我的想法無所遁形。你說說還有什麼回轉餘地？」

「殿下求的是天下，小民求的是財，其實這並不衝突。小民所會的除了這相人、觀心之術，別無所長，殿下想一想，就算是小民出去亂說，有人會相信嗎？不然我早就被那高飛殺掉，哪裡會活到現在？小民今日斗膽說出，乃是因爲殿下胸懷四海，不似那些小肚雞腸之人，更是小民今後的財神爺，小民怎會砸自己的飯碗，拿小命開玩笑？更何況，小民的獨子在殿下麾下，一來是爲了求個功名，二來也是爲了讓殿下放心。相信小民可以在許多地方幫助殿下的。」錢岩此時又恢復他那商人的本色，一臉的阿諛之態。一時間，我疑惑了，究竟哪一副面孔才是他的真面目呢？

我看著他，他也看著我，我們就這樣對視了許久。突然間我放聲大笑，「好！好一個求財！錢老闆不愧是一個奇人，竟然令我難以猜測。我若殺你，天下人必會恥笑我無容人之量，不過不殺你，又心頭不安，真是讓我難以取捨。」我停了一下，看了他一眼，接著說：「這樣吧，錢老闆，既然你是求財，我就將我修羅、夜叉兵團的軍火生意全權交給你負責；而且你們商人走南闖北，接觸廣泛，像你這樣的軍火商接觸的都是一些朝中要員，我要你搜集各國的軍械購買動向，及時向我彙報。當然，這些都不是免費的，我們之前的協議依然有效，而且今後在我的地界裏，你的商隊可以免交所有的稅金，你看如何？」

「小民自當赴湯蹈火，以報殿下的恩德！」錢岩連忙跪下。

「先不要高興，對於朋友，我會盡心竭力，以誠相待，不過如果背叛了我，朋友就成了敵人；那時，錢老闆，即使你跑到天涯海角，我也會將你四分五裂，不得全屍。你應該知道，我許正陽是有這個能力的。」

「小民願爲殿下效勞，只要殿下吩咐，小民必定盡心竭力以成殿下的大業！」錢岩以頭觸地，誠惶誠恐地回答。

我不知道他的回答有多少真誠，但是我還是很欣慰，畢竟多了一個朋友，就多一份助力。

「今日所談，只有這客廳中三人知曉，甚至連你的兒子也不能知道，如果我發現有第四個人知道，我定殺你不饒！」我再一次警告他。「好了，起來吧！我現在就給你一個任務，我要你動用你的力量，查找一個女人，她叫月竹，年齡在十七八左右，明天我會讓人繪出她的模樣給你。記住，不能讓人知道你是爲我工作，此事要秘密調查。」

月竹，我一直沒有忘記她，她的背叛，將我險些置於死地，還有高山的一條胳膊，這筆賬我一定要追回來。

「謹記殿下的提醒，小民立刻著手查找。」錢岩躬身領命。

「至於你的兒子，如果你真的希望讓他求個功名，那就讓他回去準備一下，三天後來提督府報到。如果只是爲了讓我放心，那就不必了。」我淡淡地說道。

「小民真的希望能夠讓他做一番大事，還請殿下費心。」

我沒有答話，只是擺手示意他坐下。

這時，門外親兵回報，說是已經將錢悅提來，現在門外等候。我看了看錢岩，「讓他進來！」說完，又對錢岩說：「令郎久陷牢獄，一會兒領他早點回家，吃些好的，記得要用柚子葉替他去去晦氣。」

錢岩連忙表示感謝，就在這時，門外走進一名男子，十八九歲的模樣，身高八尺，細腰乍背，面如白玉，目如朗星，開合之間，精光畢露。雖然蓬頭垢面，一身的囚服，但是卻難以掩飾住他玉樹臨風的氣質，好一個美男子，竟然讓我有些嫉妒（我雖然長得平凡，在這一點，我有家族遺傳，但是卻從沒有對那個男人感到嫉妒）。

他一進門，便向我跪倒，「罪民錢悅，向國公大人請安！」

「錢悅，你可知本公爲何叫你前來？」不知爲什麼，我對這個錢悅非常喜愛，所以說話間，語氣十分和藹。

「罪民不知。」

「你將人打殘，按律應該流放千里之外披甲（披甲不是讓罪犯當兵，而是臉刺金印，戴枷服勞役），但是念你血氣方剛，而你父在前些時日更爲朝廷立下大功，所以今天將你釋放，隨你父回家吧！」

「多謝大人！」錢悅顯然沒有想到他那個只認錢的老爹，竟然會和我認識，一時間神色激動。

我看看這個錢悅，越看越覺喜愛，「錢悅，你父錢老闆剛才向我提議，說希望你能來我這裏替我辦事，還說你有一身的好武藝。目下我正在組建修羅兵團，你可願意來我麾下效力？」

要知道我和梁興現在在京城的百姓眼裏，猶如天神一樣，到處都在傳誦我們的事蹟，可以說京城中每一個年輕人都以能爲我辦事而感到自豪，就算是在大牢裏，也不例外。當我一說讓他來爲我效力，錢悅立時激動的淚光閃現，聲音顫抖地說：「能爲大人效力，乃是草民的夢想，草民就是萬死，也難報大人的知遇之恩。」說著連連的向我磕頭。

怎麼看，也覺得這個錢悅一點也不像他那個老奸巨猾的老子，我心中覺得奇怪，莫非他不是那個老狐狸的……？

想到這裏，我不禁失聲一笑，接著又說：「那好，三日後來我提督府報到，現在先回家吧！」然後我又對錢岩說：「錢老闆，領著令郎回去吧，記得我的事情。」

錢岩拉起錢悅，向我告退，走出客廳。

看著他們的背影消失後，梁興才奇怪地問我：「鐵匠，這個錢老闆十分神秘，有些古怪，為何不殺了他以絕後患？」

「大哥，我也認為這個錢岩很不簡單，但是不能否認，殺了他沒有一點好處，至少現在他對我們來講，還是很有幫助的。而且我可以感到他沒有惡意，與其殺了，不如讓他為我所用，如此不更能招攬天下的英才？」我這樣回答，但是心裏還有一個原因，那就是他很神秘，引起了我的好奇。

我和梁興又聊了一會兒，梁興突然好像想起了什麼事情，他一拍腦袋，「對了，我都忘了，鐵匠，你還記得那個鐵血軍團的火獅子嗎？自從天勇將他擒來，就一直關在地牢裏，你打算如何處置他呢？」

好像是有這麼一個人，我也不由得一拍腦袋，「房山，是吧！那個獅子兵的統領！唉，你看我這記性，都把這個人忘了個一乾二淨，你要不提的話，我都忘記了！這個人嘛，雖然沒有什麼大腦，但是還是勇武過人，咱們目前組建兵團，像這樣的猛將當然是越多越好！不如這樣，此人如果能降，不如就招為己用，大哥，你看如何？」

梁興想了一下，開口道：「嗯，很好！現在鐵血軍團流竄在外，若我們能將他招降，那麼對於鐵血軍團其他的叛將也是一個榜樣，可以瓦解那些叛軍的士氣，不錯！」

我用讚賞的目光看著他，「大哥，你看！其實你也挺厲害的，剛才你說的，連我都沒有想到。看來我們的賭約，勝負難料呀！」

梁興有些不好意思，他撓撓頭，「那麼趁熱打鐵，馬上將他給提來，看看如何？如果他不降的話，我們再做定奪。」

「好！就依大哥的意思。」

我和梁興一身官服，坐在客廳，門外站立著一排刀斧手，個個腆胸疊肚，手中明晃晃的大刀，精神抖擻，殺氣騰騰。不一會兒，蓬頭垢面的房山被帶了進來，三十多天的牢獄生涯，火獅子的剽悍已經無影無蹤了。這時的他，哪裡還像一個將軍，倒像是一個落難的難民，而且鼻青臉腫，走路一搖一晃，看來那些個看守沒有少給他吃苦頭。三十天，僅僅三十天就已經把他的火氣給磨沒了。一進屋就跪在地上。

我冷冷的看著他，半响後，我才開腔：「房山！房將軍！這些日子過得可好？」

沒有聲音，房山沒有回答，只是無力地低著頭。

「大膽房山，傲國公大人問你話，你竟然不答？難道你還以為你是一個將軍嗎？先不說你這個敗軍之將，單就是你是叛逆鐵血軍團的先行官，就已經可以將你千刀萬剮。傲國公憐你一身好功夫，有意為你開脫，你竟然不識好歹？」

房山聞聽，猛然抬起頭，他看著我，眼中流露出光彩。我一看，有希望！於是擺手阻止梁興說下去，向兩邊大喝，「來人呀，還不將房將軍扶起來，看座！」接著，我好言對他說道：「我久聞房將軍大名，火獅子的威名更是如雷貫耳，只可惜你我一直無緣相見，更沒有想到，相見竟是在如此情況，我們竟然是敵對兩方，可嘆！可嘆呀！」

房山聽後有些激動，他用沙啞的聲音說道：「房山乃一介勇夫，更是大人的手下敗將，實在是愧對大人的抬愛！」

「房將軍此言差矣，勝敗乃是兵家常事，不要掛在心上。莫以為敗給我的手下有何難看，實不相瞞，巫馬天勇的身手在我手下乃是排在前三位的猛將，就連你們的統帥南宮飛雲，千招之內想要敗他，也是不易。房將軍在巫馬手下能撐過許多時候，身手當在天榜百名之內，有何慚愧？」我繼續安撫，「如今南宮飛雲大敗，行蹤不定，不知房將軍有何打算？」

房山又是一陣沉默，半天沒有說話。

我看看他，「房將軍如果不棄，本公目前正在組建兵團，想請將軍來軍中任命，以房將軍的身手，封侯拜爵指日可待，不知道本公是否有這個榮幸能夠得到將軍呢？」

房山還是不說話，但是我可以看出他很激動，只是心裏還有些猶豫。我向梁興使了一個眼色，梁興馬上會意，他用力一拍身邊的桌子，「好你個房山，傲國公大人好言相勸，你卻總是不理，莫非你以爲本公不敢殺你！來人，將他拖出去，給我一刀一刀的剮了！」

門外的刀斧手應聲走進，拉起房山就往外拖。房山撲通一下就跪在地上，口中高喊：「傲國公救我！傲國公救我！房山願意爲國公大人效命！」說完，一下子癱倒在地，眼淚嘩嘩地流下。

誰說人不怕死，那是他沒有面臨死亡，如果到了那一刻，就算他鐵一般的漢子，也會產生恐懼。這是我仔細研究了房山的資料後，和梁興安排好的一齣戲，一個白臉，一個黑臉，讓他絕望中又有希望，看著他的樣子，我知道，我已經徹底將他的心理線擊垮。

「且慢！」我高聲阻攔，扭頭對梁興說：「戰國公大人莫要生氣，房將軍只是一時考慮，想來他沒有及時回答，是因爲在想如何爲本公效力！是不是呀，房將軍？」我最後一句話是對著房山說的。

房山好像抓到了一根救命稻草，忙不迭地點頭，「是呀！是呀！」

梁興一副餘怒未消的樣子，狠狠地一拍身邊的桌子，不再出聲。我又好言安撫了房山一會兒，然後命人將他帶下去服藥休養。

看著房山下去，我和梁興都長長地出了一口氣。我端起一杯涼茶，剛要喝，「報！」門外又傳來親兵的一聲吆喝。今天可真忙呀，一波一波的。我放下茶杯，「進來！」

一個親兵跑進客廳，「啓稟殿下，皇上派人前來送旨，要兩位殿下立刻入宮，不得有誤！」

我看了一眼梁興，心想：高占會有什麼事情，竟然用如此激烈的言語？一時間，我有些惶恐。

我和梁興趕到皇城，迎面正好碰上剛剛從皇城出來的鍾離勝和向寧兩人，他們老遠就看見我們。我和梁興也連忙迎上去，向兩人躬身施禮，「國師、大帥真是巧呀，沒有想到居然會在這裏碰上兩位。」

「呵呵，原來是兩位國公大人，正要去找兩位大人算賬，沒有想到居然在這裏遇見了，你們可要好好的賠償我們呀！哈哈哈……」向寧一副要找我算賬的模樣，開口向我說道。

我一時間有些迷茫，看著鍾離勝兩人，十分奇怪地問道：「什麼算賬？算什麼賬？大帥讓本公有些迷糊了！」

鍾離勝咳嗽了兩聲，也笑呵呵的對我說：「聖上著令兩位國公組建兵團，今日在殿上商議，要從武威和青州兩地撥出二十萬人給兩位國公大人，作爲兵團的基礎。我和向大帥雖然有些不願，但是兩位國公大人乃是我明月的棟樑之才，爲了我明月的安定，我們也只好忍痛割愛了。二位大人真是好福氣，得到聖上如此寵愛！」

我心中一下子明白了，高占叫我來，可能就是這件事。看來他還是對我們不放心，只是我和梁興組建兵團是他親口說出，無法反悔，所以從武威和青州撥出人馬給我們。在他想來，那些人畢竟是向寧和鍾離世家的兵將，不是我的親兵，即使將來我和梁興不受明月的控制，這些個修羅、夜叉兵團的主力也不會和我一心的，而且如此一來，也可以封住外面人的嘴，顯示他對我們的寵愛和信賴，嘿嘿！真是老奸巨猾，只可惜他沒有想到，鍾離世家和向寧已經歸順於我，更沒有想到，這原本就是我和他們之間的協議。這樣也好，一來可以消除高占對我們的猜忌，讓我們可以在外面沒有後顧之憂，全力發展我們的勢力；二來他這樣也省卻了我們的麻煩，如果武威和青州調撥人馬給我們，我還真不知道如何向他解釋這件事情，好！好！這一下你高占真的是作繭自縛。

我向鍾離勝和向寧一拱手，「兩位的好意，本公心領了，唉！聖上如此寵愛，令本公更覺重任在肩呀！」說完，我們都一起哈哈大笑。

「兩位國公，聖上現在在乾寧宮等候，還是請趕快去面聖吧，莫要讓聖上等的太久！」鍾離勝提醒我，然後一拉身邊的向寧，向寧馬上明白，也拱手對我二人說：「好啦！國公大人先去面聖，記著，兩位大人可欠了本帥一個情，要請客呀！」

我知道，現在京城內的耳目眾多，我們不能表現的過於親密，不然勢必會引起高占的懷疑，於是，我和梁興也向他們一拱手，「大帥和國師如果賞臉，今晚本公在提督府擺酒，還請兩位一定要賞光呀！」

「本公就不去了，還是請大帥代表吧！」鍾離勝神情冷漠，淡淡地回絕。

我們又客套了兩句就分開了。我和梁興轉身走進了皇城，不過，此時我心中的疑慮已經煙消雲散了。

我們來到了乾寧宮，讓宮外的侍衛前去通稟，不一會兒，侍衛跑來告訴我們，高占在殿內等候，讓我們自己進去。我和梁興不再猶豫，抬腳走進乾寧宮。

大殿之上，只有高占和幾個太監，看見我們走進來，高占一臉的笑容，「兩位皇兒來了，快快坐下，正陽這幾日沒有早朝，聽興兒說是去找媳婦了，不知是哪一家的女兒有此福氣，要不要朕給你做一個媒人呢？呵呵呵……」

我和梁興一進大殿先向高占施禮，我一聽高占如此問我，斜眼惡狠狠地瞪了梁興一眼，媽的！這個傢伙真是一個大嘴巴，見誰都說，就不能將嘴巴封牢一點，估計現在整個京城裏，一半的大臣都知道了我許正陽跑去見媳婦的事情了，死梁興！看我回去以後怎麼收拾你！

身邊的梁興可能感受到了我的怒氣，不由自主地打了一個哆嗦。

「有勞父皇牽掛，不要聽梁興胡說，兒臣乃是去見一個朋友，只是由於一些原因，並沒有見到，讓父皇見笑了！」我恭聲回答。

「好了，好了，不管是朋友，還是媳婦！先坐下來！」高占笑呵呵地說道，一旁的太監端來兩個錦凳，我和梁興謝過高占後，各自坐下。

我欠身向高占一拱手，「不知父皇這麼急將兒臣召來，所為何事？」

高占此時臉色一緊，正色地說道：「是這樣，明日武威的大軍就要來了，我已經命令武威的兵馬進駐飛龍軍團的駐地，青州兵馬進駐西山大營。正陽和興兒可還記得我要你二人組建修羅和夜叉兵團？」

「兒臣當然記得！」我和梁興都恭聲回答。

「其實，這幾日裏，朕一直在思考，那南宮飛雲身受皇恩，而高飛身為皇子，卻犯上作亂，想那鐵血軍團乃是我明月的第一大兵團，如果統帥和皇家中人相勾結，野心膨脹，叛亂也是十分正常。聽說武威和青州兩軍各有重兵數十萬，如果有一日他們也心懷不軌，那我明月勢必戰火再起，朕心中實在是憂慮。正好我兒目下組建軍團，缺兵少將，所以我和鍾離國師和向侯爺商議，從他們手中各自撥出十萬兵馬，歸入我兒修羅、夜叉兵團之中。正陽和興兒都是我明月百年難見的良將，相信有這些兵馬相助，必將縱橫天下，而且還可以削弱藩鎮的力量，不知正陽和興兒意下如何？」高占十分慈愛地對我們說道。

這高占真不愧是一代帝王，做事滴水不漏，不但理由充分，而且此舉當真是一箭雙雕，可惜你的想法，我一清二楚。

當下我面露爲難之色，半晌才開口道：「父皇對兒臣的關愛，兒臣十分感激，但是兒臣實在是有苦衷，一來這行軍打仗，麾下的兵馬調度，必須要服從統帥的命令，從某種角度而言，身爲統帥要和將士們一起同甘苦，共患難，慢慢的調教，才能在兵團中烙下主帥的影子，打仗時方可萬眾一心，調動靈活。青州、武威兩地的兵馬，經過向寧和鍾離國師的多年調教，已經形成了他們自己的風格，如果換由我指揮，恐怕難以改變，反而會因爲兩種觀念的衝突，使得戰力下降，士卒迷惑！」

我說的話，一半真，一半假，高占在聽到我拒絕之後，臉色一變，但是慢慢又緩和下來。

我又繼續說道：「二來，父皇從武威和青州調兵給兒臣，想必國師和侯爺都不會心甘情願，畢竟那是他們的兵馬，今後勢必會給兒臣一些難看，兒臣害怕因爲這樣，影響兒臣和他們的關係事小，但是如果讓他們對父皇產生不滿，那真的是兒臣的罪過！」

高占聞聽，哈哈大笑，「我兒一心爲朕，其心可嘉。朕相信正陽和興兒的實力和能力，擺平那些兵馬，必不在話下。如果是因爲第二點，正陽產生顧慮，那就放心吧！我已經和國師和向帥談過，他們雖有些不願，但是為了我明月的大局著想，他們還是同意了，而且並沒有什麼不滿。好了！就這樣決定，明日正陽和興兒就前去上任，著手開始組建兵團，還有原來的那些城防軍，也劃入你們的旗下，至於怎樣劃分，你們二人商量，回頭給我一個報告就行了！」他停頓了一下，看著我說道：「正陽還有沒有疑慮？」

「兒臣還有一事，那就是這兵團的規模，父皇是否有限制呢？」

「嗯，這件事情嘛！我看就每個兵團二十萬吧，你們自行負責徵兵，我兒可有意見？」

「兒臣害怕這軍餉的問題，父皇知道朝中的風氣，兒臣害怕這軍餉到手時，已經被盤剝的差不多了！」我一步一步地緊逼。

「正陽的擔心也不是沒有理由，只是朝中的國庫也不寬裕，這樣吧，朕從國庫中撥出一千萬金幣，供你們二人組建兵團，而且這筆撥款朕一次給你們；並且設專款由你們直接從戶部領取，任何人都不能挪用，不夠的地方嘛，你們可以從你們的屬地徵收！」高占胸有成竹。

我聞聽假裝一愣，有些不解，「父皇，您是說我們的屬地？」

高占一嘆氣，「唉！這也是朕叫你們前來的第二件事。如今東京危機已經過去，朕封你們做了公爵，朝中的大臣們議論紛紛，說正陽和興兒年齡不夠，而且沒有什麼戰功，擔此大任，難以服眾。朕思來想去，他們也不是沒有道理，朕當然明白我兒的才能，而且在此次東京之危中，更是勞苦功高；可是無奈下面的群臣都一起反對，朕又不能將他們都殺了，所以只好委屈我兒外放，一來遠離這京城的是是非非，讓那些人無話可說；二來也好在外立下一些戰功，到時朕再將我兒召回京中，讓那些人也無話可說，你我父子再享天倫之樂！」說到這裏，高占不由露出一臉的黯淡。

我更是一臉的悲痛，語帶哭腔，「父皇，兒臣不願離開父皇，請父皇將兒臣的爵位給抹去，兒臣願意只做一個九門提督，只要不離開我皇！」說完，我努力地擠下了兩滴眼淚，梁興也在此時表現出不捨之態。

高占也是一臉的悲傷，不過，這次我看出來他是真的動了感情，他哽咽著說：「朕又何嘗願意離開我兒，只是眾意難平，朕也是不得已而爲之呀！這樣吧！朕再命令戶部，給我兒多撥出五百萬金幣，以壯我兒聲色。」

我還是一臉的不情願，但是又沒有辦法，有些委屈地說，「既然如此，兒臣也不讓父皇爲難，兒臣遵命就是了！」

「不知正陽和興兒想去哪裡，只要我兒提出，朕一定答應！」此時，高占的眼眶內閃著淚光。

我裝做思考半晌，然後又一本正經的和梁興商量了一下，恭聲回答道：

「父皇，兒臣和梁興商量了一下，以為既然是為我皇效力，自然應該前往最困難的地方為父皇分憂解難，才不負父皇的疼愛。所以兒臣想前往涼州，想那飛天皇朝對我明月百般的壓迫，要錢我們給錢，要人我們給人，然後還要貢獻糧食、金幣和美女，我明月實在不堪重負。以前飛天皇朝勢大，我們敢怒不敢言，但是現在那飛天的朝廷敗落，勢力大降，文無賢臣輔佐，武無名將出征，實在已經不足為慮；我明月為何還要向他們伏首，趁此時機，我皇應該有所作為，兒臣不才，願意領修羅兵團駐守涼州，保我明月疆土，令我皇無憂。」

一旁的梁興也起身施禮，「父皇，正陽所言極是，想我明月地處炎黃大陸極北，物產貧瘠，多年來被那飛天皇朝壓迫的喘不過氣，涼州有正陽駐守，已經足夠。兒臣聞聽通州的閃族如今叛亂再起，想那閃族世代受我明月大恩，可是卻生性叛逆，止陽既然願為父皇抵禦外敵，那兒臣向父皇請命駐守通州，為父皇清剿內患，閃族不平，兒臣誓不回京！」

高占聞聽，龍顏大悅，他十分開心地說道：「有人說我兒手握兵權，勢必會圖謀不軌，今日讓他們聽聽，我兒全心為我明月，哪有半點不軌，真讓他們羞煞！好，就依我兒所奏，明日早朝便宣布，讓天下以我兒為楷模，正陽和興兒明日不必上朝，專心處理兵團的事務。兵團的帥印、令旗和令箭我明日會派人送去，你們先回去吧。」

我和梁興再次向高占跪下謝恩，然後轉身出了乾寧宮。

出了皇城，我和梁興相視一笑，沒有想到，原來最困難的部分，就這樣簡單地解決了，是運氣還是什麼，我不知道。但是我知道，從今天開始，我就可以從那些複雜的政治鬥爭中暫時的脫身出來，全心全意爲我們的兵團努力了。

我扭頭對身邊的梁興說道：「大哥，我請你喝酒，我們一定要好好的喝一頓，慶祝我們就要有自己的軍隊了！」

「好呀！」梁興也十分高興。

我翻身上馬，對親兵說：「回府！」

一行人向提督府行去，我和梁興在馬上有說有笑，正行進間，突然就聽有人高喊一聲，「國公大人，請留步！」

一個渾身上下被黑色勁裝包裹住的人攔在隊伍的前面，只見此人一個斗大的斗笠戴在頭上，斗笠邊沿垂掛著黑紗，無法看清他的模樣，身高八尺，消瘦的身材，但是依稀間可以感覺到一股攝人的陰冷之氣。此人站在路當中，將我們的去路堵住，沉聲高喊：「國公大人，請留步！」

「大膽，何方狂徒，竟敢擋住兩位國公，找死！」在前面開路的一個親兵隊長，慌忙大聲地呵斥，要知道無故阻擋一品大員，乃是大不敬之罪，他縱馬上前，手中的馬鞭在空中打了一個漂亮的弧線，帶著呼哨向那人抽去。

只見那人未做任何動作，身形向後飄去，移動間單手伸出，兩指夾住鞭梢，胳膊用旁人幾乎無法看到的幅度輕輕地一抖，那親兵已經凌空飛起，伸手間，他的手指隱泛烏光，我發現此人的手竟然是用烏金玄鐵製成。

看到我的親兵飛起，梁興大怒，也未見有任何的動作，身體自馬背上騰空而起，宛如一隻沖天的怒鷹，人在騰空之時，單手凌空一抓，只見那個飛起的親兵彷彿被一根無形的鎖鏈牽引，向梁興飛來；在將要接近梁興之時，梁興懸浮在空中的身體突然向前一衝，抓住那個親兵向下一甩，只聽那親兵一聲驚叫，身體已經落在馬上，而梁興此刻則是一個凌空的迴旋，輕飄飄地落在自己的馬背上。

路上的行人早已經從有人攔住我們的道路之時就聚在一起，而今看到梁興如鬼神般的身法，都齊聲尖叫起來：「夜叉！夜叉！」

我命令親兵將圍觀的眾人驅散，催馬來到那個黑衣人面前，冷冷地看著他。此人此時已經蓄勢待發，剛才梁興的表演已經讓他十分震驚，原以爲修羅、夜叉只是浪得虛名。他始終不明白爲何主人一直對這兩個人持有如此之大的興趣，還讓他親自來請這兩人，如今心裏方才明白，這修羅、夜叉當真是有真材實學，單看剛才梁興的凌空攝物和滄海一粟的功夫，當今武林中就已經可以進入天榜前二十名。現在看見我催馬上來，心中竟然有些緊張。

我仔細打量眼前的這個黑衣人，此人往我面前一站，周身透著一股陰冷的氣息，就像一個從地獄中爬出的厲鬼，而且還散發著一種邪氣，不過我很喜歡這種人。他令人不安，但是卻讓人能夠防範，不像一些口蜜腹劍之徒，令人防不勝防。

也許我也有一些邪氣，竟然對此人產生了一種好感，但是我臉上沒有任何的表情，目光宛如兩柄利劍掃過，那黑衣人身體不由得一陣顫抖。

我用陰冷的聲音說道：「你是何人？竟然擋住本公的道路，還毆打我的衛兵，你可知僅此兩項，就已經是殺無赦的大罪！你如果沒有一個合理的解釋，嘿嘿……」我冷笑著，笑聲中隱含真氣。

當我嘿嘿的笑聲傳入那黑衣人的耳中，猶如一柄重錘狠狠地砸在他的心中，令他的氣機大亂，真氣竟然有些不受控制，雖然我看不見他的臉色，但是我知道此刻一定是已經煞白。不過我十分佩服他，竟然能夠硬抗我六成功力的攝魂之音而不倒，此人的功力當排在天榜百名以內，我不由產生了一種愛才之心。

過了好一會兒，那黑衣人才緩緩地說道：「小人依禮拜見，未想到大人的親兵二話不說，先抽打小人。如果不是小人學過一些功夫，恐怕現在已經難以站在這裏，沒有想到大人手下一名小小的親兵，竟然也不同凡響，竟然讓在下用了五成的功力方才甩開，當真是強將手下無弱兵呀！」他說話緩慢，語音中略帶顫抖，想來是我剛才的懾魂之音讓他也略受小傷。

我聞聽仰天大笑，笑罷，我壓低聲音，「你擋住我的路，我的親兵就算將你打死也不爲過，你明白嗎？不過念你一身的功夫，而且在我氣機壓迫之下，竟然還有此膽量與我這樣說話，有性格！我喜歡！剛才的無禮之過，我就不再和你算了。現在將你的來意告訴我，我很忙，不要耽誤我的時間。」

我話語中再帶真氣，我要將這個倔強之人，打得沒有一點的脾氣，雖然我原諒了他，但是小懲還是要有的，不然將來有那麼多人來煩我，我還有何威嚴。

那黑衣人聽完以後，身體又是一陣顫抖，終於無法再抗拒我的真氣，單膝一軟，跪在我的馬前，張口吐出一口鮮血。喘息半天，他才用沙啞的聲音緩慢地說：

「多謝修羅大人留情，其實小人乃是奉我家主人之命前來邀請大人，只是小人一時有些不服，請大人勿怪。」

哼！你家主人邀請我，我知道你家主人是哪家的神仙？我冷冷一笑，對他說道：「好了，我已經知道了，你可以回去了！」

黑衣人聞聽大喜，躬身向我施禮，「那小人爲大人領路。」

「不用了，你回去吧！我不會去的。告訴你家主人，就說本公和梁大人不是小貓小狗，讓人隨便呼來喚去，而且，我對於見你家主人沒有半點興趣。」我冷冷地說道。說完，我催馬就要離開。

「大人請留步！」黑衣人一聽，臉上的喜色一掃而光，急急地喊道：「大人，請原諒小人適才的無禮，我家主人說，讓我務必請大人賞臉，乃是事關大人前程，更是事關萬人的性命。若是大人責怪小人剛才的無禮，小人願意以命相抵，只求大人前往一敘。」他不顧我親兵的抽打，衝上前跪在我的馬前，不停地磕頭。

「你的性命本公沒有興趣，本公是不會去赴會的。好了，如果你再攔住本公的道路，定殺不饒！」我厲聲喝道。說完一拽韁繩，逕自離開。

那黑衣人在地上跪了半晌，仰天長嘆，「主人，由於屬下的任性，沒有完成使命，實在是有愧主人的囑託，屬下只有一死以報主人的厚愛。」說完，從身上拔出一把短劍，揚手刺向自己的喉嚨。

就在這時，他只覺一縷微風拂過，手肘酸軟，手上再無力握住短劍，那把短劍「噹」的一聲掉落在地上，他睜開眼睛，發現我和梁興不知何時已經返回到他的身邊。

我騎在馬上，冷冷地說道：「好漢子！因為沒有完成使命，竟然要一死以報你家主人，看來你家主人也不是一個簡單的人物，至少可以讓你如此效命。我突然對你家主人產生了一點的興趣，如此人物我倒要見一下，前面帶路，我與梁大人跟隨你前往一見！」

我一直在注意這個黑衣人，雖然我已經離開，但是我的氣機一直停留在他的身上，見他要自殺，我突然心中一動，彈出一道指風制住他的曲池穴，也就在那一剎那，我突然產生了與他那個神秘的主人一會的想法。

那黑衣人聞聽大喜，向我連磕了幾個頭，然後起身為我們領路。我吩咐我的親兵先行回府，我和梁興跟在他的後面。

第四章　青衣樓主

穿過鬧市，走出東京城的北門，前面的黑衣人突然提氣加速，我和梁興緊跟其後，大約行進了兩刻鐘的時間，我們在東京城外山間的一座小廟前停下，我抬首環視，來東京半年了，我竟然不知道東京還有如此幽靜的地方。

這裏群山環繞，廟前有小溪潺潺流過，耳邊迴響著動聽的鳥鳴，隱約間還可以聽見從廟中傳來陣陣的誦經之聲。一時間，我有種恍若世外的感覺，好像回到了十萬大山中師傅的洞府，好一處清幽的勝地，這裏似乎完全沒有被那月餘的戰火所薰染，我和梁興都沉醉在眼前的美景之中。

那黑衣人走上臺階，輕叩門扉，不一會兒，從廟裏傳來一陣輕輕的腳步聲，廟門打開，一個妙齡的小尼姑從廟中探首出來，看到那黑衣人，她的神色一喜，「大師兄，你回來了！主人等的有些心焦，那兩個殺人狂請來了嗎？」

「師妹莫要失禮，兩位國公大人正在門外等候！」那黑衣人語氣焦急，連忙制止住。然後轉身對我和梁興躬身施禮，「兩位大人請勿見怪，師妹年幼不懂事，請不要放在心上。」

那個小尼姑這才發現站在他師兄身後的我和梁興，不由得神色一緊，香舌一吐，然後正色的對我和梁興起手施禮：「小尼不知兩位大人在此，言語不敬，請大人恕罪！」

我朗聲一笑，「無妨，我們本來就是雙手沾滿血腥，小師傅不必擔心，妳對我們的讚譽實在是令本公有些慚愧，是不是，大哥？」我扭頭對身邊的梁興笑道。

梁興不置可否地點點頭。

那黑衣人聞聽我說笑，緊繃的身體為之一鬆，「小人先在這裏謝過兩位大人的大量！」說完深深一禮，「家主人在庵內恭候兩位大人，請隨我師妹前往，小人就行告退。」看我點點頭，那黑衣人躬身向外逸去。

我抬腳向庵內走去，來到門邊，我突然停下腳步，扭身向正要離開的那個黑衣人問道：「一路勞煩，還不知閣下的姓名？」

那黑衣人一愣，他沒有想到我會突然詢問他的名字，身體一顫，回身恭聲回道：「小人姓雄，名叫雄海！」

我點點頭，「雄海，若你有一日想要建功立業，成就一番功名，可以來找我，我會給你一個好的差事。」說完我不再看他，在那個小尼姑的詫異目光中，昂首走了，留下了滿臉愕然的雄海。

這個小尼姑庵不是很大，進了庵門是大雄寶殿，兩旁是廂房，院內除了一個巨大的香爐，沒有任何奢華的器具。小院內打掃的十分乾淨，大雄寶殿內傳來的誦經聲雖然不大，但是我依然可以感受到那種佛家的清淨、出世之念。

在小尼姑帶領下，我們繞過大雄寶殿，向後院行去，就在這時，兩聲木魚的敲擊聲從大雄寶殿內傳來，聲音如重錘敲在我心頭，令我的氣機微微一亂。

我扭頭一看身邊的梁興，只見他也正扭頭向我望來，看來那木魚聲的怪異，他也感受到了，我心中有些詫異，沒有想到這小小的尼姑庵中竟然有此種高手，雖然和我相比還遠遠不行，但是內力卻十分的淳厚，令我不由得收起了輕視之心。

來到後院，這裏有一個小院，沒想到還別有洞天。我們在小院前停下，那個小尼姑剛要敲擊院門，只聽從院中傳來一個十分嬌美的聲音，「妙音，可是兩位國公大人到了？」聲音柔媚，隱隱間有一種蕩人心魄的感覺，我心中暗自一驚，好厲害的魔音灌耳，如果不是我和梁興的功力深厚，恐怕要出醜了。

我不待那妙音回答，連忙提聲說道：「在下許正陽，與拜兄梁興，得高人相邀，在此等候！」聲音中隱含金石之聲，一時間，迴蕩在院中的靡靡之音一掃而光。

院中一陣沉寂，半晌，那柔媚的聲音再次響起，「妙音，你先退下。許大人和梁大人應邀而來，小妹未能遠迎，還請恕罪！」話音一落，院門輕輕被打開。

我和梁興相互看了一眼，抬腳走進。一進院門，我不由得一愣，只見院中的一棵大樹下，一張石桌，邊上擺著幾個石凳，石桌上放著一個炭爐，一壺水已經燒開，「噗噗噗」地冒著熱氣。一個妙齡少女背對著我們坐在桌前，發覺我們進來，她沒有回頭，依然全神貫注在面前的茶盤之上，我和梁興沒有出聲，因為我們知道，這茶道最講靜心和全意，絲毫的打攪都會影響到茶的味道。

半晌，那少女才出聲道：「貴客光臨，讓兩位大人站立許久，惜月實在是不好意思，兩位大人請坐！」說完，那少女扭過身來，對我們微微一笑，舉手請我們坐下。

我只覺眼前一亮，好一個美人，當真是國色天香，身上一件淡黃色綢衫微微顫動；一對眸子瑩然有光，神采飛揚，越是看久，就越覺那眼中宛若大海般深邃；白玉般的臉龐，隱隱透著暈紅之色，令人一見為之傾心；鬢如霧，鬆鬆挽著一髻，鬢邊插著一支玉釧，上面鑲著兩粒小指頭般大的明珠，熠熠生光，我扭頭一看梁興，發現他早已看呆，我也不由得暗嘆此女的魅力。

只見她一指身旁的石凳，「兩位大人請坐，且一嘗梅惜月親手烹製的香茗！」

梅惜月，這個名字好熟悉，我突然想起了那個翠鳴閣的花魁，那個號稱能夠顛倒眾生的梅惜月，莫非就是眼前之人？

我雖然久聞她的大名，只是我素不喜那風月之地，所以一直無緣相見，沒有想到竟會在此遇見。我突然覺得越來越有意思，這個梅惜月看來也不是一個簡單的人呀，我一拉還在發呆的梁興，來到石桌前坐下。

梅惜月纖手盈盈爲我和梁興倒上兩杯茶，「大人請用茶，此乃是惜月專門請人從南邊的拜神威帶來的特產『雨前的雲霧』，相傳此茶乃是要處女在黎明之時上山，以舌尖採集，以雙乳溫熱，所以此茶入口，隱約間有少女體香和乳香，非常人能夠嘗到。」

我聞聽端起茶盅，輕輕聞了一下茶香，然後放在唇邊，品了一口，當真是好茶，我閉上雙眼靜靜的回味，半晌我脫口吟道：「海棠花下賞春光，一樹冰勢向粉牆。都愛紅妝吟又醉，風飄是誰香？好茶！當真是好茶！」我大聲的讚道，「能夠品此茶，想來惜月姑娘也定不俗！」

「大人過譽了，梅惜月不過是一個淪落風塵的女子，本是俗人一個，只不過隨風附雅罷了，大人莫要再嘲笑奴家了！」她一臉的羞澀，楚楚動人之態，令人憐惜。

「英雄不以出身論，風塵多是奇女子，梅姑娘未免有些過謙了！」我哈哈一笑。

我們又閒談了兩句，我神色一正，「梅姑娘今日叫我們前來，想來不是品茗那麼簡單吧。許某是一個性急之人，還請梅姑娘直言，以釋心中的疑惑！」

梅惜月沒有想到我如此的直接，要知道但凡男人坐在她的面前，無不爲她的美貌打動，神魂顛倒，恨不得與她多說兩句，從來沒有見過我這樣的男人。她先是一愣，以手掩嘴，輕輕一笑：「大人如此的直白，竟令惜月不知從何說起。」停了一下，她神色也是一正，「不知大人怎樣看待正與邪？」

我微微一怔，隨即哈哈一笑，「正邪自古沒有定義，那有什麼正邪之分，在本公看來，正就是邪，邪就是正，關鍵看它最終的結果如何，正用之錯就是邪，邪用之對就是正！」

梅惜月聞聽神色一變，她低頭深思半晌，毅然抬起頭，「不知大人可曾聽說過百年前的青衣樓？」

我和梁興都是一愣，「可是那數百年前加快大魏帝國沒落的青衣樓？」

「正是！不知大人有何看法？」梅惜月神色間有些期盼。

我心中隱隱已經有了一些眉目，「人常謂是青衣樓使得大魏帝國分裂，炎黃大陸再起戰火，要我說都是狗屁。天下分分合合，原本常事，何必怪罪於青衣樓？想那大魏帝國原本就已經老態龍鍾，朝堂上群魔亂舞，朝堂外民不聊生，滅亡不過是遲早的事情，青衣樓只是恰逢其事，有那麼一個女人深得昏君的喜愛，她能做出什麼禍國殃民之事？那些名門正派自己沒有能阻止大魏帝國的滅亡，卻將那罪過強加在一個女子、一個家族的頭上，笑話！笑話！」我大聲說道。

梅惜月神色激動，她站起來向我深深一拜，「多謝大人執正義之言，惜月不勝感激！」

我連忙扶住她，「梅姑娘爲何行如此大禮？本公只是憑良心說話，何必如此客氣！」

「數百年來，有那麼多的人，只有大人能憑良心說話，惜月安不感激？」梅惜月的眼中泛著淚光，「實不相瞞，兩位大人，惜月就是那魔門青衣樓的現任樓主！」

青衣樓，一個被天下人稱爲「魔界的使者」的幫派，正是它加速了大魏帝國曹氏家族的崩潰。在歷史上，青衣樓是第一個以一己之力影響了天下格局的幫派。

青衣樓始於炎黃曆一一九二年，那時在曹氏家族統治下的大魏帝國，已經是風雨飄搖，苟延殘喘。大魏帝國的最後一個皇帝曹爽，被後世人稱爲「最會作戲的僞君子」，在登基之前，他表現得禮賢下士，公正賢明，爲天下的士子們所推崇；但是登基以後，曹爽彷彿變了一個人，兇殘荒淫，屠殺忠良，任由小人把持朝綱，每日裏和他的嬪妃們在後宮嬉戲，終日不理朝政。

正是在這種情況下，當時的青衣樓主梅飛燕抱著捨身飼虎的想法，將自己獻給了曹爽。按照梅飛燕的想法，天下既然已經大亂，大魏帝國的滅亡已經是遲早的事情。既然如此，何不加快它的滅亡，使百姓早脫苦海呢？更何況從古至今，沒有一個女人可以成爲天下的主宰，爲什麼？

梅飛燕是一個胸懷抱負的女人，憑著她傾城傾國的姿色、天下無雙的文采和手中龐大的暗殺組織——青衣樓，她很快地得到了曹爽的寵愛，並且將朝中一些阻礙她的大臣一一除掉。同時，她還利用手中的權力，使得青衣樓短短的數年間成爲了天下的第一大幫派。

當時的崑崙、大林、東海等幫派或是屈服於她的武力，或是沉溺於她的美色，幾乎全部臣服在青衣樓的旗幟之下。梅飛燕一面暗中培養自己的勢力，清除身邊的阻礙；一方面慫恿曹爽殺害忠良，大興土木修造梅園，搜刮天下的奇珍異寶，並且以酷刑治天下，百姓當真是苦不堪言。用她的說法，天下的壞事曹爽一人做盡，到那時，她可以將這些罪過全部推到曹爽身上，待到天下的百姓寒心，也就是青衣樓大展宏圖之時！

不過，還有那麼一群世代忠於曹氏家族的人，他們苦苦地維護著大魏帝國的統治。大魏帝國雖然就像是已經塡充好的炸藥，但是始終沒有一根導火線去引爆。終於在炎黃曆一二〇三年，當時大魏帝國手握重兵的昆陽節度使常忍，領兵平叛，大勝回京。曹爽擺酒款待常忍，席間他讓梅飛燕向常忍敬酒，卻沒有想到，當千嬌百媚的梅飛燕一見到英俊神武的常忍，兩人竟然一見鍾情。於是，常忍每日裏藉口前去參見曹爽，就和梅飛燕偷偷的約會；此時的梅飛燕已經沒有了稱霸天下的雄心，反而一心想脫離曹爽，和常忍遠走高飛，長相廝守。

可惜好景不長，他們的戀情被曹爽隱約間察覺，曹爽心中大怒。但是常忍手握重兵，他也不敢貿然發作，只好找了一個理由，將常忍派出京師，回駐昆陽。常忍君命難違，無奈之下回到昆陽。可是他人雖然離開了京師，心卻每日和梅飛燕在一起；終於，他無法再忍受思念的痛苦，冒死向曹爽要求將梅飛燕賜給他。

曹爽一聽之下，勃然大怒，將常忍的兩腿和兩手砍下，放於罈中，讓他求生不能，求死不得；而且還當著常忍的面將梅飛燕的武功廢去，令侍衛營的侍衛輪姦後，赤裸吊在常忍面前，同時密令各大門派剿殺青衣樓。好在有忠於常忍和梅飛燕的屬下，冒死潛入皇城將兩人救出，返回昆陽。經此一劫，常、梅兩人性情大變，由於昆陽是常忍世代駐守，所以對常忍都是忠心耿耿，當常忍一聲令下，昆陽三十萬大軍立刻起兵。

雖然常忍已經是一個廢人，但軍事才能天下無雙，而且多年征戰，麾下都是久經沙場的雄兵悍將，那些終日養尊處優的朝廷親軍怎能與之抗衡。短短的半年，將大魏帝國的領土席捲了一半，曹爽倉皇逃離京城。而青衣樓也在梅飛燕的指揮下，血洗江湖各大門派，並逐步暗殺大魏的將領，一時間，在江湖中掀起腥風血雨。炎黃大陸的各大門派都閉門不出，嚴令門下不得與青衣樓抗衡，一時間，青衣樓宛如江湖中的第一大門派。

可惜好景不長，由於常忍受刑過重，身體原本就有傷，起兵後日夜操勞，更是讓他油盡燈枯，起事一年後就與世長辭了。梅飛燕在常忍死後，一直精神恍惚，終於在常忍的葬禮上，自刎於他的棺上。兩人死後，昆陽大軍群龍無首，相互奪權，最終四分五裂，被其他的諸侯消滅。這次的叛亂被後人稱之為「昆陽兵變」，也叫「紅顏之亂」。

雖然昆陽兵變並沒有完全推翻大魏帝國，但已經嚴重削弱了帝國的皇權，曹爽僅僅成為一個傀儡，軍權完全掌握在各個諸侯手中。終於，在常忍兵變平息十年後，曹爽遭到毒殺，大魏帝國就此滅亡。而青衣樓在梅飛燕死後，則被人稱為魔教，之前臣服於它的那些名門正派趁機剿殺。最後在青衣樓的總舵——炎黃大陸極北的呼顏瑪隆山，雙方一場激戰，青衣樓寡不敵眾，十三樓、五千多名幫眾死傷慘重，只剩下了三十幾個婦幼逃出生天。而那些參與圍剿的幫派也幾乎全軍覆沒，各大門派因此對這件事三緘其口。從此，青衣樓成為了魔教的代名詞。

「我們就是當年逃出的漏網之魚的後代，兩百多年來，我們東躲西藏，逃避那些所謂的名門正派的追殺，甚至不惜隱身青樓……」說到這裏，梅惜月已經是淚流滿面，再也說不下去了。

說實話，我對於她們的悲慘遭遇並不是十分感興趣，這個世界原本就是弱肉強食，那梅飛燕和常忍或許是一代人傑，但他們的做法實在不怎麼聰明。如果是我的話，我會讓梅飛燕先設法將那曹爽毒殺，然後以太后的名義召常忍入京，那時大兵壓境，有誰敢不服？因此對於這兩個人，我的評價是：神經病加白癡！

不過，我對於青衣樓現在還有多少實力，倒是十分好奇。我咳嗽了兩聲，「沒有想到名滿東京的梅姑娘，竟然是當年鼎鼎大名的青衣樓的樓主，失敬！失敬！不知道樓主今日召本公前來，所爲何事？」

梅惜月止住哭泣，「我青衣樓兩百餘年來，隱姓埋名，勵精圖治，所爲的就是有朝一日能夠東山再起，找那些個名門正派一雪前恥。妾身藏身於青樓市井，就是希望能夠在茫茫人海中尋找到一位明主，能夠讓我們洗去魔教的名聲。國公大人初來東京時，妾身並未留意，直到大人提督府杖殺太子府管家、西山大營怒斬十幾位將軍，小女子才開始留意大人。大人以十幾萬殘兵死守孤城，讓數倍於己的明月第一軍團無法前進半步，更將天榜中的神仙人物摩天道長擊殺。而後大人單刀赴會，談笑間使得青州大軍臣服，天下英豪無出大人左右！這堅定了小女子的決心，所以今日冒死邀請大人前來一敘衷腸，請大人見諒！」說完，梅惜月起身盈盈一拜。

看著她梨花帶雨的俏臉，我不禁有些呆滯，竟然不知道伸手將她扶住。身邊的梁興早已經從見到梅惜月的那一刻起，就陷入失神狀態。

半晌我回過神，心中暗嘆，真是一個可以令人神魂顛倒的美人！我看看身邊的梁興，唉，實在是丟臉！我輕輕掐了一下梁興，然後將梅惜月扶起，「梅姑娘女中豪傑，對許某的抬愛，令許某惶恐。可惜的是，許某也是一個看別人眼色吃飯的人，實在難以擔當姑娘的厚愛，慚愧！慚愧！」

梅惜月擦乾臉上的淚痕，「惜月適才有些失態，大人勿怪！」她端起茶盅輕輕抿了一口，定了定心神，「惜月對大人坦誠以待，可是大人似乎並不相信惜月的誠意。如果惜月沒有確實的把握，怎麼會請大人前來呢？我說的對嗎？鳳凰戰神的後人，許正陽許大人！」

耳邊彷彿響起一聲炸雷，讓我半晌無法回過神來。她怎麼會知道我的身世？我一面拉住作勢要動的梁興，一面強按下心中湧起的殺機，臉上儘量保持平靜，「惜月姑娘是在說我嗎？恐怕是誤會了，許正陽出身乃是一名奴隸，怎麼會和那鼎鼎大名的鳳凰戰神有關係呢！」

「大人出身漠北，離開元城並不遠，漠北的奴隸營中，大都是罪犯和當年開元城浴火鳳凰軍團的戰俘，大人既然能夠在那裏，想必和那些戰俘有些關聯。而且大人姓許，與戰神同姓，當然，這也許只是一個巧合。向寧向來是桀驁不馴，在來明月之前，有數年的經歷是空白的。他出身開元，師從大林寺神樹大師，但眾所周知，神樹大師收徒向來十分嚴格，在收向寧之前更已經發誓不再收徒了，但是他卻打破誓言，收向寧這個沒有任何來歷的人爲關門弟子，顯得十分奇怪。

據我的情報，戰神與大師乃是至交，常常一起談禪論道，當然，這種關係許多人都不知道。那麼，神樹大師收向寧，十有八九是因爲他與戰神的關係，那向寧一定與戰神有十分親密的關係，這樣的解釋是一個最完美的理由。向家父子來到明月，他們鎮守青州十餘年，從未聽說他們和誰有過過密的交情，而且父子五人一個比一個狂傲，對於朝中的權貴從不理睬。根據我們的觀察，向家父子乃是那種十分堅韌的人，如果下定決心，就很難有人改變，而大人三言兩語間就將他們說服，而且還住在你提督府中，實在令人感到怪異！」

梅惜月擺手制止住我開口的欲望，「大人，請聽小女子說完，或許大人會說，向家父子是因爲大人的赫赫戰功和絕世神功使他們折服，但是想那向家父子都是久經沙場之輩，怎會輕易地屈服於某個從未見面的人呢？所以大人一定與他們有著很深厚的關係，至於是何種關係，其實也不難猜想，向寧父子都是桀驁之人，只有對他們有著大恩的人才能使他們折服，那麼，是什麼人對他有如此大恩呢？想來不會超過兩人，一個就是他的恩師神樹大師，但是神樹大師自幼出家，一生以淡泊著稱，沒有什麼親近之人；另一個就是在我們猜想中的戰神，只有戰神的後人才可能讓如此桀驁之人屈服。

就算這些都不對，那麼，還有一點大人無法否認的事實，那就是梁國公大人在城防最後一戰中所用的招數，乃是許家的不傳之密——修羅斬，雖然梁大人已經將修羅斬改變不少，融於自身。但是修羅斬基本的痕跡還是可以被熟悉修羅斬的人看出來一些端倪的！」說到這裏，梅惜月看著我們微笑不出聲。

剛開始時，我耐著性子在聽，但是聽著聽著，我不由得被梅惜月精密的推理所吸引，從一個一個不同的資訊中，抽絲剝繭般地推導出事實的真相。我開始佩服她驚人的分析能力，我的麾下所缺的，不就是這樣一個能分析情報之人嗎？而且，她能夠將多年前的舊帳查到，顯示青衣樓一定有一套完整的情報系統，單是這一點已經讓我心動了。但是當我聽到梅惜月的最後一句，我心中又是一驚，如果我的修羅斬不能脫出原有的痕跡，那麼，遲早會有人從這一點發現我的身世，她是怎麼知道的呢？我怔怔地看著她。

「大人可是想要知道我是如何知道修羅斬的嗎？」梅惜月的眼睛彷彿能看穿我的心事，她緩緩的說出了一個令我更加吃驚的消息。

「修羅斬原本是我青衣樓的絕學，除了樓主，無人能夠修習。換句話說，大人和惜月恐怕是一家。如果我們的資料沒有錯誤，戰神的父親，恐怕也就是青衣樓兩代之前的樓主。」

聽到她最後的話，我無法不感到震驚，此時，我倒希望她能繼續說下去。

「我想我們的情報是沒有錯的，戰神的父親，也就是我的曾祖師，當年曾經在開元附近遭到伏擊，之後曾經消失了很久，然後回到青衣樓，就將樓主之位傳給了他的徒弟，此後就失去了蹤跡。直到多年後，戰神出世，我們才發現了這個秘密，雖然我們多次想和戰神聯繫，但是他總忙於征戰，都沒有結果，說起來，許大人應該是惜月的小師弟！」梅惜月看著我，笑得有些邪邪的，讓我心裏有些發毛。

天曉得我怎麼又蹦出來了一個師姐，一個如此美麗動人的師姐，一個好像無所不知的師姐，一個渾身上下讓我發毛的師姐。到底她還知道些什麼？我快要發瘋了！

「就算妳說的都是真的，但是妳怎麼知道我可以幫助妳重振青衣樓，洗刷百年的恥辱呢？」

梅惜月依舊用她那奪人心魄的眼光看著我，我懷疑就是這種眼光能夠看透我的內心，「小師弟，你還是不肯相信我，那麼，『天下亂，鍾離現；天下興，鍾離隱！』這句兒歌，不知道師弟是否明白？」

「我實在是不明白妳的意思，請妳說明白一些。」我省略了一切的客套話，努力的使自己平靜下來，雖然我知道抵賴是徒勞的，但是我一定要搞明白，我如此秘密進行的事情，怎麼會被人發現。

梅惜月此時看著我，就像在看著一個犯了錯卻抵死不認賬的弟弟，嘴角劃出一道令人著迷的弧線，「小師弟，從你進京後，先是校場比武，打殘了高飛的師兄，但是高飛卻不敢報復，我就知道有人暗中保護你。而後你在西山大營連殺十幾個將領，朝廷卻沒有怪罪你，我就知道保護你的人絕對不同一般。

四月一日，高占的壽辰，你在回府的路上，被人領到了京中的一個小院密談了一晚，而那個小院乃是鍾離世家在東京的一處秘密據點，別人不知道，但是卻瞞不過我的耳目。三日前，你與人在鍾離世家的據點拼鬥，而那個人用的卻是鍾離世家的烈陽掌，不知道是不是？據我所知，烈陽掌只有鍾離世家的二長老鍾離宏修煉，那麼那天與你拼鬥的人是誰就很清楚了，之後你們又進屋密談了許久，雖然我不知道你們談了一些什麼，但是卻可以分析出來。那鍾離世家乃是炎黃大陸上最神秘的世家之一，一直都在以天下蒼生的安樂為己任，特別是從輔佐明月之後，從來不與朝中的臣子來往，而在這個最微妙的時刻，他們和你兩次接觸，呵呵！師弟，你還要我再說下去嗎？如果覺得不滿意，我就再說一條，你麾下的軍機參謀，好像是叫鍾離師吧！」

什麼都不用說了，我已經被這個號稱是我師姐的女人打得沒有還手之力，如果再多出幾個像她這樣的女人，我將永不再爭霸天下。

「不過你不用擔心，天下間或許有和我一樣的人，但是卻沒有我青衣樓這樣的組織，或者有青衣樓這樣的組織，卻沒有和我梅惜月一樣的人！你的身分和秘密現在是安全的！」梅惜月再次一言道破我的心思。

我實在無話可說了，一拉還張著大嘴的梁興，起身深施一禮，「小弟拜見師姐！沒有想到師姐竟有如此細密的心思，竟然將小弟猜得一清二楚，之前得罪之處，還請見諒！」

梁興此時也回過神來，同時深施一禮。

梅惜月神色一正，臉上的微笑也收起來，「大人人中龍，惜月安敢當此，你我雖然系出同門，但是時代久遠，師弟、師姐一說，乃是笑話，不必記掛心中。今日惜月請大人前來，乃是為我青衣樓長遠著想，不知大人是否能夠幫忙？」

這是一個非常聰明的女人，知道何時見好就收，我穩穩心神，「既然師姐如此說，小弟恭敬不如從命。但是小弟想知道，如果幫了你們，本公能夠有些什麼好處？要知道，幫助青衣樓，就是等於和天下名門正派爲敵，小弟必須要權衡利弊。」

「若大人答應助我青衣樓正名，一洗我青衣樓的仇恨，那麼青衣樓自當竭盡全力，以助大人成事！」梅惜月一本正經地回答。

「不知青衣樓能夠給我些什麼樣的幫助？」

「青衣樓目下共有兩組：一組負責刺探情報，百年來我們雖然是暗中行事，但是培養了無數的勢力，上到朝中的王公大臣，下至販夫走卒，青樓茶館，都有我們的眼線，再加上我們有系統的情報分析能力，所以青衣樓可以提供給大人所需要的一切情報。如果大人有些事情不好處理，那麼青衣樓的暗殺組就可以幫助大人解決這些麻煩，暗殺組目前共有一級殺手三十人，二級殺手八十人，今天請大人前來的就是我們的一個一級殺手。而且，我們還有五名特級殺手，身手都可以列入天榜中的前五十名，如果大人同意，他們將是大人爭霸天下最忠心的僕人！」

沒有想到青衣樓竟然有如此能力，讓我有些垂涎三尺，如果讓這樣的一股勢力落到了我的敵人手中，那……什麼正與邪，在我眼中不過是一團狗屎，名門正派，像崑崙那樣的門派，就算與他們爲敵又有什麼不妥？這個世界只有擁有實力，就是正的，我也可以讓他變成邪的，邪的我可以讓他成爲天下的楷模。

想到這裏，我放聲大笑，笑聲中隱含著我深厚的真氣，將院中大樹震的樹葉飄落，笑聲穿過小院，將整個尼姑庵籠罩在我的氣場，隱藏在院外的人被我的笑聲震得氣血翻湧，我的笑聲中含有著讓人想要伏地膜拜的霸氣，梅惜月被我的笑聲震得花容失色。良久，我止住笑聲，雙眼精芒暴射，盯著梅惜月，一剎那，梅惜月嬌軀微微發抖。

「師姐，我同意我們的合作！就讓院外的那些人進來吧！他們一定等的有些心焦。告訴他們我的答案，讓我們一起去成爲這片大陸的主宰，我將和你們並肩奮鬥，讓青衣樓用敵人的鮮血洗刷百年的恥辱。

出了尼姑庵，天色已經暗了下來，我們談論了很多的關於今後發展的計劃，但是最重要的，就是我讓梅惜月搜集有關鐵血軍團的動向，在我的心目中，南宮飛雲始終是我的頭號大敵，也是我心中的一塊頑瘤。同時，我告訴了梅惜月我將要前往涼州赴任，我相信她一定知道我的意思，沒有想到，她居然要求和我們一起前往涼州，我當然不會同意，試想帶著這麼一個鬼精靈，我恐怕難以安生了。

可是，她在這時又抬出了師姐的身分，由此我得出一個結論：千萬不要把女人的話當真，當女人決定一件事情時，即使是她剛剛說過的話，她也可以矢口否認。看來，我這次的涼州之行恐怕會十分熱鬧。我們約定好下次見面的時間，我和梁興起身告辭。

在回去的路上，梁興一直不出聲。離開那尼姑庵有一刻鐘，梁興才仰天嘆道：「好一個顛倒眾生的梅惜月，好一個心智過人的青衣樓主！」他突然停下腳步，十分嚴肅的對我說：「阿陽！幸好這梅惜月是你的師姐，也幸好她成為了我們的盟友，如果此女與我們為敵，恐怕……」他搖頭嘆息。

我當然知道這梅惜月的可怕，不過，我從來沒有見過梁興如此神魂顛倒的模樣，我心中突然興起了一種好笑的想法，不禁啞然失笑。

我對正在長吁短嘆的梁興說：「大哥，你說的不錯，此女的確是十分可怕。雖然她現在和我們成為盟友，但是天曉得今後她是否會成為我們的敵人？將她除去著實有些可惜，不如這樣，為了將她永遠的控制，大哥我看還是由你發揮你神武的男兒本色，將她娶過門，日夜操練，使得她不能起反心，你看如何？」

我不理一臉愕然的梁興，逕自在前面走著，嘴裏還不停地嘮叨著：「嗯！我看這樣可以！一來呢，可以將她牢牢控制，二來，大哥你這麼大還沒有老婆，娶一個如此國色天香的美人回家，梁大嬸在天之靈也會高興的。」

「住口！」梁興一聲暴喝打斷了我的自言自語，他衝到我的面前，抓住我的衣領，「聽著，你個沒有義氣的傢伙，別想讓我跳進火坑。設想一下，如果家裏有這麼一個隨時洞察你心機的女人，而且你上個茅房都有可能被人跟蹤的情況，我生活還有什麼意義！」他咬牙切齒的對我說，「更重要的，你想一想，我偷偷地喝頓花酒，身邊的女人都可能是她的耳目，我，我，我……」梁興一副苦大仇深的模樣。

我哈哈的大笑，「老哥，你想什麼呢？我只是隨便說說，就憑你弼馬瘟的尊容，去娶她？做夢吧你！哈哈哈……」

梁興一愣，馬上明白我剛才是在調侃他，一張黑臉脹成了紫色，他羞得有些無地自容，指著我，「你，你，你這個臭鐵匠，竟然拿這種事開我玩笑！」

我拍了拍梁興，「大哥，像梅惜月這樣的女人，不是我們這些凡夫俗子能夠駕馭的了的，唉！美女，人人都想美女，可是女人太美了，會讓人望而卻步的！」

看著梁興也贊同地點點頭，我又接著說道：「不過說實話，大哥你是應該娶個媳婦了，剛才你的樣子真的是有點發情了。」說完，我沒有等梁興反應過來，拔腳就跑。

「你，你這個傢伙還來！」梁興剛恢復一點常色的臉，一下子又變成朱紅。「你這個混蛋，我今天要是不拿出一些厲害，我就叫你哥。」梁興在我身後緊追，我們一前一後向東京城的方向急馳而去。

回到了提督府，天色已經完全暗了下來，向寧父子已經等候在府中，看他們都是一臉焦急，我知道一定有事情發生了。一看見我和梁興回來，向南行跑上來一把抓住我，「阿陽，梁興你們去哪裡了，讓我們等的好著急呀！我爹剛才還說你們要是再不回來，就要出去找你們了！」

我來到向寧的面前，「叔父，這麼著急找我，是不是發生了什麼事？」

「兵部今天來了命令，讓我立刻趕回青州，說青州乃是邊防之地，不能離開太久，所以再過五天我就要回去了。」向寧輕輕撫摩著我的頭，「沒想到才相認幾天，還沒有好好的敘敘，就要分別，為叔心中實在是不忍呀！」

我聞聽心中也是一陣難過，我明白這是高占害怕向寧在京中時間長了，就會和朝中的大臣（**其實這個大臣就是我**）相勾結，那時候，就會出現第二個南宮飛雲。說實話，我也不想和向寧這麼快的就分開，畢竟他是我父親和童大叔的結義兄弟。和他在一起，我感覺到了我失去已久的父愛，但是馬上我又要離開他了，心裏有些難受。

我強忍住心中的哀傷，用平常的語調說道：「叔父，何必傷感，分分合合原本正常，沒有離別時的痛苦，怎麼能夠襯托出重逢時的喜悅，我們現在的離別，不正是爲了將來的歡聚嗎？況且，我相信我們馬上就會再次重逢，我相信用不了多長的時間。」我堅定地說道。

向寧用一種很奇異的目光看著我，半晌，他拍了拍我的肩膀，扭頭對向家四兄弟說：「你們幾個看到了，除了北行，阿陽比你們都要小，可是，他卻已經體會到了人生的無奈，而你們自小沒有和爲父分別過，特別是北行，更是從來沒有經過一點的失敗。這次，爲父將你們留在阿陽身邊，一方面希望你們能夠好好的輔佐阿陽，另一方面，爲父希望你們能夠儘早地成長起來，成爲一個頂天立地的男子漢！」說完，向寧仰天大笑，「大丈夫生亦何歡，死亦何懼！想我向寧一生戎馬，老來卻看不透人世間的分分合合，卻要我的子侄來勸慰，老矣！老矣！愧煞！愧煞！」

「落日塞塵起，胡騎獵清秋。漢家組練十萬，列艦聳高摟。誰道投鞭飛渡？憶昔鳴血污，風雨佛狸愁。季子正年少，匹馬黑貂裘。今老矣，搔白首，過揚州。倦遊欲去江上，手種橘千頭。二客東南名勝，萬卷詩書事業，嘗試與君謀。莫射南山虎，直覓富民侯！」他縱聲高歌，言語中透露著一種對歲月流逝的無奈。

我聞聽，心中也是一陣酸楚，但是我大笑道：「叔父未免有些悲觀，想當年大魏帝國聖祖曹玄鏖下大將君揚年已七十，尙能日食斗米，馳騁疆場，而今叔父五十未到，卻自嘆老矣，不怕古人恥笑？既然叔父高歌一曲，小侄當以歌和之：『客子久不到，好景爲君留。西樓著意吟賞，何必問更籌？喚起一天明月，照我滿懷冰雪，浩蕩百川流。鯨飲未吞海，劍氣已橫秋。野光浮，天宇回，物華幽。中州遺恨，不知今夜幾人愁？誰道英雄老矣？不知功名才始，決策尙悠悠。此事費分說，來日且扶頭！』」

我也隨聲高歌，堂中眾人也齊聲相和，唱罷大家相視一笑，不由得心中的煩惱盡散。我上前拉住向寧的手，「叔父！今日我們不醉不歸！」

「好！不醉不歸！」向寧也放聲大笑。

不多時，酒宴上來，我們幾人推杯換盞，今天這裏沒有外人，可以說都是一家人，所以也沒有什麼顧慮，大家暢所欲談，一直喝到了深夜。向寧當真是喝得酩酊大醉，我看喝得已經差不多了，讓向家兄弟扶著向寧回客房休息，我和梁興繼續我們的談興。

沒有想到沒有一會兒，向家兄弟送向寧回去後又跑了回來，大家都是年輕人，更是把酒夜談，從天文地理到行軍佈陣，再到詩詞風月，一直到窗外四更鑼響，大家才戀戀不捨地散去。

第二日，我起了一個大早，吩咐向家兄弟前去西山，爲我挑選精兵。而我則和梁興前去上朝，因爲今日，高占將要公布高良的死訊，我們這兩個假皇子一定要參加的，何況我們還要領取兵符令箭，接受冊封。不過，我已經想到了後果，嘿嘿，東京城，將要再次掀起一場權力的爭鬥了，不過你們鬥得越厲害，我會越高興！

當高占宣布修羅和夜叉兵團正式組建，直接受高占節制，不受兵部的調遣時，朝中沒有太大的反應，畢竟我們組建兵團的事情已經是沸沸揚揚，京城中早已經傳遍了，更何況，上次有大臣阻止的下場還歷歷在目，又有誰敢當那個冤死鬼呢？倒是我和梁興在接受兵符令箭後，主動要求調往邊防，引起了小小的騷動，畢竟我們作爲高占的紅人，剛一領兵就前往戰事頻繁的邊境，如果再立什麼功勞的話，那將要升什麼官呢？大家都開始在考慮，看要不要和我們套套交情。

接著，高占宣布了高良的死訊，並且立詔由高正接任太子之位。正如我所料，就像一顆重磅炸彈扔在了大殿上，頓時朝堂之上一片嗡嗡聲響起，驚異聲、詢問聲、質疑聲還有反對聲響成一片，平日裏莊嚴肅穆的大殿，一下子變成了菜市場。

我站在百官前列，清楚的看到了站在前面的幾個皇子，臉上都不同程度地露出喜色，我心中一陣冷笑，就讓你們這群人狗咬狗吧！我再瞧瞧龍椅上的高占，他的臉色已經有點黑了，我看我還是先溜吧，怕一會兒我說錯什麼，再引起高占的猜忌，於是我閃身出來向高占奏道：

「啓稟聖上！臣和梁國公要前往西山和飛龍軍團的駐地挑選兵將，就先行告退！」

高占看看我們，點點頭。

我們立刻轉身離開大殿，走到殿門時，聽著身後的議論聲，我心中又是一陣冷笑：這皇家的事情，自有皇家解決，立誰爲太子，那是皇上的事情，你們這群人如果強加干涉，嘿嘿……

我從兵部領取了我們的軍餉，身上揣著一張一千五百萬的金票，感覺就是不一樣。接下來的幾天裏，我通過東京的商戶購買了大量的糧草，軍需，軍械和戰馬有錢岩安排，我倒是不急。聽說涼州連年的災害，早已經鬧起了饑荒，而通州因爲閃族的叛亂，情況也不會好到哪裡，所以糧食將是我們上任後的第一大事。光是購買這些糧食，我就花去了七百多萬枚金幣，而且還背負了兩百萬的債務，真是錢到用時方恨少呀！

還有大量的軍需，我算了一下，身上的錢真的是不夠，有心向高占再要一些，可是看著他那張陰沈的老臉，我竟然有些害怕，修羅和夜叉兵團的士兵已經挑好，可是我竟然沒有心情前去，看著長長的軍需單，我和梁興都是愁眉苦臉地坐在提督府。

「報！殿下，門外有一個人，說是殿下的朋友趙良鐸派來的，現正在府外等候！」正當我和梁興面對面的坐著發愁時，親兵急匆匆地跑進來。

趙良鐸！聽到這個名字，我心裏就是一顫，這傢伙來幹什麼？半年前，我來京師還欠了他一屁股的債，他不會是在這個時候來向我要債的吧！穩了一下心神，「有請！」我對親兵說道，親兵領命下去。

「鐵匠，這個趙良鐸這時候派人來是什麼意思？」梁興很清楚我心中的小算盤。

我長出一口氣，「管他來幹什麼，反正如果要我還債，就一句話：要錢沒有，要命一條。」

「那不是有點無賴？」梁興有些遲疑。

「無賴就無賴，老子沒有錢，如果你覺得不好意思，那你去還債好了，不過，你休想從我手裏拿一分。」我惡狠狠地說道，臨了又加了一句：「聽說京中不少權貴盛行龍陽之好，你的這個賣相不錯，一定可以賣個好價錢。」

「那就耍無賴。」梁興毫不猶豫地說道。

正說話間，只見親兵領著一個管家模樣的人來到客廳，那人一見我和梁興，連忙上前施禮，「小人趙府管家趙峰參見兩位殿下！」

我看了看這個趙峰，倒是一副忠厚老實的模樣，不過這種人認死理，看來趙良鐸今天不要到錢是不會罷休了。

我咳嗽了一聲，「趙峰呀！免禮吧！我和你們老爺乃是好友，不必如此客氣！想想已經很久沒有見到你家老爺，不知近來身體如何呀？」然後對親兵說道：「座、茶！」

「啓稟殿下，我家老爺近來身體無恙，有勞殿下掛心！」趙峰恭聲答道。

我心裏暗暗的咒罵：最好是得個失憶症！但是面上帶著一臉的微笑：「不知你家老爺今日派你來是何事呀？」

「是這樣的，我家老爺聞聽兩位殿下組建修羅、夜叉兵團，十分高興。他說兩位殿下乃是他生平好友，一定要向殿下表示祝賀！只是京城眼下時局微妙，老爺不敢輕易出面，說害怕給兩位殿下帶來不必要的麻煩，所以就讓小人將賀禮送上！」說著，趙峰伸手入懷。

一定是賬單，一定是賬單，這個傢伙真是狡猾，說什麼賀禮，哼！還想騙我？我剛要拒絕，卻發現趙峰從懷中取出一張金票。我的眼尖，一眼就看到那上面寫著的「一千萬」。

就聽趙峰說道：「我家老爺知道組建兵團乃是最耗錢的事情，他說殿下目前一定手頭很緊，所以命小人送來一千萬的金票，請殿下笑納！」說著，他就將金票呈到我的眼前。

「來人，還不給趙管家看座，上茶！」我一邊對門外的親兵高喊，一邊迅速將金票接過來，放進懷裏。「這怎麼好意思呢？」我十分虛僞地對趙峰說。

「我家老爺說，這是朋友間的幫助，他還說讓殿下不必擔心，如果資金有任何問題，可以找他出面。不過老爺讓我告訴殿下，如果將來有了收益，一定要連本帶息的還給他。」

「死人呀，沒有聽見嗎？快上好茶！」我對門外的親兵高聲訓斥，然後滿臉堆笑對趙峰說：「快請上座！」

「不了，小人知道殿下十分繁忙，就不打攪殿下了。小人今日就是爲了給殿下送金票，小人就先告辭了。」這個趙峰倒也痛快，辦完事就走。

我連忙起身將他送到門外，又感謝了一番，這才回到客廳。一進客廳，就看見梁興歪著頭看著我，「鐵匠，給你一個對聯，上聯是：坐，上坐，請上坐！下聯是什麼？」

我一時間沒有明白，疑惑地看著梁興，只聽他說道：「下聯是：茶，好茶，上好茶！你知不知道你剛才的樣子實在是夠賤！真的讓人想把你痛打一頓！」

原來他在調侃我，我斜著眼睛，「你清高，那好，這一千萬貫的軍需我全拉到涼州。」

「快上坐，請喝茶！」梁興馬上一臉阿諛之色，看著他的樣子，我不由得哈哈大笑。笑罷，我從懷中取出那張金票，久久不出聲，半晌，我抬頭對梁興說：「大哥，你有沒有感到有些不對勁？」

梁興聞聽，想了一想，緩緩說：「這個趙良鐸真不簡單，一千萬的金票，他毫不猶豫，像他這樣一個珠寶商，出手就是一千萬，不簡單！不簡單！」

聽了梁興的話，我更是陷入了沉思，這個趙良鐸為了我已經花費了無數的金幣，不但沒有見他討還，反而……他為什麼這樣做呢？僅僅是為了結交我？不可能，那他到底是為了什麼樣的目的呢？半晌，我使勁晃了頭晃，算了，不想了。既然猜不出他的目的，就花著先，反正我現在正需要錢。也許等到他認為時機成熟的時候，他自然就會向我揭開這個謎底。我不由得對這一天有些期盼。

第五章　火鳳軍魂

後世有人問，重生後的浴火鳳凰軍團到底是一支怎樣的軍隊？這讓許多的兵家很難回答，有人說他悍不畏死，猶如下山猛虎，無人可敵；有人說他奇詭難測，宛若九天神龍，不著痕跡。總之眾說紛紜，但是無論誰都無法準確的形容。

直到千年後，在炎黃大陸的歷史上，與許正陽、梁興二人同列三大軍神的嘯天神皇做出了一個最為中肯的評價：重生後的浴火鳳凰軍團就像一個堅韌強悍同時存在著兩種不同性格的無賴，讓人無法琢磨。這個世界上，不可能會出現第二個浴火鳳凰軍團，因為，沒有任何人會像修羅和夜叉那樣完美地組合，那樣將兇悍與奇詭的兩種風格完美的融合在一起，沒有人，即使他司馬嘯天也無法做到。

有了趙良鐸的金票，我的負擔大大的減輕，我將金票交給高山，讓他負責打理軍需事務。

炎黃曆一四六二年六月四日，向寧奉命回撤青州，我和梁興都沒有去送他。因為我要避免京中的閒言碎語，所以我讓高山和鍾離師代表我前去送行，我和梁興站在高高的城樓之上，看著向寧的青州兵逐漸在我的視線中消失。

我的心中突然湧起一種難言的傷感，有種情懷似乎不吐不快，脫口吟道：

「常經絕脈塞，復見斷腸流。送君成分別，令人起昔愁。隴雲晴半雨，邊草更先秋。萬里邊塞寄，無貽我心憂。」

不知不覺間，淚流滿面，我和向寧雖然在一起十分短暫，但是我卻體會到了一種父親般的關愛。今日一別，不知何時才能再見，雖然我可以當著他的面表現得很瀟灑，但是心中的傷感只有我自己知道。

回到提督府，高山和鍾離師已經回來，身後還跟隨著向家四子。鍾離師默默的將一封信遞給我，打開信，向寧豪放的字體映入眼簾：

「阿陽，爲叔知你無法送行，心中雖有遺憾，卻也瞭解你的苦衷。爲叔與你相處十餘日，深知你能力過人，已經可以獨當一面，無須爲叔牽掛，但是心中卻始終視你爲幼兒，望你勿怪！四子交予你，望你能將他們鑄練成絕世神兵，成爲你爭霸天下的得力臂膀，以慰爲叔與你父多年同征沙場的宿願。臨別久思，提筆卻覺無言，望你珍重，珍重再珍重！叔向寧亂語於炎黃曆一四六二年六月四日東京提督府。」

看完信，我鄭重其事地向青州方向跪下，磕了三個響頭。

我站起來對著屋中的眾人，神情嚴肅，「今日在這屋中的人，都是我許正陽的好兄弟，我向天發誓：從今天起，我會和在座的每一個人共同努力，同甘苦，共患難，一生以兄弟待之！如果你們願意成為我的兄弟，就請伸出你們的手，讓我們同心協力，共創將來！」

說著我伸出手，梁興和向家四兄弟毫不猶豫地握住我的手，高山略一猶豫，也伸出獨臂握在一起，我們一起看著鍾離師。

鍾離師神色激動，「我，我也可以嗎？」

「如果你能真誠地伸出你的手，那你就是我們的兄弟！」我神色莊嚴。鍾離師聞聽不再猶豫，兩手伸出，緊緊的與我們握在一起。這就是後人所說的「八兄弟誓約」。

接下來的幾天裏，我和梁興等人每天都在忙於處理與京中各部的關係，要遠離京城，有很多東西都要領取。我們現在，在別人眼中是高占的紅人，所以基本上沒有廢太大的力氣，就將京城中各種軍需物資洗劫一空，而且還拿到了不少的寶貝。而鍾離師和高山則是負責在東京周圍的城市和村莊招兵，提督府外的告示再次張貼出招賢榜。不過這次和上次招賢的效果不同，那時我和梁興只是無名之輩，雖然有赫赫的凶名，但是在京城卻沒有任何的靠山。而今我和梁興已經是名滿明月，又有高占的寵信，再加上修羅和夜叉兵團是獨立於兵部以外的直屬兵團，和城衛軍的性質有很大的不同，所以提督府每天都有各式各樣的人前來自薦。府外人滿為患，我不得不派出仲玄和伍隗專門負責此事。

距我們離京的日子越來越近，我們將行程定在七月一日，定在這一天，是因為浴火鳳凰軍團是在這一天被剿滅的，我要在這一天讓之重生。

每天我和梁興的日程都安排得滿滿的，一方面確實有太多的事情要處理，另一方面則是為了躲避朝中大臣們的糾纏和皇室的各種應酬。同時，我密令梅惜月一方面安排轉移向涼州，一方面開始探查趙良鐸的底細。

錢岩的第一批軍械和戰馬按時到達，我命令鍾離師和高山將軍械分發到將士們的手中。說心裏話，錢岩的這批軍械的確是上等，較之以前城衛軍和飛龍軍團的裝備的確是天上地下之別，甚至比武威和青州軍都要強上幾分。不過，單是這十萬套軍械，我一下子要付出四百萬金幣，著實讓我心痛了很多天。不過，我還是再次向他下單，定下了十五萬套軍械和十萬匹上等良駒，一番討價還價後，我得到了六折的優惠和延後付款的優待，為了讓我的部隊成為炎黃大陸最優秀的部隊，花多少錢都是值得的。

六月二十日，巫馬天勇和鍾炎各領一萬精兵，押運著大批的糧草和軍需先行出發，前往涼州和通州。其他人也都各司其職，進行整備，每一天都可以看到提督府的人忙碌的進出。

二十三日，我和梁興向朝廷上報了修羅夜叉兵團的編制：

修羅兵團：兵團統帥許正陽，直轄兩萬槍騎兵；

藤甲軍都指揮使向東行，統領一萬五千藤甲兵，軍銜同萬騎長；

驃騎軍都指揮使向南行，統領一萬五千重騎兵，軍銜同萬騎長；

步兵營都指揮使向西行，葉海濤、葉海波兄弟為副將，統領三萬步兵，軍銜同萬騎長。

驍騎軍都指揮使向北行，統領一萬五千輕騎兵，軍銜同萬騎長；

先鋒營正印先鋒官房山，多爾汗為副先鋒官，統領一萬重騎兵，軍銜同萬騎長；

神弓營都指揮使楊勇（後來招賢榜招覓來的，神射更在王朝暉之上，一弓九箭，箭無虛發，家傳流星矢，手中一柄烽火矛，重五十斤，武力不下向南行）統領一萬連弩手，軍銜同千騎長；

督察營都指揮使巫馬天勇，統領五千校刀手，掌管軍中風紀，軍銜同萬騎長。

夜叉兵團：兵團統帥梁興，軍機參謀鍾離師，直轄三萬槍騎兵；

副帥仲玄，統領兩萬藤騎兵；

副帥鍾炎；統帥兩萬重騎兵；

神弓營都指揮使王朝暉，統兩萬弓騎兵，軍銜同萬騎長；

驃騎軍都指揮使寧博遠，統領一萬五千重騎兵，軍銜同萬騎長；

驍騎軍都指揮使毛建剛，統領一萬五千輕騎兵，軍銜同萬騎長。

步兵營都指揮使伍隗，廖大軍、馮遠、姜威（原飛龍軍團將領，武功高絕，馮遠手中一對破天斧，神力更在葉家兄弟之上，家傳狂風斬，略似我的七旋斬；姜威左盾右戟，師傳拜神威騎田嶺，神鬼七絕可以在巫馬天勇手下百招不敗，兩人在飛龍軍團一直懷才不遇，後被鍾炎推薦），統領四萬步兵，軍銜同萬騎長。

先鋒營正印先鋒官納蘭德（拜神威人士，手持開天槊，背負一柄九尺巨劍，飛雲七破神鬼難測，前來自薦時盛氣凌人，但是百合內敗於梁興之手，從此臣服並強行拜梁興為師，智謀過人，胯下呼雲獸，乃是上古神獸，能吞吐濃煙，擾人視線，不過尚不敵烈火獅。）

副先鋒官納蘭蓮（納蘭德之妹，手中玲瓏鏟，背負射月弓，師從東海紫竹林，飛燕七斬巧奪天工。雖是女性，但是武功不低於其兄，從小視其兄為天人，所以納蘭德歸附於梁興後，她也死活要跟隨梁興，說是捨不得她的哥哥，不過以我看，她是對梁興有那麼一點意思。不過，這個丫頭的確是有些本事，行軍佈陣也有她的一套，他們兄妹再加上楊勇，是我這次招賢的唯一收穫），統領一萬鐵騎，軍銜同千騎長。

同時，我命令梅惜月將她的殺手組調於我的麾下，撥出三十萬金幣令雄海著手組織血滴子暗殺組織，並交給梅惜月一道密令。我很喜歡雄海這個人，雖然他的武功僅和廖大軍相若，但是他夠邪，夠狠，夠毒，夠陰，這樣的人，你可以讓他去做一些見不得人的事，而且他們會得心應手，而這正是我需要的。

同時，我還讓高山和陳可卿住進我的府邸，並將我親手訓練出來的三百名親兵留給他們，撥給了高山五十萬金幣，讓他負責在東京爲我疏通，陳可卿擔任我和梁興的管家，同時還留給他十萬金幣和一道密令。

一切都安排好了，我終於閒了下來，這時我才想起，我還沒有檢閱過我的修羅兵團，我想梁興和我一樣，這兩天一直在忙著處理雜事，竟然把這正事給忘記了。我叫上梁興，然後一腳將他踢到了夜叉兵團的駐地——原飛龍軍團的營地，命令親兵前去西山大營通知向家四兄弟，然後領著錢悅向西山行去。

來到西山大營，老遠就看見了迎風飄揚的旌旗，營外守衛森嚴，進出將士個個都是精神抖擻，我看了不禁欣慰地一笑。眼前的這個軍營和我半年前視察的城衛軍截然不同，向家兄弟果然不凡，短短數日竟然將這個營區打理得井井有條。

正在我暗自讚嘆向家兄弟的時候，大營的營門大開，從裏面殺出一彪人馬，清一色的火紅戰甲，朱紅槍、棗紅馬，爲首一將赤盔赤甲，胯下赤紅斑點獸，馬鞍橋上橫放一柄火焰槍，整隊人馬就像一團燃燒的火焰，正是向南行和他的親兵。

那團火焰如旋風般眨眼來到我的面前，向南行下馬向我躬身施禮，「剛得到大人的親兵通知，大人就已經到了。驃騎軍都指揮使向南行參見元帥，請恕末將甲冑在身，不能大禮參拜！」

我微微一笑，翻身下馬，來到他的面前，笑著說道：「好了，向二哥，你我自家弟兄，不必客氣。其他人呢？」

「元帥，其他眾將官都在大帳恭候，請元帥入營。」向南行拱手相讓。

我哈哈一陣大笑，一把挽住他的手，「向將軍！你我同行！」說著，拉著他大步向營中走去。

現在的西山大營真的是與從前大不相同了，將士們盔甲鮮明，校場中喊殺震天，一派強盛的景象。一路上，所有的士兵見到我們，都停下來向我敬禮，他們的眼中流淌著狂熱的崇拜。我一邊向他們回禮，一邊想：這些青州兵當真是訓練有素，單從他們敬禮的軍姿上就可以看出，這是一支快要被摔打成型的好胚子，只要略加調教，他們將無敵於天下。

來到了大帳，所有的將官都已經等候在裏面，連房山也在內。經過十幾日的調養，他的氣色已經恢復，雖然臉色還有些蒼白，但是精神飽滿，已經恢復了當日火獅子的風采。

看到我進來，眾人不約而同地站起來向我行禮。我連忙制止住，「大家不要多禮，我們現在是在軍營，不是我的提督府或是國公府，不要過於拘禮！大家都坐下吧！」說完，我就走向大帳中央的帥字椅。

「近幾日，本帥雜事纏身，無暇顧及軍務，有勞各位操心了！本帥在這裏向大家深表謝意！」看到大家都已經坐下，我拱手向眾將行禮，口中一邊說道。

眾將官連忙欠身還禮，連說不敢。我環視了一下帳中的眾將，最後目光停留在房山身上，「房將軍，身體恢復的如何？怎麼如此快就來到軍中，爲什麼不多休息一下！」我微笑著，但是語氣中有些責怪。

房山連忙起身，他沒有想到我會第一個和他說話，不僅有些受寵若驚，恭敬地回答：「元帥，末將已經恢復。大帥不以末將爲手下敗將，反而讓人細心調養，實在是令末將無以爲報，所以末將希望能早日來元帥麾下效命，以報答元帥的知遇之恩！」

我聽了一笑，「房將軍莫要將以前的事情放在心上，既然大家今後在一個帳中效命，就是一家人，何分彼此？只是要多加調養，早日恢復火獅子的雄風！」

我和房山說完，又和眾將聊了一會，對向北行說道：「北行，現在我想看一下我的修羅兵團的風采，你去將大家集合起來，我要和眾將士見見面！」

向北行領命出去。我起身來到楊勇的面前，輕拍他的肩膀，「楊將軍，這裏可還適應？」

楊勇連忙躬身施禮，「有勞大帥費心，修羅兵團果然是不同凡響，末將深以能在如此的雄壯的軍隊中效力自豪，更以能在大帥的麾下效命驕傲！」

「很好！我命你統領神弓營，自是相信你有這個能力，望你不要辜負我對你的期望。只是我目前只能讓你擔任千騎長，因為你初來軍營，不比他人久經沙場，況且又寸功未立，所以先委屈你一下，請你不要有什麼顧慮。將來等你立了戰功，我自會為你請功！」我笑著對他說道。

「末將一定誓死效命，以報元帥知遇之恩！」楊勇激動得有些說不出話來。我笑著拍了拍他的肩膀。

這時，向北行回到大帳，「元帥，修羅兵團將士已經在校場集合完畢，請元帥檢閱！」

「好！那就讓本帥前去看一看，我修羅兵團到底是何等的雄壯！」說完，我大踏步走出大帳，向校場走去，眾將緊隨在我身後。

校場中，十萬將士整齊列隊。正中央是我直轄的兩萬槍騎兵，清一色銀盔銀甲，胯下白馬，背負雙刀，手中四米長的銀槍，面罩銀色面具。想當初，我是因為長相過於平凡，為了加強對敵人的威懾，所以才戴上修羅面具，沒有想到卻被將士們爭相模仿。眼前這支槍騎兵部隊是挑選青州兵中最精銳的戰士組成，有人給他們取了個「修羅之怒」的美名。槍騎兵部隊兩側分別是重騎兵和輕騎兵，前方左側是藤甲兵，右側是神弓營，後方則是步兵，全部都是一身素甲。而一隊火紅的鐵騎遊離在整個方隊之外，那是向南行麾下的麒麟軍，也是向南行多年的心血。遠遠望去，聲勢好不驚人。

我心中一陣莫名的激動，大步走上點將台。環視校場，我禁不住心潮澎湃，仰天凝望，心道：大叔，你看到了嗎？這是正陽的雄兵，他們將是我們鳳凰軍團的根本，看著吧！用不了多久，浴火鳳凰戰旗一定會再次飄揚在炎黃大陸上！

我努力使自己激動的心情平靜下來。我知道，從現在開始，我說的每一句話，都將會深深地紮根在這些將士們的心中。

「將士們，從今天起，我們就要開始共同征戰沙場，但是在這之前，我想問你們，怎樣的軍人才是一個偉大的軍人？」我沒有刻意高喊，但是我的聲音清楚地在每一個將士的耳旁響起。

誰也沒有想到我會問這樣的一個問題，按照慣例，統帥應該是高喊著令人熱血沸騰的口號，鼓舞大家的士氣，從來沒有人像我這樣提出一個問題作爲開場。一時間，所有的人，連我身後的眾將都愣住了，整個校場一片寂靜。

「沒有人回答嗎？那先聽聽你們的將軍的回答！」我扭頭對身後的眾將說，「你們先說。」

「面對敵人，毫無懼色，奮勇殺敵的軍人是偉大的軍人！」向南行搶先說道，身後的房山也跟著點頭。

「是嗎？面對強敵，毫無懼色是不可能的，每個人面臨生死都會產生猶豫，所以這個答案不正確。」我輕輕地搖搖頭。

「精忠報國，捨身取義……」我搖頭。

「頭腦冷靜，臨危不亂……」我還搖頭。

「保疆土不失，使百姓安樂……」我一直搖頭。

一時間，校場內議論聲不斷，各種各樣的答案層出不窮，可是我的頭已經搖成了撥浪鼓。看著大家迷惑的神情，我咳嗽了一聲，「想知道我心目中的偉大軍人是什麼樣嗎？」

「想！」所有的人都異口同聲地喊道。

我頓了頓，再次環視了一下校場，「好！我來告訴你們，我心目中偉大的軍人，就是那些活著的軍人，也包括你們！」

校場中一下子安靜了下來，每一個人都屏住呼吸，靜靜地聽我說。

「我們軍人就是要在戰場殺敵，保衛疆土，這是每一個軍人的職責。但是，一個死人是無法去履行他的職責的，只有活著，只有活著的人，才能夠讓這一切成爲現實！我們應該紀念那些死去的人，緬懷他們的事蹟；但是你們不要去學習他們，因爲，他們只不過是一群愚蠢的英雄！只有活著的人，才能建立起不世的功勳，所以我要你們記住，在戰場上，就算是用最卑鄙的手段將敵人殺死，我也會去嘉獎你們；相反，如果你們爲了逞英雄，爲了什麼虛無的名譽而丟掉性命，就算你們立下再大的功勞，我也會將你們忘掉！」歇了一口氣，我續道：

「記住，在戰場上，虛榮、貪婪和狂妄，都將會置你於死地。你應該時刻保持冷靜，用你認爲最省力、最簡單的方法去解決對手！失敗不丟人，逃跑也不恥辱，只有活下來，你才能夠繼續你的豐功偉業！不要認爲這樣做是怯懦和膽小的，因爲你一定要從戰場上活著走下來，才能成爲真正的偉大軍人！」

校場中沒有一個人說話，空氣中迴蕩著我的聲音，所有的人都怔怔地看著我。

從他們當兵那天起，就被人不斷地灌輸著各種各樣的訓話，樹立了許許多多的英雄，但是從來沒有一個人像我今天這樣教育他們！逃兵還能成爲偉大的軍人？所有的人都無法一下子接受我的思想。

我看著已經有些癡了的人們，很滿意我這番話的效果，我咳嗽了一聲，繼續說道：

「再過幾天，我們就要出征了，我們要去我們明月的最南方，那裏有我們世代的仇人，飛天皇朝！在那裏，我們將要去經受血與火的考驗。也許你們說，你們早已經習慣了那些，但是我向你們保證，你們將要面對的，和你們過去面對的截然不同！如果你們能夠活下來，當你們再次回到這裏時，迎接你們的將是鋪天的讚譽、遍地的鮮花和美麗的少女，那時你們就會明白，什麼是真正的偉大軍人！但是如果你們回不來，你們將只有和黃土做伴，成為野狗和禿鷲的腹中之物。」

我大聲地喝問：「我問你們，你們是想成為一個偉大的軍人，還是一個戰死的英雄？」

一片沉默。

半晌，不知是誰小聲嘀咕了一句：「當然是一個偉大的軍人！」

好像瘟疫一樣，這句話迅速的蔓延，轉眼間傳遍了整個校場，所有的人都狂熱的高喊：「偉大的軍人！」甚至連我身後的將官都被這狂熱的叫喊聲感染了，他們也跟著喊了起來。

我擺手示意安靜，校場中齊刷刷地安靜了下來。我這時朗聲說道：

「既然你們都選擇成為一個偉大的軍人，那麼我希望，你們都時刻的牢記我今天的話。當下次我們在這個校場中見面時，我希望你們每一個人都在。到那時，我將把美酒堆滿校場，本帥將和你們痛飲三百碗！」

不知道是誰先喊了一聲「修羅！」轉眼間，所有的人都舉起手中的兵刃向我致敬，口中高喊：「修羅！修羅！」人喊馬嘶，響徹西山。

我滿意地點了點頭，這才是我的修羅兵團，我知道從今天起，我的思想已經牢牢和他們融在一起。從今天起，他們不再是什麼青州兵，他們已經成為了真正的修羅兵團，一個會讓人從噩夢中驚醒的修羅兵團！

炎黃曆一四六二年七月一日，東京城一早就熱鬧起來。辰時，高占在京城校軍場登臺拜將，正式任命我和梁興爲修羅兵團和夜叉兵團的統帥，殺三牲告天祭旗，授予我和梁興虎符令箭，同時任命了我所上報將領的職務。高占還派遣了兩名太監爲監軍隨軍效命，我知道這兩個太監其實就是他派在我身邊的耳目，看來他對我們畢竟還是心存疑慮。

我和梁興接過虎符，叩頭謝恩，高占又說了幾句勉勵我們的話。三聲炮響，我和梁興在眾人羨慕的目光中起身離開了校場，直奔城外。

炎皇曆記載，也便是在這一天，修羅與夜叉第一次分別，梁興領著夜叉軍團前往通州，而我則帶著修羅軍團行向涼州。

涼州城，建於炎黃曆一二九三年，明月帝國初定，明月的開國皇帝高懷恩在此根據地形建立了涼州城。

涼州地形險要，位於十萬大山的邊緣，前面是一個兩山相夾的峽谷。這個峽谷從外到裏，由寬到窄，宛如一個喇叭，前面是一望無際的升平大草原，涼州城就建在峽谷的盡頭。涼州是明月的南大門，占地三千平方米，曾經是明月的軍事重鎮，駐紮著明月最精銳的軍隊。

涼州城城牆連綿三十公里，高十五米，用最堅硬的花崗石建造而成，有明月第一雄關之稱，歷來都深受朝廷的重視。因爲，如果拿下涼州城，就等於打開了明月的南大門，由涼州到東京的千里平原中，再無任何天險可守。當年飛天皇朝的許鵬施計拿下了涼州，率大軍長驅直入，僅用了月餘就打到了東京城下，迫使明月當朝簽下了喪權辱國的《東京條約》，從此明月再也無法翻身。

因爲，根據條約，涼州城不能再駐紮超過一萬的軍隊，並拆毀一切的防禦工事。所以目前的涼州城城防鬆弛，僅有三千老弱殘兵駐守，防禦工事六十年沒有修復。好在，從涼州到飛天的軍事重鎮，開元城的第一道防線金明寨之間，有近三百公里的升平大草原作爲雙方的緩衝區，因此兩國在這六十年裏相安無事。且由於明月向飛天稱臣，兩國再無交戰，涼州城竟然逐漸由一個軍事重鎮，演變成爲了商賈雲集的貿易城市。飛天和明月的商人每年都在涼州進行大宗的貿易。

而且由於多年裏沒有戰事，人口激增，明月的百姓們聽說涼州比較安定，都紛紛的向這裏遷移，六十年裏，竟然由原先不到一百萬人口的城池，發展到了今天擁有近三百萬人的商貿城，十分繁華，隱隱有直追東京的趨勢。

炎黃曆一四六二年八月二十六日，修羅兵團終於來到了他們的目的地，涼州城。

早有巫馬天勇和涼州守備溫國賢，帶領涼州的大小官吏在城外恭候。巫馬天勇在二十天前就已經來到了涼州，並且在城外紮下連營等候我們的到來。他已經向溫國賢宣布了朝廷的旨意，所以我的來歷，涼州城內的大小官員都一清二楚。

一見面，大家少不得一番虛僞的客套，大都是什麼久仰大名之類的官話，其實我心裏很明白，這個溫國賢絕對不歡迎我的到來。

涼州的轄區非常大，身爲涼州的守備，雖然只是一個五品的官員，但是論勢力，不比朝中位列三品的侍郎們小多少；甚至，作爲一方土皇帝，他們活得更加快活。單看溫國賢那張肥得幾乎可以流油的胖臉和一走動就上下亂顫的肚子，就知道他在這裏有多神仙了。如今我來到涼州，同時轄制涼州周邊六府十二縣的大小事宜，等於將他這個涼州守備完全架空，他要是不在夢裏把我的祖宗十八代都問候一遍，那真是出奇了。

我命令眾將官領本部人馬前往大營，我和監軍的太監李英，領著巫馬天勇和錢悅，在溫國賢等人的帶領下前往城中守備府。

在府中，我先宣讀了高占的旨意，然後在一番客套後，我們遣散了其他的官吏，我和溫國賢、李英、巫馬天勇分賓主坐下。我滿臉笑容，十分客氣地對溫國賢說：

「溫大人，本公奉旨前來涼州，主要是聽說涼州近年來有些不穩定，飛天皇朝這兩年有些蠢蠢欲動，聖上對此多有憂慮，故命本公前來。一來呢，修羅兵團新建不久，將士們都是些沒有上過戰場的新丁，需要有地方進行操練，涼州城外地理開闊，適合兵馬活動，所以就選擇此地；二來，也是害怕溫大人過於操勞，所以派本公前來協防，以穩固我明月的邊境。本公對涼州人地兩生，風土人情不大瞭解，不像溫大人常年駐守此地，各方面都比較熟悉。而且本公年輕，乃是一介武夫出身，不似溫大人德高望重，在朝廷中聲名赫赫，乃是我明月的棟樑，所以今後本公仰賴溫大人的地方還有很多，萬望溫大人到時不吝賜教呀！」

溫國賢一聽，也連忙客氣道：「國公客氣了，國公大人目下是聖上的左膀右臂，聖上對國公大人甚是寵愛。而且大人在月前的東京攻防戰中立下赫赫戰功，屢次救聖上於危難之時，修羅之名誰個不知，哪個不曉，當真是少年英雄呀！涼州有大人在，下官也可以卸下重擔，輕鬆幾日了。」

我聞言，不由得哈哈大笑，「溫大人想要卸下重擔，這可不行。上陣殺敵，本公絕不落人後，可是這治理一方百姓，可就難住本公了。溫大人在涼州的政績顯赫，朝中遍傳涼州的繁華不弱於東京，這已經說明了一切。所以本公希望溫大人能夠繼續努力，這涼州的事務還是由溫大人打理；本公要將精力放在兵團的操練上，也無暇顧及這許多雜事，望溫大人切莫推辭呀！」我此時要儘量的拉攏這個溫國賢，所以讚譽不絕。

溫國賢聞聽先是一愣，他萬萬沒有想到我會讓他繼續主持政務。按照他原來的想法，我這一來，一定會先將他的權力收回；要知道這守備一職，掌管著涼州城的大小事務，特別是財政方面，想撈錢簡直是易如反掌。涼州城每年的稅款將近七千多萬金幣，幾乎占了明月國庫收入的百分之五，大小商販每年孝敬給他的各種名目的款項，就有三百多萬金幣，這也是他不願意離任的主要原因。

想想，如果我讓他繼續主持涼州政務，那也就是讓他繼續挖這個金礦呀！溫國賢的臉色變了數變，他無法猜透我說的到底是不是真心話，他拱了拱手說道：

「國公大人，不是下官不願為大人效力，實在是因為下官年齡已經老邁，無力再擔此重任了，況且，朝中早有人說下官在此聚斂錢財，所以下官也是……」說到這裏，他故意地長嘆一聲。

我不理一直對我擠眉弄眼，一臉焦急之色的李英，當下臉色一沉，「朝中的那些傢伙，溫大人不必理睬，想本公不也是屢受攻擊嗎？但是你我應該相信聖上的聖明，你想，如果聖上相信那些小人的讒言，溫大人你還會坐在這裏嗎？如果溫大人你再推辭，那可就是看本公不起！」我故意裝出生氣的模樣。

我做手勢讓李英不要說話，停了一下繼續說道：「本公年輕，這許多事情還不是十分瞭解，而且也不願去插手那些雜七雜八的事情，所以還是有勞溫大人了。不過，本公也有一個小小的要求，我修羅兵團新建，又初來貴地，難免會有諸多不便，還望溫大人多多幫忙！」我面子給足了溫國賢，如果這傢伙再不上鉤，那我就真的沒轍了。

果然，溫國賢聽完我的話，臉上的神色一鬆，笑容更加燦爛了。只見他假裝為難地思索了一會，然後滿臉堆笑，用一種極其令人感到噁心的表情對我說：

「國公大人既然如此說來，下官如果再推辭，就實在是說不過去了，那臣下就聽從大人的吩咐，暫且繼續爲我皇效力，一定不負大人對臣下的希望！」他頓了頓，一臉阿諛之色，「不知大人有何不便，不妨告訴下官，也好讓下官明白，爲大人分憂呀！」

「其實很簡單，我兵團初建，有許多的軍需無法跟上，所以需要大量購買。但溫大人也知道，朝廷裏小人當權，從兵部撥來的軍餉七扣八扣，到了本公的手裏也就沒有多少了。本公新近購買了一批軍械，馬上要付款，可是一時間，哪裏有那麼多金幣支付，所以本公懇請大人設法解決！」我十分誠懇地對他說。

其實我也不是急著要付款給錢岩，畢竟我們已經有了協議，只是我想再多購些軍械糧草，然後給梁興一部分用來裝備。

「不知大人現在差了多少？」

我壓低了聲音對他說：「大約有一千萬金幣，不知大人能否解決？」

溫國賢聞聽嚇了一跳，他沒有想到我獅子大開口，不過如果不答應的話，他的官位恐怕難保。只見他爲難地低頭沉思了一會兒，一咬牙，在我耳邊低聲說道：

「大人，目下我涼州的財政尚有一千八百萬金幣，如果大人急用，下官就先撥給大人，年底上報朝廷時，就說今年的情況不好，只是此事要大人幫忙遊說，不知大人意下如何？」

我一聽，就知道剛才要少了，想了一下，就低聲在他耳邊說：「溫大人，本公可以給你一些說項，但是能否再加上兩百萬湊足兩千萬？這樣，以後的事情我就不再操心了！」我話裏的意思很明白，給我兩千萬，至於你向朝廷上報多少稅款我就不再管了。

溫國賢是一個久歷官場的人，我話中的含義他當然明白，想了一下，他點頭答應。看到他答應了，我哈哈大笑，軍費的事情已經先解決了，那麼下面的事情……

「溫大人，本公還有一事相求！」

溫國賢聞聽差點從椅子上跌下來，他結結巴巴地說道：「不知大、大人還有何吩咐？」

「溫大人不必擔心，是這樣的，兵團在涼州駐紮，需要一塊駐地為禁區，尋常人等不得進入。而且，我還想將原來的守軍撤下，在我的營區內屯田，以便耕種些糧食為我軍提供軍糧，所以請大人給我一塊比較好的土地，想來不是很令大人為難吧！」我朗聲說道。

溫國賢長長出了一口氣，只要不讓他再出錢，幹什麼都行，他立刻回答：「原來是這個事情，那好辦！下官立刻差人辦理！」

「還有，我兵團需要徵召人手和天下的賢士，請大人協助，不知可行？」

「沒有問題！」

「兵團新到，糧草可能有些不足，能否請大人協助，請涼州的富戶們給些支持，那本公感激不盡！」

「這個好辦，想來那些商人正無門路與大人結交，如此可是便宜了他們！」溫國賢毫不猶豫。

「還有，就是本公有些家人要住在城中，大人能否找一幽靜、寬敞的地方以供居住？」

「這簡單，下官立刻就辦！」

我達到了我的目的，溫國賢也沒有再次破費，我們皆大歡喜。又閒談了一陣，我起身告辭。溫國賢連忙勸阻，「國公大人何必急著回去呢？下官還想爲大人擺酒洗塵接風，而且，城中的富戶們也一定希望與大人見面結交，還請大人賞臉，吃完飯再走！」

「不了，連日的行軍，本公也有些疲倦了，要早些休息。而且本公不在，不知道那些將官安排得如何了？我看還是改日再說。溫大人放心，你我來日方長，有許多機會親近的！」我連忙拒絕道。

溫國賢又勸了一會兒，見我執意要走，也就不再挽留，他一直將我們送到了府外，我讓他不要再送，這才罷休。

回營的途中，李英不住地埋怨我，「大人，你怎麼讓他繼續管理涼州呀？你不知道，這涼州城的油水最多，只要能夠拿住這個權力，會有大把的機會。」說完，他一臉的可惜。

我笑了笑，對李英說道：「公公，不必著急，本公自有分寸。公公你想，這溫國賢在涼州多年，城中大小事務都由他來掌管，哪裡有油水，他一清二楚。你我初來涼州，誰也不認識，做事難免有些不便。如今有他出頭，我們想要多少，他怎敢不給？而且這罪名都由他一人承擔，你我沒有關係。一旦事發，公公你有皇上的密令，我有聖上賜予的烈陽雙劍，到時來個先斬後奏，將他滅口，神不知，鬼不覺，豈不妙哉！」

李英聞聽恍然大悟，連連稱好。我在一旁微微冷笑，你個死太監，和我動心眼兒？一句話就把你的老底給套出來了，你還渾然不覺。嘿嘿，我既然已經知道了你有密令，那麼你離死也就不遠了。放在你那裏的那些金銀財寶到最後，還是我的！

回到了大營，軍士們已經安頓好，很多人都已經休息了。營外守衛森嚴，一派如臨大敵的氣氛，看著如此警覺的將士，我心裏暗暗地點點頭。

送李英回到他的帳篷後，我來到了中軍大帳，帳中早有眾將等候。我先向巫馬天勇宣布了他的任命，然後環視大帳。半晌，我緩緩說道：

「各位將軍，我們已經來到了涼州，將要開始我們的使命了！從明天開始，全軍休假七天，讓士兵們也好好的放鬆一下。在七天以後，全軍開始操練，儘快讓他們達到我的要求，同時還要開始招兵，以補充我們的兵員。」

「軍費大家不要擔心，我自會想辦法。過幾日會有一批軍械到這裏，是和我的槍騎兵一樣的裝備，收到後馬上發給士兵們，並且將淘汰的軍械歸納整理，全部記錄在案，那些東西一來可以讓新兵先裝備，二來可以賣給軍火商，以便我們購買更好的裝備。大家都說說，來到這裏，你們都是怎樣想的，準備如何進行軍備？」

眾將一聽，都七嘴八舌地說了起來，我靜靜地聽著，半晌我制止住他們，「大家的意見都不錯，但是我認爲，我們要想在這裏立足，最主要的就是要和這裏的百姓達成一致，軍隊如魚，百姓如水，離開水的魚，即使是兇猛的鯊魚，也無法生存。我們要先查清涼州的情況，再做定奪。明天大家都進城，但是不是讓你們逛街，而是讓你們看一下這裏的情況，明晚回來後向我彙報，到那時再說！」

眾將官一起領命，我看天色已經不早，就讓他們先下去。等大家都出了大帳以後，我提氣感覺他們已經走遠，才沉聲說道：「雄海，出來吧！」

從大帳的角落中，一個似鬼魅的身影閃出，正是雄海。我已經命令他就留守在我的身邊隨時聽我調遣，但是不能讓任何人知道。

「雄海，立刻通知你家樓主，讓她打探開元城目前的情況，越詳細越好，還有，告訴她我上次交代她的事情，要加緊進行，不得有誤！去吧！」我小聲的吩咐。

雄海恭聲應命，和來時一樣，又像鬼魅般消失在大帳中。坐在帥字椅上，我仰視帳頂，涼州，開元！我應該如何去做呢？

司馬子元在通州城守府的大廳內焦急地來回踱著步，晃得廳內眾人都有一些頭暈。

自四個月以前，駐守在通州的鐵血軍團向東京開拔以後，通州只留有三萬左右的守城兵將。兩個月前，鐵血軍團失利的消息傳來，原本已經穩定的閃族部落再一次開始蠢蠢欲動，告急文書在兩個月前，就已經以八百里加急的速度通報東京，朝廷的回覆說，將要派戰國公梁興率領夜叉兵團前來駐守通州，平定閃族之亂。

梁興是何許人？司馬子元不是十分清楚，聽說原本是從飛天叛出的一個奴隸，在西環占山為王，後來受高良招安，擔任城衛軍都指揮使，鐵血軍團叛亂時，屢次救駕，並且在東京擊退鐵血軍團，是高占的乾兒子，和一個叫許正陽的人並稱兩大殺神，武功高強。除此之外，司馬子元對梁興並不瞭解。

說實話，士子出身的司馬子元在某種程度上，並不認為梁興真的如傳言中那麼的厲害。他認為許正陽和梁興只不過是運氣好一些的兩個屠夫，甚至是兩個無恥的小人，先是靠著高良，然後又認高占為父的寡涼之輩。而所謂的夜叉兵團，不過是依靠著原本就以強悍著稱的武威兵將。

更令司馬子元不服氣的是，想他也是一個飽學之士，十年苦讀，鄉試考得慶陽第一名，京城科考榮登三甲，金殿面試，文采爲百官嘆服。十年的努力，由一個翰林院中小小的院士外放成爲通州的刺史，至今還只不過是個五品官。而那梁興進京不過半年，就從一個小小的都指揮使，一躍成爲位列一品的公爵，著實令司馬子元心中有些彆扭。

一個月前，閃族的拓拔部落突然出現在通州城外，人數大約在三千人左右。他們在通州周圍的村落大肆燒殺搶掠，所過之處人畜不留，只留下了一片殘簷焦土，村中的男子被殺，女人被掠走成爲他們的戰利品。

通州百姓群情激憤，司馬子元考慮到通州的兵將不多，而且害怕其中另有陰謀，所以遲遲不敢出兵剿滅來犯的拓拔部落，而是一方面加強通州的防禦工事，一方面派遣信使向臨近的城池求援，固守通州。可是，這拓拔部落的膽子越來越大，竟然開始襲擊臨近通州的村落。這些村落的百姓多與城中的人有些瓜葛，而且通州的富戶在城外多有田產，被拓拔部落這一鬧，再也無法沉住氣了，每天都有大批的百姓守在城守府外，要求司馬子元出兵剿匪。

那些尋常百姓還好說，司馬子元府門一關，來個不理不聞；可是那些個富戶們就不好打發了，要知道，這些富戶多多少少都與京師有些牽連，如果一個處理不好，聯名請奏京師，那他司馬子元可就是吃不了兜著走了，所以他不得不認認真真地去接待那些人。

可是這些人來找他無非是一件事，催促他出兵平亂，這讓司馬子元好不爲難。出兵吧，眼下通州兵力不足，遠不是南宮飛雲在時兵強馬壯，戰將如雲的盛況；不出兵吧，那些個百姓和富商天天來請命，搞得司馬子元左右爲難，煩不勝煩。現在的他，只希望梁興的夜叉兵團能夠早日到達，把這一攤子頭疼事交給梁興，自己也好從中解脫。

此刻，城守府外又聚集了許多的人在請命，司馬子元在城守府內來回地踱步，希望能夠想出一個萬全之策。

「報，啓稟城守大人！拓拔部落的騎兵突然出現在城外，目前正在襲擊五里外的清水坳！請大人儘快定奪！」一個探馬跌跌撞撞地從外面跑進來，一身的塵土，看上去有些狼狽。

司馬子元一聽，頭「嗡」的一聲就大了起來。清水坳，通州城內不少的富商在那裏都有產業，就連他自己在那裏也有兩份薄產。如今拓拔部落襲擊那裏，觸動了不少人的利益，恐怕今天出兵已經是不可避免了！

他定了定心神，用微微顫抖的聲音問道：「叛賊大約有多少人馬？」

「大人！約有一千左右騎兵！」探馬回報。

司馬子元想了一下，對大廳中的眾人說道：「眾位將官，請隨我前往城樓一探！」說完，他領著廳中的眾將，來到了府門外。早有人將門外的百姓驅散，司馬子元飛身上馬，向城門急馳而去。

登上城樓，城樓上的士兵早已經戒備森嚴。司馬子元一手扶城垛，一手搭涼棚向遠處望去。通州城外是一望無際的平原，沒有任何山丘阻擋視線。遠遠的，清水坳方向濃煙滾滾，火光沖天，司馬子元可以清楚聽見從那裏傳來的人喊馬嘶，夾雜著陣陣的哭喊聲和殘叫聲。隱約間，還可以看見拓拔部落的騎兵將一些女人掠在馬背上，嘴裏發出猥瑣的笑聲。司馬子元怒不可遏，他實在無法忍受自己轄區內的子民們受到如此的蹂躪。

他猛然轉身，但是看到身後的眾將官，他又馬上冷靜了下來。身後的眾將個個都是義憤填膺，看著馳騁在城外的拓拔遊騎，任意地摧殘著自己的同胞，他們的眼睛早已經被怒火燒得通紅。

司馬子元知道，這些個將軍已經戰意盎然，但是他更知道，南宮飛雲離開通州時，已經將那些能征慣戰的猛將帶走了，留下的大部分都是一些沒有經過戰火洗禮的初生之犢，他們絕對無法和那些在草原上縱橫的閃族鐵騎相抗衡。他的眼睛一次一次的在他們的身上掃過，遲遲無法下決心。

這時，一個雷鳴般的聲音在他的耳邊響起，「城守大人，為何遲遲不下令出兵，難道要眼看著我們的百姓受那些蠻子們的欺辱不成？」

一個壯碩的人從武將中站出，此人身高八尺，膀闊腰圓，面色似鍋底一般，一臉絡腮鬍，遠遠看去，就像一個黑鐵塔一樣。

司馬子元一看，原來是通州兵馬巡城使蘇綽，也是這通州城內的第一高手。只見他一臉怒氣，大步來到司馬子元的面前，怒視著他。

司馬子元一聲苦笑，「蘇大人，子元何嘗不想出兵，但是城中的兵力原本就已經不足，而且大都是沒有經歷過沙場的新人，如何能與那些閃族鐵騎相抗？況且蠻人狡猾，雖然只有一千兵馬，但是如果他們設下埋伏，又將如何是好？我通州的兵馬受不得一點損失，如果閃族人真的有陰謀，那通州勢必將要陷入一片血海之中呀！」

「大人放心，那些蠻子不過是一群未開化的傢伙，如何會有什麼陰謀！蘇綽願意領本部人馬將那些蠻子斬殺，一來可以穩定我通州民心，振作我通州將士的士氣；二來也要讓那些蠻子們知道，我明月天威，豈是他們所能輕視！請大人下令！」蘇綽豪氣沖天，向司馬子元請命出戰，身後更有一些將官也紛紛請命。

司馬子元看到眾意難違，蘇綽又是執意要出戰，不由長嘆一聲，「蘇將軍，你只帶本部的兩千軍馬有些薄弱，子元給你五千兵馬以壯聲色。望將軍將蠻人逐散後，萬勿領兵輕進，速速回城！要知道將軍乃是我通州的定海神針，不能有任何閃失！」

蘇綽聞聽，豪爽的一笑，「大人放心，蘇綽知道該如何去做！」說完，他轉身走下城樓，點齊兵馬，三聲號炮之後，城門打開，蘇綽手持宣花斧，一馬當先衝出城去，身後五千鐵騎捲起一股塵煙，向清水坳殺去。

司馬子元手扶城垛，看著遠去的蘇綽，心中突然升起一種不祥的預感。他暗中祈禱，希望自己只是瞎想。他一方面命令城門緊閉，城樓上嚴加戒備，箭不離弦，刀不歸鞘；同時在城樓升起一個黃色的燈籠。這是每一個通州人都知道的暗號：通州可能會有危險，全城戒嚴，準備應敵！

通州人可以說是久經戰火，在黃色的燈籠升起時，每個人都緊張了起來，一時間，通州城籠罩在一種難以言喻的氣氛當中。

清水坳方向傳來陣陣喊殺聲，人喊馬嘶，刀槍碰撞時發出的聲音，令司馬子元心驚膽戰。塵土激蕩、濃煙滾滾，看不清到底是怎樣的一種狀況，但可以想像那場面一定非常激烈。

足足有兩刻鐘，廝殺聲才漸漸低了下去，司馬子元對於拓拔部落的戰力暗暗感到吃驚。以前南宮飛雲在時，還不覺得什麼，此刻，他清楚地認識到了閃族的可怕，以五千鐵騎去對付一千遊騎，卻持續了兩刻鐘還沒有結束，可以想像那些閃族鐵騎是如何兇悍！

隨著喊殺聲漸漸遠去，司馬子元心中的大石放了下來，看來真的是自己有些多慮了，他扭頭對身後的眾將說道：

「撤去警報，準備迎接蘇將軍凱旋而歸！」

就在這時，一匹快馬從遠處向通州奔來，來到城下，那人抬頭對司馬子元說道：

「城守大人，蘇將軍與拓拔部落的賊人一番激戰，賊人已經退去，蘇將軍領兵追敵，他讓我告訴大人，一定要將這一千賊人斬盡殺絕，請大人不必顧慮！」說完他掉轉馬頭，又沿著原路返回。

司馬子元一聽，剛鬆懈下來的神經立刻又緊張了起來，他扭頭對身後的眾人說道：「不要解除警戒，升起紅色燈籠！」紅色燈籠意味著戰事即將來臨。

眾將聞言都是一臉迷惑，他們看著司馬子元，眼中透露著疑問。

「蘇將軍貿然輕進，如果敵人有埋伏的話，消滅了他的兵馬之後，恐怕就是我通州戰火瀰漫之時！我希望這只是我的猜想，但是天有不測風雲，早做準備總好過敵人來襲時，我們措手不及！」司馬子元沒有看身後的眾人，他抬頭向遠方看去，心中暗暗祈禱：天佑我通州生靈，希望一切真的只是我的猜想！

第六章　通州之危

一個時辰過去了，兩個時辰過去了，天色已經漸漸的暗了下來。隨著時間推移，司馬子元在城樓上手扶城垛已經站立了幾個時辰，他眉頭緊鎖，已經皺成了一個川字。當太陽即將完全落山時，司馬子元的心已經提到了嗓子眼，他的希望已經破滅了。

突然有人喊道：「快看！那是不是我們的人馬？」

司馬子元抬頭向遠處觀望，只見遠處塵土飛揚，一彪人馬快速地向通州奔來。就著殘陽的餘光，隱約可以看出是打著蘇綽的旗號，著裝也都是明月的衣服，司馬子元心中大喜，正要吩咐手下打開城門。

就在這時，他心中突然感到一股驚悸，他扭頭又看了看急馳而來的兵馬，突然大聲喊道：「全軍戒備，亮起燈籠火把，加固城門，升起吊橋！」

身邊眾將雖然十分驚異，但是司馬子元乃是通州最高的行政長官，出於習慣，大家還是立刻行動起來。眨眼間，通州城頭燃起一排火把，將城樓照的如同白晝。

這時，那隊人馬已經來到城下，他們在城下大聲的喊道：「蘇將軍已將敵人全部剿殺，我等奉命先行向城守大人報告！請大人開門！」

就著火光，司馬子元清楚地看到城下的兵馬確實是明月的打扮，只是沒有看到蘇綽，他問道：「蘇將軍呢？請他來答話！」

「蘇將軍在後面清理戰場，他讓我們告訴大人：他將俘虜的那些閃族的人馬處理後，馬上回來！」城下回答道。

司馬子元聞聽心中一動，蘇綽從來都是稱閃族人為蠻子，而且兩人素來不和，依照他的性格根本不會交代什麼。司馬子元就著火光仔細地看去，這一看，令他一個冷戰。火光下，這些人雖然身著明月的軍服，臉上一層厚厚的灰塵覆蓋著，可是如果仔細觀察，會發現這些人的眼窩深陷，鼻子也比普通人的高，這是閃族人的特徵。

司馬子元出了一身冷汗，這閃族的蠻子裏面看來確有能人，蘇綽他們恐怕是凶多吉少。而這些閃族人利用光線昏暗，再穿上明月的軍服，他們算準了留守在城中的人已經等得心焦，不會過多的防備，如果不是他們最後一句話說漏了嘴，那麼……

司馬子元心中有些害怕，他悄悄吩咐手下準備放箭，然後和聲說道：「好了！城中早已經為你們擺好慶功酒，我馬上命令開城門！你們等著！」說著，他手在空中一揮。

只聽一陣梆子響，通州城頭箭如雨下，射向城下的閃族兵馬。一時間，通州城下人仰馬翻，亂成一團。

司馬子元厲聲喝道：「爾等逆賊，以為我看不出你們的伎倆，雖然你們穿上天朝的衣服，可是你們閃族的特徵卻怎麼也無法改變！」

城下的閃族軍隊一看計謀被識破，索性一把將身上的明月軍服抓掉，露出一身閃族服裝。只見這些閃族人都是一頭短髮，身穿用熟油浸透的獸皮，一個個如著了魔一般，向通州城牆發起了進攻。

一個首領模樣的人從懷中取出一物，揚手向空中扔去，只見空中劃過一道火光，然後「砰」的炸開，想來是閃族內部的暗號。接著，這一彪人馬瘋狂地向城門衝去，妄圖砍斷吊橋的繩子，但是城頭的箭雨一次次地將他們的企圖打破，沒有任何防禦器械的閃族人在幾次衝鋒後，只是在城下留下了一具具死屍，但是他們好像根本就對死亡沒有感覺，依然是瘋狂地衝擊著。

就在這時，遠處三聲號炮，那些閃族人聽到炮聲，臉上都露出了一絲恐懼，更加瘋狂的向城門攻擊，轉眼間，千餘具屍體倒在護城河邊。司馬子元一擺手，城頭停止了射擊。這時，城下已經只有幾個人能勉強站起，到處都是死屍和倒在地上的戰馬。

遠處戰鼓隆隆，由遠而近，城下還活著的幾人，同時仰天發出了一聲如野狼般的嚎叫，聲音中充斥著無奈和絕望。遠處也發出了一陣震天的長嘯，嘯聲中隱含著讚賞，那幾人聽到以後，臉上都露出了一絲笑容。在火光中，他們笑的是那樣的淒涼，接著手中彎刀一揮，自刎在通州城下。

司馬子元在城樓上看到這一幕，不由倒吸一口冷氣，好剽悍的閃族人！如此的瘋狂，如此的勇氣，令人看到不禁不寒而慄，這樣一個民族，實在可怕！正當司馬子元在爲那些閃族人的瘋狂感到震驚時，身邊有人失聲叫道：「快看！」

司馬子元抬頭向那人手指的方向看去，不由得頭皮一陣發麻，心中升起一種難言的恐懼。

天色暗了下來，一望無際的大草原上，不知何時開始起了嫋嫋的薄霧。那薄霧如絲帶般纏繞著整個草原，就在那淡淡的霧氣中，出現了一隊隊的如幽靈般的鐵騎，他們無聲無息地出現在通州城外，黑壓壓地排成了一片。

借著火光，這群人都是身穿鑌鐵鎧甲，胯下是雄俊的戰馬，一色的馬刀長槍，臉上畫著讓人感到心悸的圖案。他們就靜悄悄的列隊在通州城外，除了戰馬響亮的響鼻聲，沒有一點的聲音，就像是一尊尊的雕像一樣站立著，似乎在亙古之前，他們就已經站在那裏。

說他們像幽靈有些不準確，他們更像是從地獄中走來的鬼卒！在漆黑的夜色中，他們周身散發著一種死亡的氣息，令通州城頭的眾人感到一種難以形容的壓抑，就像一塊千斤巨石壓在心頭，讓人喘不過氣來！天地之間由於他們的出現，一下子充滿了一股肅殺之氣。

「魔神的利劍！」城樓上不知是誰突然發出一聲驚叫。司馬子元心頭一沉，他當然知道眼前的這些兵馬是什麼來頭，但是他強迫自己不去想，而今他得到了確認，證明了他的猜測沒有錯。是的！魔神的利劍，草原上的雄鷹，閃族各部落中最為兇悍的一個部落：拓拔部落！

說起拓拔部落，只要生活在大草原上的人都知道，那是死亡的代名詞，是所有草原部落的噩夢！這個只有十萬人口的部落，卻擁有八萬的無敵鐵騎。每一個拓拔部落的人，不論男女，從出生那一天起，就是這個世界上最優秀的戰士。

當別的小孩還在玩泥巴，躲在父母懷中撒嬌時，拓拔部落的孩子已經拿起比他們還要高，還要大的刀槍進行著嚴格的訓練。當別的孩子還在玩著戰爭遊戲時，他們已經跨上戰馬，跟隨著大人們馳騁在大草原上，參加一場場血與火的戰鬥。而當別的孩子剛成人時，拓拔部落的孩子已經經歷過無數次的戰火洗禮，成為一個個優秀的戰士。千萬不要小瞧這些剛成人的孩子，他們在無數次的戰鬥中，早已經雙手沾滿了血腥，心如鐵石。甚至，即使是部落中最柔弱的女人，只要跨上戰馬來到戰場上，她們的兇狠可以讓天下的鬚眉感到心悸。

而且，拓拔部落是一個極為團結的部落，只要任何人受到了外人的欺辱，那麼他即使有再強大的後臺，也一定會受到整個拓拔部落的報復，手段之毒辣，是普通人無法想像到的！

曾經在一次閃族各部落的會盟中，當時十分強大的夾谷部落的幾個侍衛，看拓拔部落酋長的馬童年齡小，就去欺負那個馬童；馬童在被辱罵之後立刻還擊，但是由於年齡幼小，所以吃了很大的虧。沒有想到這個馬童性情十分剛烈，受辱之後拔劍自刎。

消息傳到正在會盟的酋長耳中，他不顧其他部落的勸阻，立刻離開那裏。三天後，拓拔部落傾整個部落的五萬鐵騎，突襲夾谷部落，一舉擊潰夾谷部落的主力，車裂了該部落的酋長。整個夾谷部落十三萬人，除了年輕漂亮的女人被掠走成爲軍妓，其餘的人全部被坑殺。此戰拓拔部落付出了兩萬人的生命，但是曾經縱橫在大草原的夾谷部落，卻從此消失了。

而今，拓拔部落在當代酋長拓拔紅烈的帶領下，更加壯大，成爲墨哈部落之後的第二大閃族部落。拓拔紅烈自幼開始熟讀兵書，並且和墨哈部落的酋長墨哈元、子車部落的酋長子車侗一同拜在閃族聖師晉楚隆的門下，武功高強，在閃族中是僅次於墨哈元的閃族第二高手，在與南宮飛雲的數次交鋒中，雙方都戰成了平手。

南宮飛雲曾感嘆：如果要平定閃族之亂，就一定要先將拓拔部落滅掉！拓拔紅烈與子車侗並稱閃族的哼哈二將，享有極高的聲譽，墨哈元在這兩人的協助下，成爲了閃族有史以來最年輕的族長，被尊爲草原上的魔神。而拓拔部落的神風鐵騎和子車部落的赤龍軍，被稱爲魔神右手的利劍和左手的堅盾！

看著城下不斷增加的閃族大軍，司馬子元倒吸了一口冷氣，就憑藉著城中不足三萬的殘兵，絕對難以阻擋住這支連鐵血軍團都難以對付的無敵鐵騎！

他計算了一下城中的兵力和城防情況，三天！最多能夠支撐三天，通州就無法再阻擋這城下的閃族大軍。他看了看身後的眾將和有些呆滯的士兵，暗暗嘆了一口氣，就憑藉這些已經失去鬥志的人，怎麼能夠和敵人抗衡呢？

城外的閃族大軍並沒有立刻開始攻城，而是井然有序的在城外二十里處紮下營寨，看來至少今夜他們是不會立刻開始進攻了。

司馬子元輕輕出了一口氣，扭頭對身後的親兵說道：「立刻去城中央的烽火塔燃放狼煙！告訴附近的居民有敵軍來犯！讓他們早做準備！」他停頓了一下，接著說道：「今夜武官全部在城樓當值，加強城防工事，將一切可以利用的工具收集在城頭，有不服從者就強行徵收！其餘眾人和本官一起回城守府議事！」說完頭也不回地走下城樓。

通州城內此時已經是亂作一團，所有的人都在忙碌著。大家都知道，失去了鐵血軍團駐守的通州，只不過是空城一座。

而在通州城中心的城守府大廳內，卻是一片寂靜，通州大小官員和一些鄉紳名流此刻都聚集在大廳上。他們都保持著沉默，眼巴巴地看著端坐在大廳上手的司馬子元，只見他始終抬頭仰望著大廳上方，手指沒有節奏的輕輕敲擊著椅子的扶手，半天沒有說話。大廳中保持著令人窒息的安靜，沒有人出聲，只迴響著手指敲擊松木扶手的沉悶聲音。

「大人！你要趕快拿個主意呀！」終於有人無法再忍受那難言的寂靜，開口問道。

司馬子元沒有回答，半晌，他才低頭環視了廳中的眾人，緩慢地說道：

「自從鐵血軍團謀逆失敗，閃族各部落就開始蠢蠢欲動，狼視我通州。在月前我就已經上報朝廷，請朝廷發兵支援，想來大軍目前正在途中。前些日子面對閃族多次的挑釁，我始終隱忍不發兵平亂，不是我不想，而是我實在無能為力呀！」

「閃族這許多時日始終不出兵進攻，是因為他們並不瞭解目前的通州只是一個空架子！我只是想儘量拖延時間，等待朝廷大軍的到來。可是今日蘇將軍貿然出兵，我通州的實力盡現敵人眼中，恐怕此次真的是凶多吉少了，我只有寄望於援軍能早日到來！」

看著廳中慚愧的眾人，司馬子元長嘆一聲，「我之所以說這些，並不是責怪列位。本官是朝廷命官，深受朝廷的大恩，今日危難之時，本官惟有以死以報朝廷的厚愛！所以我決定明日親自上城督戰，誓與通州共存亡！但是各位不必向我學習，想離開的，請儘早從南門離去，本官將調集全城兵力死守北門，為諸公拖延時間，各位還是早做準備吧！」

說到這裏，司馬子元再次嘆了一口氣，「城破之日，就是敵人屠城之時，本官唯一請求諸公的就是，請儘量協助本官疏散城中的百姓，使他們免受刀兵之禍，我會派遣一千士卒維持秩序，只希望諸公能夠在明日寅時再離開！」說完，司馬子元離座向廳中眾人躬身深施一禮。

「我等必將聽從大人之言！」廳中眾人同時起身，恭聲應道。不論這些人到底有多少是自願的，但是司馬子元還是將心中的大石去掉了一塊，他緩步來到廳門口，望著漆黑的夜空。一陣微風吹過，他不由得打了一個寒戰，秋天就要來了！司馬子元暗自詢問自己：我真的能夠撐過三天嗎？

天色剛剛放亮，城外傳來了一陣急促的戰鼓聲，司馬子元連忙全身披掛，手持利劍走向城門。一路上沒有見到一個行人，想來都已經撤走了！他有些欣慰，但也有些失落，「樹倒猢猻散呀！」司馬子元心中嘆道。

來到了城門，眼前的景象卻使他爲之一愣，只見城門口聚集了無數的百姓，他們有的在用沙袋加固城門，有的向城樓運送城防器材。

這時，一個官員來到司馬子元的面前，他躬身一禮，「大人！城中百姓從昨夜開始疏散，大部分都已經離去，但是還是有許多的自願者留下，他們想幫助大人一起守城，拱衛自己的家園，我們多次苦勸都沒有用處，只好組織他們前來協防！」

「那你們……」司馬子元一臉的疑惑。

「我們和大人一樣，都是朝廷命官，大人尚不懼死，卑職等更是不會去擔心這條賤命，與其逃出受到朝廷的懲罰，不如在這裏與大人並肩作戰，也好落個忠貞的美名！」

司馬子元沒有再說什麼，他只覺得自己的眼角有些濕潤，他雙手抱拳，向眾人躬身一禮，然後大步走上城樓。

「昨夜敵情如何？」司馬子元來到城樓，向當值的武官詢問道。

「啓稟大人！敵軍在城外駐紮，並且不斷的有新的隊伍進駐，下官粗略計算了一下，大約到今晨丑時，敵軍共在城外集結有大約十萬人馬。其中拓拔部落的神風鐵騎和子車部落的赤龍軍各有一萬，其餘都是閃族其他各部落的人馬，從旗號上來看，此次敵軍的三軍統帥應該是拓拔部落的酋長拓拔紅烈！」

司馬子元一聽，更是心驚。拓拔紅烈親自督戰，這個連南宮飛雲都無法戰勝的傢伙，憑藉自己手中這些殘兵剩將能否抵擋得住呢？看來此次他們是對通州勢在必得了，自己一介書生，對行軍打仗一竅不通，怎麼可能是他的對手呢？

雖然心中有些害怕，但是司馬子元儘量使自己保持平靜，他手扶城垛，向城外看去，只見閃族大軍在城外擺出集數陣形。這種梭形的陣形是一種極重進攻的陣形，而且背面的防守能力也極強，由這個陣形就可以看出，拓拔紅烈是一個非常謹慎的人，一面強力進攻，一方面對於自己的後方也十分小心。

陣形的最前方是一排火炮，後面緊跟著的是近百輛呂公車，這種戰車高數丈，長五十丈，外蒙生牛皮，車中裝配了二十具連環弩。每輛車中可以容納百人，車頂站立一人，手持令旗，數千頭公牛立在車前，用來牽引呂公車前進。呂公車後面，則是一排排手持大盾的步兵，步兵後面就是閃族的中軍，是由拓拔部落的神風鐵騎組成，後軍則是由子車部落的赤龍軍壓陣。看來拓拔紅烈除了進攻，同時還安排了自己的後防。

司馬子元看到這種陣勢，心中的惶恐又增加了幾分。這時，閃族大軍的中軍一陣騷動，只見一面帥旗迎風飄揚，上書：三軍統帥拓拔。

拓拔紅烈到了。

只見中軍向兩旁一分，閃出一騎，此人身高九尺，膀大腰圓，面色靛藍，豹頭環眼，一臉的落腮鬍有如鋼針。胯下一匹神駿的踏雪烏錐，手持鎦金鏜，好一個豪邁的虎將，司馬子元認識此人，正是拓拔紅烈。這個面似豪邁的壯漢，卻是一個十分富於心計的統帥，多少人都被他的樣子所欺騙，就連南宮飛雲初次與他相見，也險些吃了大虧。

拓拔紅烈一出現，整個閃族大軍立刻沸騰了起來，齊聲吶喊，聲音震耳欲聾。拓拔紅烈開口說道：

「司馬大人，許久沒有見面了！一向可好？今日我閃族大軍兵臨城下，爲的就是你這通州，司馬大人是聰明人，當知道識時務者爲俊傑，趕快開城投降，我保你通州無憂，如若不然，待我大軍破城之時，就是血染通州之日！」

聲音壓過閃族大軍的吶喊聲，清楚的傳到了相隔數十丈的城上眾人的耳中。一時間，城上眾人面面相覷，好深厚的內力！

司馬子元看著城樓上士氣已經低落到極點的眾將士，卻不知該如何是好，如此的距離，如此嘈雜，通州城內又有誰有此功力？

正在這時，只聽南邊傳來一個清朗的聲音：

「拓拔紅烈！休要如此猖狂！爾等化外之民，屢受我天朝宏恩，不思報答，反而屢次犯我邊境，今日通州城下就是你拓拔紅烈的葬身之地！」

聲音遙遙傳來，將那萬人的吶喊聲壓住，迴蕩在戰場之上。

拓拔紅烈一楞，他沒有想到通州竟然還有如此人物，看樣子功力不會比自己差多少！

通州城樓原本已經被拓拔紅烈奪取了士氣，突然有這樣能與拓拔紅烈相抗衡的聲音傳來，不論來人是誰，但是有一點可以確定，那一定是自己的人，於是士氣高漲，齊聲吶喊！

司馬子元更是沒有想到通州還有這樣的人物，連忙和眾人向聲音傳來的方向看去。只見從長街的南面，兩騎絕塵而來，當先一人是一個老者，花白鬍鬚，一身烏金鎧甲，手持刺天戟；後面一人胯下呼雲獸，手拿開天槊，背負巨劍，面如白玉，眉清目秀，好一個翩翩佳公子。

兩人來到城樓下，飛身下馬，大步來到城樓之上，當先老者開口問道：「哪一位是司馬大人？」聲音蒼老，中氣充足，但顯然不是剛才說話之人，眾人不由得仔細打量老者身後的年輕人。

司馬子元連忙迎上前，「下官不才，就是司馬子元！」他在官場沉浮多年，一眼看出那老者絕不是簡單人物！

「夜叉兵團副帥鍾炎！」老者拱手說道。

「夜叉兵團先鋒營都指揮使，千騎長納蘭德，統領一萬先鋒營鐵騎向城守大人報到！」年輕人也拱手道，但是神情冷傲。

司馬子元聞聽一個踉蹌，不禁熱淚橫流，他回首向城上眾人喊道：「我們的援兵到了！」

一時間，城樓上歡聲雷動，將士們的士氣一下恢復了許多。

鍾炎大步走到城頭，單手戟指城外敵軍：「拓拔紅烈！久聞你武功高強，用兵如神。老夫不信！老夫乃夜叉兵團副帥鍾炎，今日就在這通州城外，破掉你不敗的神話！」

拓拔紅烈聞聽，心中有些後悔，早知道就應該在昨夜開始進攻，沒有想到敵人援軍這麼快就來了。但想來那個夜叉兵團的主力尙未到達，不然，那聞名天下的赤血夜叉應該露面了！他不再多考慮，手中鎏金鐺一揮，就聽戰鼓聲大作，火炮齊鳴，霎時通州城籠罩在一片硝煙之中。

這時，納蘭德來到司馬子元的面前，「大人，舍妹正統領兩萬鐵騎在南門外候命，請大人速去通知，讓他們在城內集合！」

「下官遵命！」司馬子元連忙應聲，走了兩步，他突然停住，「請問國公大人是否……？」

「元帥聽說通州危急，已經統領兩萬槍騎兵向這裏趕來，應該就在近日到達！」

司馬子元聽後，心中大石落地，連忙向城南走去。

此刻，城外的炮擊已經結束，呂公車在公牛的牽引下，緩緩地向城門移動，從車樓上不斷的向城牆射出毒箭，壓制著城樓的弓箭手。鍾炎冷冷的看著緩緩向城牆移動的呂公車，臉上就像凝固住了一樣，沒有一點表情。

納蘭德走到他的身邊，「副帥，爲什麼不放箭？」

「不要急，這種呂公車雖然威力很大，但是有一個缺點，那就是太過笨重，沒有外力的牽引，就很難移動，我們只要將牽引它們的公牛射殺，它們就只是一堆廢物。等它們再靠近一些，我們再放箭，這樣，我們可以節省不少箭枝！」鍾炎看著緩緩逼近的呂公車，冷笑道。

城外戰鼓急催，原本在第二梯隊的盾牌手突然向前急進，列隊在呂公車前，繼續向城牆推進。鍾炎見狀，眉頭一皺，對身邊的納蘭德說道：

「看來這個拓拔紅烈不簡單，竟然發現了我們的意圖，可惜我們沒有國公大人那樣的功力，不然，我們可以用巨石將這些樓車擊垮！」然後他高聲喊道：「弓箭手！預備！」

「副帥，要用弓箭阻擋呂公車恐怕不容易，末將認爲，只要是動物，必然都會害怕火，不如我們向牛群投擲燃火之物，用來驚擾牛群，打亂他們的陣形！」

鍾炎一聽，原本緊繃著的臉上露出笑容，他立刻高聲喝道：「發石器準備，將滾木點燃，向牛群發射！」

不一會兒，從通州城樓上發出漫天的火球，紛紛向城外射去，落在牛群中間。霎時間，整個牛群驚亂了起來，拼命的想要掙脫身上的束縛，不再接受車中的控制，沒有了牽引的呂公車立刻停了下來，有的甚至被牛牽引的偏離了方向，原本整齊的陣形立刻亂作一團。

閃族大軍的首次攻勢就這樣被輕易的瓦解了。站在中軍一直觀察戰況的拓拔紅烈從火球一出現，就知道要壞事，但是他沒有想到潰敗得這樣快，心中立時大怒，「傳令下去，全軍進攻！我要血洗通州！」

戰鼓隆隆，閃族的士兵立刻像瘋了一樣，嚎叫著向城牆湧來，好像有魔神附身一樣，完全不理會從城樓上射下漫天箭雨，一波一波向通州城牆發起了攻擊，悍不畏死，即使受了箭傷，只要還能移動，就瘋狂地前進。

「這才是真正的閃族戰士！」看著如波浪一般湧來的士兵，納蘭德喃喃地說道。他沒有參加過東京血戰，面對著如此兇悍的士兵有些心寒，他第一次領略到了戰場的無情。他扭頭看了看身邊的鍾炎，發現這位老將軍面色如常，一個一個命令從他的嘴裏發出，都被城樓上的眾將忠實地執行著，在這一刻，納蘭德不得不佩服他的這位老上司的沉穩，他終於明白了，做爲一員大將，首先就要保持自己的冷靜。

看著無數的閃族士兵倒在城下，卻始終無法越雷池一步，鍾炎輕蔑地笑道：「以此雄師，如果是在平原之上，當真是無敵於天下，而今他們居然捨去他們的長處，想用這樣的雄兵攻堅，就大錯特錯了，今日他們必敗！」

身邊的眾將紛紛點頭，是呀！拓拔紅烈也是一代名帥，在大草原上縱橫無敵，可惜沒有明白自己的特點，但是，也只有像鍾炎這樣身經百戰的老將才有資格這樣說，如果不是像他這樣的老將在，即使是拓拔紅烈用這些不擅攻堅的士兵，也一樣可以打下通州。僅僅這樣一個副帥就有如此的本領，那麼，他們的主帥呢？突然間，通州諸將對於那個神秘的夜叉充滿了好奇。

拓拔紅烈心如火焚，已經兩天了，攻擊通州已經整整兩天，可是依然無法拿下來，那已經被火炮轟得千瘡百孔的通州城牆，就像一個永遠不知道疲倦的魔鬼，不停地吞噬著自己優秀的戰士。僅僅兩天，在城牆下就扔下了近萬名戰士的屍體。從他拓拔紅烈統兵縱橫大草原至今，還從沒有如此的狼狽過，也從來沒有喪失過這麼多兵力。每一個戰士都是閃族最優秀的孩子，而今僅兩天，就有一萬名戰士永遠長眠在這通州城下，再也無法品嘗草原上甘甜的河水，聽到動人的牧歌了！

拓拔紅烈每每想到這裏，心中有升起一種莫名的傷感。看著依然矗立在眼前的通州城，他心中就會痛恨不已。兩天來，攻城器械已經損耗了不少，士兵也傷亡很大，但是目前自己依然保持著強大的兵力優勢，而且最精銳的神風鐵騎和赤龍軍始終沒有出動。至於爲什麼，拓拔紅烈也無法說清楚，他心中隱隱有一種感覺，用不了多久，就要動用到他們了，但是目前還不是時候。

他相信雖然自己的傷亡很大，但是通州的明月守軍一定傷亡更加慘重，如果不是那個什麼勞什子夜叉兵團的出現，那麼，現在自己一定站在通州的城樓上，望著富有的明月，那時，自己一定是閃族的英雄！但是，就是這個什麼夜叉兵團，讓自己至今還留在這裏遙望那通州的城牆！

突然間，拓拔紅烈腦子裏靈光一閃，夜叉兵團，那個有赤血夜叉的梁興至今都沒有現身，僅僅憑藉著他們的先鋒營就將自己死死地阻擋在城外，那麼如果等到夜叉兵團大軍到來時，那通州更是可望不可及了！

想到這裏，拓拔紅烈心中大急，必須要在夜叉兵團主力到達之前拿下通州。他扭頭對身邊的傳令兵說道：「傳令下去！全軍加強攻擊，不得歇息！如有後退或拖延進攻者，一律就地斬首！通令三軍，一定要在今天拿下通州！」

戰鼓隆隆，閃族的士兵在拓拔紅烈的督戰下，再次向通州發起了猛烈的攻擊。

看著蜂擁而至的閃族士兵，鍾炎和納蘭德不由得真的有些佩服了。這些被稱爲化外之民的傢伙，完全不知道什麼是死亡，只要首領一聲令下，他們就會悍不畏死地衝上來。這些人也許天生就是最優秀的士兵，可惜不能收爲己用，不然，夜叉兵團將無敵於天下。

兩天來，他們沒有休息過，每天就是在城樓上督戰，兩人的眼中已經充滿了血絲。雖然納蘭蓮也會上來幫助兩人，讓兩人稍稍的休息一下，可是一個女孩子，就算她的武功再高，也無法忍受這樣血腥的廝殺。

此刻的通州城牆已經有多處破損，城中的兵力也死傷過半，現在在城頭上的士兵，大都是曾經參加過東京血戰的人，經驗豐富。而納蘭德的一萬先鋒營始終在城中候命，因爲鍾炎相信，也許用不了多久，這一萬鐵騎就會殺出城去，現在鍾炎只是在等待，等待梁興的天降神兵！但是，通州城牆還能夠支撐多久呢？

「轟！」的一聲，城牆終於在連番的進攻下，被打開了一個豁口，無數的閃族士兵吶喊著從豁口處湧來。納蘭德二話不說，手舞巨劍大吼一聲，衝向湧進來的敵軍。

「嗤」「嗤」「嗖」「嗖」「呼」「呼」的怪異響聲，交織成一片生死的羅網，劍尖顫抖成千星萬芒，上下浮沉。這威烈，這狠辣，已不似一柄操在「人」手中的劍所能施出，宛如有千百魔神隱於暗處，在冥冥中同時出劍相助！

當先衝進來的六十多人瞬間被這無邊的劍網籠罩，他們試圖用手中兵器去阻擋漫天的劍影，但是一切都是徒勞的。就聽到一聲聲的慘叫，接著傳來如朽木倒地的聲音。劍網消失，納蘭德如同一尊凶神一般，牢牢地站立在城牆的缺口處，身後是六十多具遍體劍痕的屍體，正是納蘭德神鬼七破中的攀月斬桂！

閃族的的士兵並沒有被納蘭德恢弘的劍法所嚇退，相反，同伴的死亡激起了他們內心深處嗜血的凶性，他們嚎叫著向納蘭德展開瘋狂的撲擊。

漸漸的，納蘭德有些感到體力不支，手中的巨劍也失去了它的靈活。雖然有其他將士的支持，但是畢竟閃族大軍的人數遠遠多於自己，他偷眼向兩邊觀看，此時城牆已經有多處倒塌，鍾炎和納蘭蓮也都已經加入了混戰，而且情況危急！納蘭德不由得嘆息著：大帥！你再不來，我們就要全軍覆沒了！

一聲如龍吟般的長嘯聲響徹天際，壓過了戰場上的喊殺聲，顯示出發嘯之人深厚的功力。這嘯聲初時清亮明澈，漸漸越嘯越響，有如雷聲隱隱，突然間，呼喇喇、轟隆隆一聲急響，正如半空中猛起個焦雷。那嘯聲接連不斷，轟隆隆霹靂般的聲音一陣響似一陣，彷佛雷公下凡。

正在廝殺的眾人一陣心悸，都不由得停下手來，鍾炎和納蘭德聽見這嘯聲，精神大振，提聲高喊：「元帥到了！我們的援軍到了！」

明月的將士本來已經被那嘯聲震得頭皮有些發麻，聞聽是主將到來，一時間士氣大振；而閃族的士兵則被那嘯聲震得鬥志全消，再聞聽是敵方的元帥到來，再也無心戀戰，紛紛向後退去。

拓拔紅烈本來看到通州攻破在即，心中正在高興，沒料到這突如其來的嘯聲，使得戰場上的情況突然發生了一個大逆轉。自己的士兵如退潮一般紛紛後退，根本無心再戰，心中不由得大急，連忙縱聲長嘯，試圖來振作己方的士氣。

但嘯聲剛出，原先發嘯之人突然一停，然後嘯聲再起，聲音更加的尖銳、高亢，將拓拔紅烈的嘯聲活活的給憋了回去，那嘯聲就猶如千軍萬馬般呼嘯而來，又像是天崩地裂般，讓人感到地動山搖！

拓拔紅烈被那嘯聲震得心魂不定，體內氣血翻滾，連忙凝神運功，將翻騰的氣血強行壓下，心中猶自吃驚：好厲害的嘯聲，此人內力，恐怕當世沒有多少人可以比擬！

嘯聲持續了有一刻鐘的時間，戛然停止，接著，就聽見身後一陣大亂，拓拔紅烈連忙扭頭向後望去，只見從自己的陣後殺出一支人馬。

這支人馬好像是從天而降，清一色的鐵甲槍騎兵，爲首一人頭戴烏金盔，身著烏金甲，臉上罩著一個恐怖的烏金面具，面具上雕著夜叉的樣子，手持玄鐵奇形大槍，背負一柄巨型大劍，胯下是一頭赤色的雄獅，如一支利箭般殺進後陣的赤龍軍中。

奇形大槍發出奪人心魄的厲嘯，在赤龍軍中如虎入羊群，無人能在他面前抵擋一個回合，大槍過處，必然帶起漫天的血雨。

來人正是夜叉兵團的三軍統帥，梁興！從他得到閃族對通州騷擾的消息以後，就意識到其中有詐，一面命令先鋒營火速前往救援，一面命令仲玄統領三軍，每日以百里的速度急行軍火速向通州進發，同時親領一萬鐵甲槍騎兵跨越二龍山，深入到閃族大軍的背後，就在通州最危急的時候，他終於趕到了！

赤龍軍是閃族的三大王牌勁旅，被譽爲魔神左手的堅盾，在受到突然的襲擊後，馬上調整了陣形，回身將梁興擋住。拓拔紅烈連忙命令鎮守中軍的神風鐵騎與赤龍軍合力圍殺，同時下令前軍加緊向通州的攻勢。

一時間，通州城外喊殺聲震天，梁興所帶的一萬鐵騎也頓時陷入了苦戰，都是一樣的悍不畏死，都是一樣的久經沙場，此刻就要看誰更加的兇悍。

梁興看到自己的鐵甲軍被敵軍纏住，心中頓時大怒，自飛紅背上騰空而起，飛翼在空中劃圓，大吼一聲：「天雷破！」修羅三破的第一破！就聽隱隱的雷聲從天際傳來，天空中出現了一個巨大的光球，帶著一連串的炸雷，轟然砸向地面的神風鐵騎，就聽一聲巨響，光球炸開，原本聚集在一處的神風鐵騎被炸得血肉橫飛。

梁興飛翼點地，借勢身形旋身再起，宛如翱翔於九天之上的蒼鷹，再次凌空撲擊。飛翼帶著刺耳的怪嘯聲，空中突然現出一股直徑達三米的龍捲風柱，那旋風所過之處，神風鐵騎無不支離破碎，瞬間被吞噬去生命。

由於這道風柱的出現，鐵甲軍士氣大振，下手更加的狠辣，毫不留情，而神風鐵騎則被那恐怖的龍捲風驚嚇得士氣低落，他們認為這是神明的懲罰，連還手的力氣都失去了，任由鐵甲軍肆意的屠殺。

然而，拓拔紅烈發現自己的噩夢才剛剛開始。通州城傳來三聲號炮，接著城門大開，從通州城裏殺出無數的重裝騎兵，原來夜叉兵團的主力終於趕到。

此刻，閃族大軍的優勢兵力已經蕩然無存，再加上士氣低落，身體疲乏，如何與那兇猛的夜叉兵團相抗衡？於是，一人退，百人退，最終全軍向後潰敗，即使有督戰隊拼命地砍殺和阻攔，但是兵敗如山倒，敗軍之勢又怎能阻擋的住呢！

拓拔紅烈看著全線潰敗的大軍，他長嘆一聲：「天不助我！」眼下最主要的是要保存住自己的實力，不要真的全軍覆沒了！

當他正要下令退兵之時，就聽身後一個蒼勁的聲音響起：「久聞拓拔紅烈武功高強，今日梁興在此特求一戰！」當他回身看時，他被眼前的景象驚呆了。

他一向引以爲傲的神風鐵騎，在轉眼間被敵人衝得七零八落，而有堅盾之稱的赤龍軍似乎也無法再抵擋住敵人猛烈的攻擊。兩軍之間，一人一獅立在中央，沒有人敢靠近他的周圍。他的四周堆滿了殘缺不全的屍體，神風鐵騎彷彿在躲避瘟疫一樣的躲避著他。只見他摘下頭上的烏金盔，一頭赤髮迎風飄揚，配上臉上的夜叉面具和周圍的死屍，宛如九天下來的殺神，一種可以吞噬天地的殺氣從他的周身發出，令人不寒而慄。

拓拔紅烈知道自己絕不是梁興的對手，但是閃族人的傲氣令他無法不應戰。他知道今日自己絕對難以逃脫，與其窩囊的活著，不如壯烈的死去！拓拔部落特有的剛烈讓他揚聲應道：

「拓拔紅烈在此領教夜叉的絕世神功！」

他擺手制止住要阻攔他的將領，催馬向梁興殺去。梁興將飛翼向地上一插，將烏金盔掛在槍柄上，待到拓拔紅烈快要接近自己時，騰空躍起，雙手緊握裂空，大喝一聲：「裂風斬！」

這一劍沒有任何的花哨，直直的向拓拔紅烈砍去。龐大的氣勁將方圓數十丈牢牢籠罩，裂空帶著破空的厲嘯，帶著撼人心脈的強絕真氣，向拓拔紅烈砍去。不需要任何的招式，但是這一劈，卻已經包含了天下間最精妙的招式，這一劍足以讓風雲變色！如果此時修羅許正陽看到這一劍，一定會大呼精妙。

從梁興拔出裂空，拓拔紅烈就已經知道，這一劍絕對是自己無法抗衡的，但是卻又無法躲閃，唯一的方法就是硬接。他咬緊牙關，調動體內全部真氣，向外一封，就聽一聲巨響，拓拔紅烈只覺一股奇強的真氣直撼心脈，體內氣血翻騰。這股真氣中，還有一種罕見的陰寒之氣，好像要將自己的血液凝固，五臟六腑都好像在收縮一樣。

座下的踏雪烏錐首先無法承受如此的大力，四蹄一軟，跪在地上。拓拔紅烈就勢在地上一滾，雖然姿勢不好看，但是卻躲開了梁興這可以令天地動容的一劍。只見他單膝跪地，喉頭蠕動了兩下，一口鮮血再也無法壓住，張口噴出。

梁興跨步跟上，眼看就要將拓拔紅烈斬殺。這時，數名閃族大將一擁而上，將梁興圍住，纏鬥了兩個回合，梁興無奈，狂風般猛然向後倒旋而去，就在他身形以快得無可言喻之勢翻出之時，暴閃的劍芒已然揮出，有如驀然射掠而出的千百餘奪目閃電。

那般凌厲地、挾著山崩地裂的威煞之氣猝斬而去，有如萬面金鈸在揮舞，在敲打，足令任何一個和他交手的人神移目掃！

裂空劍起落如虹，梁興大吼一聲：「碎雲斬！」只見數道匹練般的寒芒電射而出。幾個閃族大將還沒有看清來勢，就覺眉心一涼，僵在那裏，額頭上出現了一個令人觸目心驚的血痕，緩緩地倒在地上。就是這一會兒的工夫，早有拓拔紅烈的親兵將拓拔紅烈救起，倉皇的逃逸而去。

梁興再次跨上飛紅，舉目向戰場上望去，此時的閃族大軍已經完全潰敗，就連那赤龍軍也被衝得潰不成軍；夜叉兵團的鐵騎在戰場上縱橫馳騁，追殺著已經潰逃的閃族士兵。通州城外，四萬步兵已經擺成一個玄襄大陣，牢牢的將通州城守衛著，這場戰役看來已經接近了尾聲。

梁興抬頭向遙遠的南方看去，心中在念叨：阿陽，你現在怎樣了呢？我已經來到我的戰場，開始我的征戰，讓我們一起在這塊炎黃大陸上建立起不世的功勳吧！你要努力呀，阿陽！

涼州，城內有居民三百二十萬，從各地來此經商的商戶有三十多萬人，每年為涼州城帶來上億的收入，這使得涼州每天進出的人口超過了五萬。再加上每天這裏的商隊不斷，各種各樣的人都彙集在涼州，使得涼州成為明月帝國中僅次於東京的第二大城市。

在這些商戶中，最為突出的有三人：糧商程安，控制了涼州周邊六府十二縣的糧食供應，幾乎涼州城的糧食全部是由他來經營。此人是溫國賢的小舅子，據傳聞，程安在這兩年大肆從明月各地收購糧食，囤積的糧食幾乎可以堆成一座山，供百萬人食用二十年。他在城外擁有許多倉庫，並且經年防守嚴密。

藥商華清，據說他祖上是千年前的神醫華佗，祖傳醫術可以令人起死回生。高占曾經多次召他入宮，但是他都婉言謝絕。此人是土生土長的涼州人，涼州城內的藥店多由他來掌控。他醫術高明，祖傳的青囊術和五禽戲都是絕世的妙術，再加上平日裏樂善好施，在涼州有華善人的美譽，具有極高的聲望。

古玩商仇隱，據說此人本身就是一個高明的古玩鑑定家，從他手裏出去的古玩都是價值不菲，在珠寶玉器的行當裏有極高的聲譽，和各國的上層都有極深厚的聯繫。經他首肯的東西，即使是一塊破銅爛鐵，價格也會馬上飆升。

這三個人，在涼州城可以說都是打一個噴嚏，整個涼州都會感冒的人物。

除此之外，涼州尚有一個大型的「管記」車馬行，他們負責爲商隊押運貨物，保護客人安全，承接一些別人無法完成的事情。這家管記車馬行有一百多年的歷史，實力雄厚，有許多奇人異士，還有近五千人的護衛隊，在整個炎黃大陸上都有分行，在涼州更有協防涼州安危的職責。

我不緊不慢的在涼州城內漫步。城中十分的熱鬧繁華，沿街的商戶林立，叫賣聲此起彼伏。我突然想起了遠在萬里之外的梁興，當年我和他在夫子的帶領下，走進了開元城，從此開始了我豐富多彩的生活。

先是反出開元城，闖出了嗜血修羅的凶名，而後十萬大山巧遇烈焰，西環聚眾，占山爲王，入京成爲九門提督。而後又是一連串的廝殺，終於成爲今天的兵團統帥，涼州總提調。當年在開元時，我就是和梁興還有夫子三人，像今天這樣的漫步街頭，有說有笑。而今，夫子已經天人永隔，梁興也和我遠隔萬里，雖然依舊是一片繁華的景象，可是已經人事全非。

突然間，我想起了古時蘇軾的一首詞：「不飲胡爲醉兀兀，此心已逐歸鞍發。歸人猶自念庭闈，今我何以慰寂寞。登高回首坡壟隔，但見烏帽出復沒。苦寒念爾衣裘薄，獨騎瘦馬踏殘月。路人行歌居人樂，童僕怪我苦淒惻。亦知人生要有別，但恐歲月去飄忽。寒燈相對記疇昔，夜雨何時聽蕭瑟。君知此意不可忘，慎勿苦愛高官職。」

正當我沉溺在回憶中，突然心中升起一陣驚悸，我立刻清醒過來。身後一隊快馬橫衝直撞地在大街上急馳而來，兩旁的行人連忙躲閃，不知踏壞了多少攤販。轉眼間，他們已經衝到了我的面前，錢悅跟在我身後連忙叫喊，但是我已經來不及躲閃了。

無奈之下，我迅速運轉體內的真氣，身體猶如秋風中的落葉，順著快馬的來勢向後飄浮，然後在空中一個迴旋，落在路旁。兩旁的行人見狀，無不大聲喝采，爲首的一匹快馬停下，只見一個二十五六歲模樣的年輕人在馬上盛氣凌人地看著我，眼中流露出不屑的目光，掉轉馬頭急馳而去。

看著消失的馬隊，我問身邊的一個商販，「此人是何人，竟然在如此鬧市縱馬急行，傷了這許多的人，卻無人敢攔？」

那個商販年紀在五十上下，他看了看我，低聲說道：「這位先生想來不是本地人吧，說話小聲些，如果被人聽見，小心進牢房。剛才那人是涼州城衛軍指揮使陳林陳大人的公子。這只是小事一樁，平日裏他不要說撞傷人，就是將人撞死，也是一笑了之。看見誰有什麼奇珍異寶，或是漂亮的女人，二話不說，不得手決不罷休，將人逼得家破人亡也是意料之中。唉！作孽呀！」

「爲什麼沒有人去告官？」我很奇怪，在我的記憶中，涼州民風剽悍，但眼前的景象完全不同。

「那守備大人和陳指揮使是兒女親家，你說會有什麼結果？陳大人手握涼州兵馬，權勢極大，而且對他這個小兒子極爲護短。曾有人去告狀，但是沒有兩天，告狀的人反被關進大牢活活打死，一家人被陳大人抓去，說是有通敵之嫌，生死不知。唉！我們只是一些小民，如何和他們鬥？眼下戰亂四起，這涼州可以說是一片淨土，生活較之別人要好許多，忍一忍，得過且過吧！」他嘆道。

我半天無語。我明白了，死於安樂，涼州多年沒有戰亂，當年的剽悍民風早已經被磨滅的無影無蹤，沒有半點的火氣。人心思安呀，如果我要和飛天開戰，勢必將引起百姓的抵觸，這對於我十分不利。看來還要仔細的打算呀！

我正在沉思，錢悅在我身邊輕輕說道：「元帥，如此的賊人竟然敢這樣冒犯您，難道就這樣放過他們？」他臉上有憤憤之色。

我聞聽從深思中回過神，看看身邊的錢悅，微微一笑，壓低聲音說道：「錢悅，你何時看我吃過虧？我剛才只是在想別的問題。殺死他們，如同捏死一隻螞蟻，沒有人能夠在冒犯我之後，不受任何的懲罰！」

我停了一下，在錢悅耳邊低語：「你立刻回營，讓巫馬將軍點齊督察營的人馬，將城衛軍全部繳械，嚴加看守。如有反抗者，殺無赦！你拿著我的烈陽劍，讓房將軍領五百先鋒營將指揮府給抄了，記得叫上李英李公公，指揮府的財產交給李公公處理，府中人員不論大小，一律誅殺，不許留下一個活口！剛才的那個傢伙你可記得樣子？」

「末將記得！」

「好！將他給我一刀一刀的活剮了，我讓你親自動手，你可願意?!」我看著錢悅。這個年輕人雖然勇武，但是有時卻有些婦人之仁，我要將他人性中的慈悲完全抹去。

「末將遵命！」錢悅恭聲回答。

「去吧！記得要你親自動手，一直到他斷氣！」

看著錢悅離去的背影，我心中暗想：錢悅，別怪我！只有將那些無聊的仁慈丟掉，你才能從戰場上活著走下來。

經此一鬧，我的心情有些不好，信步走在大街之上，漫無目的。不知不覺間，我竟然來到了一處嘈雜的場所。只見這裏人流湧動，氣氛緊張，空氣中隱隱有血腥氣漂浮，一個一個披枷戴鎖的人被許多的彪形大漢趕進，有男有女。我竟然來到了角鬥場！

在一個圓形的場中，是一個用鐵欄圍起的角鬥場，裏面有幾個奴隸正在捨生忘死的拼鬥。鐵欄外面圍滿了人，加油聲、咒罵聲、尖叫聲交織在一起，人性的殘忍、好鬥的醜陋本性在這裏暴露得淋漓盡致。

鬥場中的奴隸們已經是鮮血淋漓，但是他們不敢停下來，因爲如果他們停下，場外立刻會有利箭將他們射殺。他們的命運在這裏是註定了的，只有剩下最後的勝利者，這場搏殺才會結束。當他們在鬥場中廝殺時，場外觀戰的人們在不停地下注，猜測著最後的勝利者。

我看了兩眼鬥場中的廝殺，實在是提不起我的興趣。我已經經歷了太多的廝殺場面，東京城防戰中，還有在那個東京的血夜裏，死在我手裏的人不下數千，眼前的廝殺，在我的經歷中，根本就是不堪入眼的。

我環視這個圓場，場子的四周搭著高臺，上面站著無數待價而沽的奴隸。他們的樣子都是一樣，一副死氣沈沈的樣子，眼中流露著絕望。

拍賣的焦點在那些稍有姿色的女奴身上，只見臺上的奴隸主口沫四濺，一臉的龜公樣，向台下的買主吹噓著他們手中的貨物，還不停地掀開那些女奴身上少得可憐的衣服。而那些女奴似乎已經麻木了，對於台下的口哨聲、哄笑聲和不堪入耳的叫喊聲無動於衷。有些人尚知羞恥，想要抗拒，但是剛一動，身後的打手一鞭抽下，也就不敢再動了，只能任由那些奴隸主輕薄。

我冷眼在台下觀看著場中眾人各種醜態的表演，對於那些奴隸的處境，我心中沒有半點的同情。看著他們麻木的表情，就知道他們已經失去了希望，我沒有興趣去購買一個連反抗都不敢的人，而且，我也不缺人伺候。

我正要轉身離去，無意間和一個身著華服的中年人碰撞了一下。那人踉蹌了好幾步，被身邊的保鏢扶住，他看了看我的平民打扮，然後胸脯一挺，開口大罵：「不長眼的賤民，竟然敢撞本大爺，活的不耐煩了！」

我冷冷地瞪著他，眼中精光暴射，「你剛才說什麼？你再給我說一遍！」

那人先是一愣，但是馬上回過神來，「你這個賤狗！竟然如此的囂張，看你的模樣，不過是一個賤種，竟然敢對本大爺如此不敬，還不給我跪下！」

我聞聽大怒，從來沒有人敢如此辱罵我，我當年在奴隸營中沒有，出來了以後更是沒有！

我向前大踏一步，體內的噬天真氣勃然發出，一股令人恐懼的氣機瞬間將整個奴隸市場籠罩，隱約間透著一種令人窒息的肅殺之氣。整個奴隸市場中的人都感受到了我沖天的殺氣，喧鬧聲一下消失了，所有的人都扭頭向我們這裏觀望，角鬥場中的角鬥也停了下來，一時間場中靜悄悄的。

那人身後的保鏢雖然已經被我的真氣給壓得透不過氣來，但是職責所在，他們連忙閃身擋在那人的身前，緊張地看著我。

一旁，有一個打手模樣的人壯著膽子對我說道：「朋友，請不要在這裏鬧事，這裏受管記車馬行的保護，你趕快離開！」

我胸中的怒氣越來越重，一聲長嘯，嘯聲中隱含真力，場中眾人宛如耳邊響起陣陣炸雷，震得他們魂飛魄散，捂住耳朵，面露痛苦之色。剛才說話的打手更是跪在地上痛苦地翻滾。

這時，一個八九歲模樣的小女孩趁那些打手沒有注意，悄悄地跑下奴隸台，掙扎著跑到了我的身邊，趴在地上痛苦的喊道：「大哥哥，救救我！」

我聽見喊聲，用眼角的餘光一掃，只見這個小女孩身上綁著繩子，渾身上下衣不遮體，露出了滿身的傷痕。我停下嘯聲，單手虛空一抓，那個小女孩像是被人托起，飛到我的懷中。

我將她抱在懷中，看著她清秀的臉龐，冷冷說道：「妳放心，妳已經自由了！」我把她放在地上，「站在這裏，沒有人敢動妳！」然後，我對跪在地上的保鏢說道：「滾！這件事是我和他的事！」我用手一指已經癱到地上的那人，「你趕快自殺，不要讓我動手！」

這時，一個奴隸主發現了站在我身邊的那個小女孩，連忙高喊：「抓住那個小丫頭，別讓她跑了！」

一個距離我們很近的打手聞聽伸手去抓，就在他的手將要碰到那個小女孩的時候，就聽耳邊響起一個冷冷的聲音：「我說過，沒有人能動她！」接著，只覺一股強絕的真氣襲上，整個人倒飛出去，落在八丈外的地上，身體抽搐了兩下，突然像點燃的炸藥般炸開，破碎血肉濺滿身邊的眾人，所有的人都驚呆了。

第七章　威臨涼州

沒有人敢出聲，或許他們見過奴隸們的拼殺，或許也處死過屬於他們的奴隸，但是我敢打包票，沒有一個人嘗過被一團團的血肉覆蓋在身上的滋味。許多人看著已經四分五裂的殘肢，忍不住嘔吐了起來。

我冷冷地環視周圍，被我的目光掃過的人，都不禁打了一個寒戰，身體向後縮了縮。我看了看挑起事端的那個人，「跪在我的面前給我磕三個響頭，然後馬上給我滾，記住不要再讓我看見你！」

那人已經嚇得說不出話來，聞聽我的話，連忙跪在我的面前，磕了三個響頭，然後一溜煙地跑出奴隸市場。

我沒有說話，來到那個小女孩的面前，伸手將她抱起，轉身就向外面走去。

這時，那個奴隸販子高喊：「那個小女孩是我的，你不能就這麼把她帶走！」

市場裏的打手們這時也回過神來，他們蜂擁而上，攔住我的去路。只見一個滿臉橫肉的人，可能是那些打手們的首領沉聲說道：

「朋友，把那個女孩放下來，剛才的事情我們就不追究了，你可以離開！如果你喜歡這個女孩，那麼就掏錢把她買下來，我們也絕不阻攔！」

我看了看他，冷冷的一笑，「如果我不呢？」

「朋友，不要讓我們難做，你的武功很高，但是我們這裏有三百多個人，恐怕你也不好出去吧。而且，這個場子是管記車馬行的管二少爺罩的，如果你和我們作對，那麼也就是和管記作對，朋友是個明白人，應該知道得罪了管記，那麼下場一定不會好！」

哼，我最不屑的就是威脅，媽的！別說是什麼管記，天王老子也嚇不住我。我低頭看了看懷中的小姑娘，她的身體不住地打顫，雙手緊緊地抱住我的脖子，我儘量的用最溫柔的聲音問道：

「小姑娘，妳願不願意跟我走？」

她像小雞啄米一樣不停的點頭。

「跟我走了以後，妳可能一輩子都不能自由，而且妳長大了，如果背叛了我，我會用世間最殘酷的手段對付妳，妳要想明白！」

那個小女孩堅定地點了點頭，「大哥哥，只要你不打我，讓我吃飽，我一定乖！」

我聞聽微微一笑，抬起頭對那人說：「你都聽見了，這個女孩我要帶走，錢我一分都不會給那個混蛋，如果你聰明的話，就趕快給我讓路，不然，別怪我手下無情！還有，別拿那個什麼狗屁管記來嚇我，告訴你，今天就是有千軍萬馬攔住我，我也要將她帶走！」

打手首領一愣，他沒有想到我連管記車馬行都不放在眼中，而且語氣十分狂妄。他壓了壓心頭的怒火，試圖再勸我：

「老弟，看來你是個外鄉人，不知道這管記的厲害。如果老弟你喜歡女人，這裏女人多的是，我可以送你一個，但是這個女孩子年齡又小，毛都還沒有長齊，你帶回家又沒有辦法享用，不如將她還給她的主人。如果老弟你真的喜歡這個丫頭，至少也要和她的主人打個招呼呀！」他對於我剛才的手段還心有餘悸，努力的試圖避免衝突。

「我要帶她走，但是我也不會給任何人打招呼，我想要的人沒有人能阻攔！」我一口回絕了那個人的意見。

這時，就聽場外有人說道：「張武，你和那個賤種囉嗦什麼，竟然敢在我管家的場子鬧事，還不把他給我抓住！」兩邊人群一分，從外面走進來一個年輕人，年齡在二十七八歲，瘦高的個頭，面色蒼白，一看就知道是一個被酒色掏空身體的人，眼中流出淫褻的光芒。他身後還跟著幾十個保鏢，個個都是兇神惡煞般，一看就知道都不是什麼好貨色。

那奴隸販子一看這個年輕人來了，立刻高聲喊道：「管二少，你可來了，這傢伙來砸你的場子，還要帶走我的人，你要是不管，這今後怎麼讓大夥信服呀！我可是給……」

聽著那販子烏鴉般的叫聲，簡直就像在受刑，我實在無法忍受下去，對那個小女孩說：「抱緊我！」

那個女孩聽話的將我緊緊抱住。我運轉噬天真氣，身體宛如鬼魅一樣，突然消失在眾人的視線中，正當大家都在迷惑，就聽一聲慘叫，那個奴隸販子的話被打斷了。只見我站在他的身邊，單手扣住他的天靈蓋，一字一頓的說道：

「我生平最恨烏鴉的叫聲，對付那些烏鴉最好的方法，就是讓牠永遠無法再開口！」

只見那個奴隸販子的身體隨著我每說一個字，身體就不停地膨脹，到了最後，他已經脹得像一個氣球，連叫都叫不出來了，當我說完最後一個字，我甩手將他的身體扔向那個管少爺，他身邊的兩個保鏢連忙伸手去接，只聽那個張武慌急的喊道：

「別碰！」

但是他的話音剛落，那個販子的身體已經被兩個保鏢接住，只聽「砰」的一聲，那販子的身體再次炸開。只不過，這次沒有血肉橫飛的景象，當他的內臟落在地上時，都是呈焦炭狀，而接他的兩個保鏢更是被一股灼熱氣勁震得七竅流血，當場死亡。

大家這一下明白了那販子爲何發出那種淒慘的叫聲，他的體內被我用噬天真氣灼烤，血液全部被蒸發，五內俱焚，如此的痛楚如何能夠忍受。我的四周沒有人站立，所有人都躲得遠遠的，好像我就是一個魔鬼，我冷眼掃視了一下場內眾人，一步一步地走下高臺。

半晌，管少爺突然歇斯底里地喊道：「你們這幫廢物，還愣著幹什麼！將那個賤民給我抓住，我要將他碎屍萬段！」

打手們這時如夢方醒，叫囂著將我包圍住。我嘴角露出一絲冷笑，用低低的聲音對懷中的小姑娘說：「把眼睛閉上！」說完，我身體陡然飛起，宛如一隻盤旋在空中的蒼鷹，而那些打手，在我眼中就像是束手待斃的兔子。

我雙手如利爪，每一次撲擊，必然帶走一條人命，他們或是頭骨盡碎，或是面孔被我踢得猶如一個爛番茄，就像木樁一樣，一個個的倒在地上。轉眼間，就已經有三十多個人死在我的手上。

不過，這些個打手當真是亡命之徒，雖然已經有多人倒下，但是絲毫沒有影響到他們的士氣，相反，他們看到灑落在他們身上的血滴，竟然變得更加的瘋狂，悍不畏死的向我撲來。

我當真有些佩服他們的勇氣，不過，他們的兇悍卻讓我感到一種莫名的興奮。不知道是不是我本性嗜殺，這激起了埋藏在我心底的兇殘。我閃身落下，身形猶如一道白色的幽靈穿梭在他們中間，雙手就像死神手中的鐮刀，吞噬著他們的生命，或用拳，或用指，或用掌，一時間，整個市場內籠罩在一片血色之中。

那些打手瘋狂的追逐著我如幽靈一般的殘影，只是漸漸的，他們發現他們所做的一切都是那麼徒勞，他們根本就不是和我在同一個級別，相差的太遠太遠。雖然他們已經使出了全力，但是卻依然無法觸摸到我的身體，我的身影出現在哪裡，哪裡必然是血肉橫飛，一個一個殘缺的肢體倒下，運氣好的立刻就已經沒有了生氣，不過大部分的人則是缺臂少腿，痛苦地在血泊中掙扎，嚎叫……

漸漸地，我對於這種單方面的屠殺感到索然無味，心中的衝動漸漸的平息，我突然想早點結束這場莫名其妙的爭鬥。於是，我猶如一隻蒼鷹一般再次騰空，身體在空中迴旋九折，這是我在和鍾離宏的拼鬥中悟出的身法。就在迴旋的同時，我體內噬天真氣也隨之運轉，霎時間，左手赤紅，就像一團燃燒的火焰，右手煞白，彷彿萬年玄冰散發著絲絲的寒氣。

只見我左手輕靈，方圓十丈內的人感到就像置身於火山熔岩中，身體的水分彷彿瞬間被蒸發，炙熱難耐，連伸手擦汗都帶起一股灼熱；右手渾厚緩慢，像是推動著一座萬年的冰山，水火相交，陰陽相剋，只聽一聲轟然巨響，彷彿火山迸發，又如萬斤火藥爆炸，方圓十丈內，血肉橫飛，煙塵瀰漫，彷彿天神震怒，整個大地都在顫抖。

四周高臺上的奴隸和那些奴隸販子都被這驚人的一幕所震撼，不約而同的跪下祈禱，雖然時值盛夏，但是他們的身體卻都在微微的顫抖。血雨落下，煙塵散去，他們看見我凌空站立，宛如天神一般，神色肅殺，臉上露出一種殘忍的微笑。

在我身下十丈的範圍裏，地面被我的真氣鏟低了近一尺，憑空出現了一個巨大的坑洞，裏面沒有一具完整的屍體，或者說是沒有一塊完整的肢體，堆滿了血肉。在那奴隸角鬥場的鐵欄上，掛著不知道是誰的腸子肝臟，那些剛才圍攻我的打手們，無一倖免，他們現在都聚集在那個大坑裏，血肉相融，不分彼此。

我俯視身下的人間獄場，滿意的點了點頭，這是我自創的三大散手之一，天地交泰！這也是我三大散手中威力最爲宏大的一式，我從來沒有用過，沒有想到竟然有如此威力！（**三大散手都是只有一式，沒有花招，完全憑藉著龐大的真氣置敵於死地，用於群毆效果最好。**）

我意外地發現懷中的小女孩，不知道什麼時候，她的大眼睛已經睜開，怔怔地看著眼前的慘狀。但是她的眼中沒有恐懼，流露出來的彷彿是一種難以言語的興奮，身體微微有些顫抖，但是我相信，那不是因爲害怕，而是因爲她內心的激動。我心中十分高興，一個機緣巧合的機會下，我竟然發現了一個具有和我一樣優秀資質的女孩子，或者說，比我更加優秀。

我緩緩地降落下來，慢慢的來到了那個已經癱倒在地、成一灘爛泥的管少爺面前，剛剛走近他，就聞到一股惡臭，原來他已經被眼前恐怖的場面嚇得大小便失禁了，屎尿流了一褲子。

一個壯碩的身體攔在了他的身前，緊張的看著我，原來是那個打手首領張武。這個傢伙十分聰明，從一開始就躲著我，不願起衝突，看來這個人還有一點眼光，我突然有些欣賞這個傢伙。

我輕蔑的掃了一眼那個爛泥少爺，連我懷中的小姑娘都比不上，活在這個世上也沒有什麼意義了，我看了看張武，沉聲說道：「你要爲這個廢物殉葬嗎？」

「你…你已經殺…殺了那麼多的…多的人，朋…朋友請你放…放過我家少…少爺，這個小…小丫頭你帶…帶走吧，如果你…你殺了少爺，相…相信管記車馬行不…不會放過你的！」張武結巴著，努力把話說完。

我聞聽一陣大笑，「張武，看你一直沒有和我交手，想來你也是一個聰明人，難道你沒有想一想，我明知道這裏是管記的地方，還敢下此殺手，就說明我根本就不把那個什麼管記放在眼裏，斬草除根這句話你也明白，我把話給你明說了吧，那個管記車馬行將不會再見到明天的太陽，從你們惹我的那一刻起，就已經註定了管記滅亡的命運！你是一個聰明人，我有點欣賞你，所以也不想殺你，如果你真的聰明，就趕快給我滾開，不要阻礙我做事！如果你沒有地方去，那你就在明天前往城外的修羅兵團，就說是我許正陽介紹的，相信他們會給你一個好的安排，在軍營中謀個一官半職，總好過在這裏看人臉色，而且還可以光宗耀祖，以後挺胸做人！」

「你，你，你是……」張武的大腦有些遲鈍了，他的嘴巴結巴的更加厲害。

「我就是新任的涼州軍防總提調，當朝一等傲國公，修羅兵團主帥，凶名遠揚的嗜血修羅許正陽！」我傲然朗聲報出了我的名號。

整個奴隸市場中一片騷亂，我的事蹟早已經在整個炎黃大陸流傳，如今當我站在他們面前，想想我剛才的兇殘，傳言中的事情看來都是真的。而那些奴隸們都不禁歡呼起來，因爲他們都知道我原先也是奴隸出身，想來他們今天就要自由了。

我扭頭大喝一聲：「住嘴！」全場安靜了下來，我大聲的訓斥：「你們喊什麼！不錯，我也是從飛天的奴隸營中走出，但是我絕對不會同情你們，也不要幻想我會解救你們，我對那些連反抗都不敢的人從來興趣不多，就算是奴隸也要有尊嚴。可是，你們連我懷中的小姑娘都不如，只不過是一群沒有希望，依靠別人同情的可憐蟲！」然後，我又對那些還在顫抖的奴隸販子們說：「你們放心，我絕對不會斷絕你們的財路，今後你們會發現，涼州依然是最好的生意場所。不過，今天這些奴隸我要了，一會兒給我送到我兵團駐地。但是我不是白要，我出五千枚金幣買下這裏所有的奴隸。以後你們的生意我不會插手，不過，有好貨的時候要先讓我過目！從今天起，這個市場由修羅兵團接手，以後你們的保護費就交給我修羅兵團。有什麼意見？」

又是一陣歡呼，不過，這次是那些奴隸販子在歡呼，他們找到了一個更加強大的靠山。

我冷冷的掃視了一下滿臉沮喪的奴隸，轉身對張武說道：「現在，是你決定的時候了！」

張武想了半天，一咬牙，跪在我的面前：「小人張武願意爲大人效命！」

「好！那你就親手將這個廢物給我凌遲處死，然後拿著他的頭來我軍營見我！」我冷聲說道。說完，我抱著那個小姑娘，徑直走出奴隸市場。

剛剛出了市場，我被眼前的景象驚得一愣，只見大街上排滿了一隊隊的人馬，死死地將我的去路擋住。密密麻麻數不清有多少人馬，手中都是張弓持槍，當先一人素衣皂袍，手持九環金刀，虎視眈眈地看著我。

我馬上恢復了鎭靜，冷冷地看著眼前的兵馬，看來是管記車馬行的人聽到了消息，前來支援這裏。我低頭看看懷中的小姑娘，微笑地問道：「爲了妳打了半天，還不知道妳叫什麼？」

「我叫憐兒！」小姑娘怯怯地回答。

「果真是我見猶憐，憐兒！告訴我，妳怕不怕？」我儘量用我最溫柔的聲音說道。

「憐兒不怕！」

「好！憐兒，就讓妳看看大哥哥的本事，妳我一同作戰，抱緊我！」我伸手解開腰間的束帶，然後將她緊緊地綁在我的身上。

看著我若無旁人的樣子，手持金刀之人大怒，單手戟指我，「大膽狂徒，竟然在此鬧事！也不看看這是什麼地方！我弟弟呢？」

「你是說那個什麼管二少爺吧，嘿嘿！已經餵狗了！」我笑著回答道。

他聞聽更是怒氣沖天，也不再細想，「好你個狂徒！那我就讓你給我弟弟陪葬！」身後的家丁齊聲吶喊。我調動體內真氣，雙手握緊，看來這將是一場惡戰，畢竟他們的人太多了。就在我作勢待發之時，就聽遠處傳來一陣陣急促的馬蹄聲，地面隱隱顫抖，看來這次來的人可真不少，如果是他們的盟友，那……一時間，我的心提到了嗓子眼。

「休要傷害我家主公！向南行來也！」一聲炸雷般怒喝平地響起，只見長街的盡頭殺出一彪人馬，大約有兩百人左右，清一色的重騎兵，赤盔赤甲，朱紅長槍，胯下紅馬，宛如一團火焰轉眼間殺入陣中。

爲首一員大將，身穿火焰麒麟甲，頭戴麒麟盔，手中一把火焰槍，胯下斑點麒麟獸，在人群中左突右衝，如入無人之境，所過之處留下了一具具死屍。來人正是向南行。

我命令房山剿滅城衛軍，令向南行十分不快，在他認爲，這修羅兵團的第一戰應該由他出馬，可是如此的大功卻被房山搶走，讓他有些悶悶不樂。向東行受不了他的絮叨，於是命他領兵在涼州城內巡視。

向南行領兵在城內無聊地走著，心中越想越不順。就在這時，有人向他報告，說是奴隸市場有人鬧事，管記車馬行派出大批的家將向那裏集合，可能要出事。他一聽，馬上來了勁頭，既然無法參加圍剿城衛軍和指揮府的戰鬥，那麼在這裏阻止別人鬧事，搞不好也是大功一件！

向南行這樣一想，立刻率領著手下的麒麟軍向奴隸市場趕來，只是他萬萬沒有想到，這個鬧事的肇事者就是我。

遠遠的，向南行就看見奴隸市場外密密麻麻地集結了許多手持刀槍的人，有探馬來報，原來這些人馬是爲了對付我的，現在已經包圍了我。向南行一聽勃然大怒，在他心中，我已經是他的主公，所有和主公作對的人，都是大逆不道之人！於是，他立刻下令全速前往奴隸市場救援。一時間兩百鐵騎縱馬狂奔，雖然只有兩百人馬，卻生出了千軍萬馬的氣勢。這兩百麒麟軍乃是向南行的親軍，當年在青州時就已經身經百戰，隨向南行立下了不少戰功，個個剽悍無比，身手更是得向南行親傳，勇武過人。

那管記車馬行的家將不過是一群烏合之眾，如何能抵得住如此剽悍的麒麟親軍？再加上事發突然，立刻被打得暈頭轉向。那手持金刀的人一看，連忙指揮手下眾人抵抗，竟然將我給忘記了。

我看著已經亂成一團的管記車馬行，不由得搖搖頭，就憑這樣的人馬，也能在炎黃大陸上闖出名聲？難道炎黃大陸再也沒有能人了？我心裏不由暗自冷笑，原以爲是怎麼樣厲害的人物，如此的陣勢，單靠我一人就可以將他們殺得落花流水。

看看這樣的殺戮並沒有意思，我便也飛向而去。回到大營，我立刻命人去將李英請到我的大帳，然後安頓好憐兒，召集眾將帳中聽令。沒有多久功夫，李英急匆匆的來到了大帳，一進帳，他就尖著嗓子喊道：

「國公，這麼著急將我找來，我剛從指揮府回來，正在清點那陳賊的斑斑劣跡，發生了什麼事呀？」

我先讓帳中的親兵退下，然後故作神秘，「公公，有一條財路，不知公公有沒有興趣？」

一聽說是財路，李英立刻來了精神，「國公大人將陳家的財產送給我，真是讓我受寵若驚，此次隨國公出征，國公對我真是百般照顧，令我不知如何報答才好！不知國公所說的是何財路？」

「公公客氣了，你我都是深得聖上信任，而且，本公還要靠公公在皇上處多多美言，些許小禮，公公不必放在心上，只要公公和本公全力合作。這錢財嗎，本公保證公公是無窮無盡的。對了！這管記車馬行！公公可曾聽過？」

「當然聽過！」

「剛才我在城中，那管記車馬行的人竟然聚眾要毆打本公，還好本公身手過的去，不然小命難保！這涼州城乃是你我的天下，竟然有這樣的一股勢力，實在令人擔憂，我想請公公和我共擬一道密摺呈於皇上，說這管記車馬行聚眾意圖謀反，請皇上下旨剿滅他們的分行！」

「這簡單，這管記車馬行也太膽大了，竟然毆打朝廷命官，咱家立刻就擬摺報於皇上，將他們滿門抄斬！只是，這與財路有何關係？」

「公公莫急，您想，這管記的生意遍佈整個炎黃大陸，十分龐大，而且家中奴僕無數，如果沒有龐大的財力支持，他如何能維持這種局面？如果公公同意，本公立刻點齊軍馬，掃平管記車馬行，那他這龐大的家產不就歸你我所有了？本公想，咱們把他的家產給霸佔過來，金銀珠寶你我一人一半，其他的家產就充軍。您想，這筆財路應該比那指揮府的東西又大了許多。不知公公意下如何？」

李英一聽，立刻點頭同意，「好！那元帥還等什麼，請立刻點兵出擊，將那群逆賊一網打盡，莫要遲了，走漏了風聲！」

我心中暗笑，這個閹奴，只要是錢，他就不知東西南北了！我立刻將已經等候在帳外的眾將召進，命令向西行、向北行和楊勇立刻點齊五千驍騎，剿滅管記車馬行。而我則端坐大帳，命人擺上酒宴，和李英慢慢地喝著。

月下西山，各路人馬都已經回到了大營。向南行率先回營覆命，奴隸市場外的長街之上，他們共斬殺了管記車馬行家兵七百六十人。向南行更是依約將管家大少爺的人頭放在我的案前，同時告訴我，奴隸市場內，我共擊殺了管家的打手大約兩百二十人，具體的人數無法點清，因爲裏面的屍體都已經是血肉一片，這個數目還是那個張武告訴他的。

第二撥回來的人是房山，他回報城衛軍大營共兩千殘兵，他率領五百鐵騎共斬殺六百餘人，其餘的兵馬全部俘虜。

第三撥回來的是巫馬天勇，同時還帶回了已經嘔吐得不成人形的錢悅，其實他們早就完成了任務，只是因爲等待錢悅執行我的命令，一直到現在才回來。但不是因爲錢悅殘忍到將那個陳二公子折磨到現在，而是因爲錢悅大部分時間一直在猶豫和嘔吐，不過，他最後終於完成了我的任務，讓那個陳二公子在痛苦中慢慢地死去。

最後一撥回來的是向西行他們，不過他們進行得相當不順利，沒有想到那管記的抵抗十分頑強，留守在車馬行裏的可以說是他們的精英，而且更有一個精通陣法的指揮，管記的管家張燕。在他的指揮和調度下，管記的護衛軍顯示出極頑強的戰力，依靠著莊園的圍牆，硬是將他們阻在莊園之外有一個多時辰，甚至在莊園失守之後依然頑強抵抗。

不過，畢竟是一些沒有經過系統訓練的護衛兵，他們如何是向西行所率領的五千驍騎的對手，更何況，還有向西行、向北行和楊勇這三個可以位列天榜百名以內的高手。一場血戰，向西行他們共殲滅管記護衛軍兩千餘人，活捉了他們的管家張燕，同時將管記一家兩百餘人全部斬殺，不過五千驍騎也有一百餘人戰死，三百餘人受傷。

我聞聽心中大快，來到了涼州已經有五天，我時常感到溫國賢的關係遍佈涼州，今天得此機會將城衛軍和管記滅掉，等於砍下了溫國賢的兩隻手，從此，涼州城內再也沒有可以和我抗衡的對手。那個溫國賢就讓他待在守備的位置上，繼續為我效命，等到時機成熟時，再將他拿下不遲。

李英連忙向我請命前去管記的莊園查收罪狀，我讓他帶領了一隊人馬前去查收，同時大擺宴席，為眾將慶功，同時也是為了慶祝我成功將涼州控制在我手中。

看著在酒席之間推杯換盞的眾將，我的心中卻在思考另一個問題，第一，涼州民心厭戰，我必須要將他們的好戰之心挑起；第二，根據梅惜月的情報，原開元城城守高權，在我和梁興兩年前出開元時深受重傷，經過兩年的調養，病情日加嚴重，幾乎已經無力再掌管開元軍務了，只是目前飛天一時沒有合適的人選，所以還是由高權掌管，不過應該不會維持太久。

那麼，開元下一任的城守會是誰？目前朝中尚無定論，各家的權貴都在爭奪這個位置，眼下呼聲最高的是飛天宰相、軍機大臣黃元武的兒子黃夢傑，這個黃夢傑乃是原飛天一等護國公黃剛的孫子，文武雙全，計謀過人，加之黃家乃是飛天歷代重臣，所以深受飛天皇朝的第十任皇帝姬昂的喜愛和信任，目前掌管天京防務。

還有就是當朝太師翁同之子，姬昂的小舅子翁大江，這個翁大江沒有什麼本事，但是溜鬚拍馬、結黨營私的本事倒是不小，為人陰險狡詐，而且貪財好色，依靠著國舅的身分，籠絡了不少的黨羽。

從我內心而言，我不希望黃夢傑出任開元城守，我隱隱感覺到，他將是一個不可輕視的大敵，根據我曾祖的練兵紀要上的記載，這黃家的人，都不是易與之輩，當年他也曾依靠黃家的不少幫助，才能保持不敗的戰績。我想，如果可能，還是我親自前往天京一探虛實。不過，這第一個問題是我必須要解決的，我隱約間似乎有了一點頭緒，卻無法抓住，看來這件事還要從長計議，不是一時半會兒能夠想到辦法的。

我甩甩頭，算了！這些事情還是以後再說吧，現在我應該和我的將士們一起高興。我舉起酒杯，朗聲說道：「來！弟兄們！乾了這一杯！」

滅掉管記車馬行，接收了城衛軍的防務，除掉陳林，接管奴隸市場，短短的一日之間，涼州城發生了天翻地覆的變化。

首先，溫國賢的勢力被我砍去了一半，而他手中另外的一半勢力，就是他的小舅子程安，不過，我並不擔心他，因爲在我血洗奴隸市場和管記之後，第一個跑來向我表示忠心的就是這個程安，而且他在城外的所有糧倉，被我一夜之間全部接管，也就是說，他已經和我開始了一種變相的合作。他糧倉的安全，從今以後將由我的修羅兵團保護，而他則負責向我供應兵團的糧草。

溫國賢已經沒有任何的本錢再和我談判，他絕對沒有想到我會使用如此雷霆的手段除去他的臂膀，現在，他只有老老實實地按照我的要求去做好涼州守備的工作，他知道現在我要除去他，就好像捏死一隻螞蟻那樣容易。不過我一時之間倒也沒有爲難他，還是讓他安心地做他的工作。

轉眼，來到涼州已經有兩個月了，天氣已經慢慢變冷。所有的事務都在按部就班地進行著，梁興那裏也傳來了一個好消息：剛到通州，就遇到了閃族圍攻，一仗下來，殲敵六萬，重傷拓拔紅烈，全殲神風鐵騎和赤龍軍來犯之敵，已經在通州初建功業，站穩了腳跟。而我這裏，卻遲遲沒有進展，因爲民心思安，一時間，我也找不到好的解決方法，爲此著實令我頭痛。

一日，我坐在指揮府內，正在和眾將官商議事情。突然一個衛兵急匆匆地衝進大堂，他用惶急的聲音說道：「報！啓稟元帥，大事不好了！」

我微微一愣，然後大聲訓斥他說：「什麼事如此慌張，真是有失體統！」

「飛天和我們打起來了！」此言剛落，大堂內一片喧嘩，眾將議論紛紛。我更是一愣，不可能呀，怎麼飛天的軍隊無聲無息就跑來涼州了，而我的探馬竟然沒有一點發現。我一皺眉頭，「不要慌張，慢慢的說！飛天的軍隊如何和我們打起來了？」

那個衛兵鎮靜了一下，「元帥，我兵團巡邏隊在城外升平草原巡邏時，和飛天的一彪人馬相遇，他們對我們極盡侮辱，巡邏隊無法忍受，就和他們爭吵，結果雙方一言不和，就大打出手。但是他們那幫傢伙怎麼是我們的對手，剛開始，我們的人占了上風，可是後來，他們其他的巡邏隊趕來助陣，我們的人寡不敵眾，吃了大虧。」

「可有死傷？」我連忙問道。

「元帥，死亡倒是沒有，不過，我們巡邏隊的五十個人都掛了彩，還有巡邏隊的隊長也受了不輕的傷。」那個衛兵口中有些憤憤不平。

我聞聽大怒，大堂上的眾將更是群情激奮。我一拍坐椅的扶手，「來人，給我點齊兵馬，我要讓那些飛天的狗賊知道，我修羅兵團不是好惹的！」眾將齊聲響應。

我大步向外走去，可是走了幾步，我突然停下腳步，抬手說道：「慢！」大家都用疑惑的目光看著我。我低頭沉思，緩緩地踱回去，扭頭問道：「我們這個巡邏隊是兵團本部人馬，還是新近招來的新兵？巡邏隊的隊長是誰？」

站在大堂門口的衛兵正不知該如何是好，聞聽我發問，連忙轉身回答：「啓稟元帥！這個巡邏隊是新近招來的新兵，剛剛結束新兵訓練，隊長是一個叫做張武的人。」

我點了點頭，「這些新兵可都是涼州本地人？」

「是的，這一隊的人馬都是土生土長的涼州人。」

我滿意地點點頭，心中暗想：我不是正在發愁沒有藉口開戰嗎？這次的衝突給我提供了一個很好的藉口。涼州人雖然已經被安逸磨平了稜角，但是並不代表他們的血性也沒有了。只有激起他們的剽悍之氣，讓他們自己自動要求開戰，那樣，我才能獲得涼州人真正的支持。

想到這裏，我又坐了下來，問那個衛兵，「現在那些傷員在哪裡？」

「啓稟大帥，他們目前還在城外。」

「好！立刻命令讓他們都不要走進城，我會著人立刻迎接他們，告訴那個張武，讓他給我做一場好戲，做得好，本公有賞！錢悅，這件事你去辦，抬著他們從涼州最繁華的街道通過。記住，一定要用抬的，我想你應該明白我的意思。」

錢悅領命而去，我又看了看大堂中的眾將，他們的臉上依舊是一臉的疑惑，我笑了笑，沒有理會他們，「驍騎軍都指揮使向北行聽令！」

「末將在！」

「傳我將令：今後在升平草原巡邏的馬隊，一律由涼州新兵執行，告訴他們，遇到挑釁，不需克制，只管和飛天的巡邏隊交手。打輸了我不管，打贏了我有獎賞！」我看著向北行，他猛然會意地點了點頭。

我又看了看大堂中的眾將，這時，向東行、向西行和楊勇都露出會意之色，而其他眾人則依然一頭的霧水。

向南行實在無法理解我的命令，忍不住問道：「元帥，這是什麼意思？難道我們就任他們欺負不成？」

我看了看大家，微笑道：「向將軍不必著急，聽我慢慢給你解釋。」

我停頓了一下，接著說道：

「我們來到了涼州已經有兩個多月了，這涼州自從被許鵬攻克以後，六十年中沒有任何的戰爭。而且由於涼州靠近飛天，逐漸的就成爲了一個以貿易爲主的商城。涼州人早年以民風剽悍著稱，全天下都知道涼州好鬥成性，兇猛無比。可是你我來到這裏以後，有沒有發現他們的這種民風？沒有，爲什麼？因爲在這六十年裏，涼州人已經安逸慣了，以前的那種血性已經沒有了；而且，這裏的居民可以說也成了一個大雜燴，各地的人都有。涼州人已經被那些外來的文化給同化了，原先的尙武之風早已成爲了歷史。

我們來到這裏，是爲了建功立業，難免會發生戰爭，這是他們反感的，如果我們貿然的行動，勢必激起民怨，這樣對我們十分不利，因爲我們沒有他們的支持，很難說有必勝的把握。而今我們趁著這次衝突，可以有效的挑起明月和飛天兩地居民的仇恨，這些新兵都是涼州人，他們的父母、親屬都在涼州，對於涼州人來說，這些個新兵就是他們的子弟兵，是他們的親人，想像一下，如果你看到你的親人被人打傷，你心裏會是怎樣的感覺？」

說到這裏，我看了一眼大家，他們都已經被我的話給說服，連連的點頭，於是我接著說道：「讓那些新兵巡邏，想一想，他們的老鄉被打傷，那麼，他們還不急著爲他們的老鄉復仇？而且，這些個新兵沒有任何戰鬥經驗，我們也正好借此機會，讓他們接觸一下實戰，那遠比在軍營中訓練有用，打贏了可以增強我軍的士氣，打輸了，嘿嘿，勢必將要激起更大的民憤，讓涼州人的求戰之心更重，反正不論輸贏，我們都是勝家。」

眾將官聞聽，都露出恍然大悟之色，連連點頭。我看著他們，「眾將官，你們的任務就是將本部人馬控制好，儘量激起他們的恨火，沒有我的將令，任何人不得輕易出戰，違者，本帥將從重處罰。」

眾人齊聲應命。然後我又吩咐了一些事情，大家起身離開。

看到大家離去，我輕聲說道：「樓主，出來吧！」

梅惜月從屏風後盈盈走出來，「國公大人早就發現我在後面了？」

我點了點頭，沉吟了一下，「樓主，我有一件事情想請妳幫忙。」

「國公大人不必多說，惜月已經明白國公大人的意思。這件事就包在惜月身上。」梅惜月十分恭敬地說道。

「哦？樓主可知道我要樓主做什麼？」我好奇地問道，明知道她已經猜中，可是我還是想確認一下。說實話，對於這個梅惜月，我心中總有兩分顧忌，她就像一個無所不知的精靈，我心中想什麼，根本無法瞞過她。

梅惜月微微一笑，「國公是擔心光靠軍隊的挑釁，還無法完全激起涼州城內的衝突，所以想讓惜月安排手下的人，利用涼州城百姓界域之間的矛盾，特別是飛天和明月兩國之間的矛盾，使涼州百姓思戰心切，從而給大人一個開戰的理由，並且加快大人計劃的進行。不知惜月說的是否正確？」

我聞聽不禁哈哈大笑，「樓主果然冰雪聰明，我還沒有說完，妳就已經猜到了重點，師弟我實在是無話可說了。」停了一下，「師姐，我想在近期前往飛天的首府天京一趟，去瞭解一下飛天目前的情況。」

梅惜月聞聽先是一驚，連忙勸阻道：「師弟此事萬萬不可，你乃是一軍主帥，怎能輕易離開？而且涼州的局面剛剛打開，事務繁多，如果你走了，誰來主理？如果師弟想瞭解敵情，惜月可以讓我青衣樓在天京的耳目查探，何必你親身涉險？」

看著梅惜月著急的表情，我隱隱覺得有些不對勁，思考了一下，我還是搖了搖頭，「師姐，我知道妳是關心我，可是我希望能夠親身去探察一下，雖然青衣樓的情報很準確，但是總不如我親自觀察。妳要知道，攻打開元，就意味著明月和飛天皇朝正式開戰，此事事關重大，要謹慎從事。高占對我手握兵權並不放心，朝中群小時時準備在我身後插上一刀，開元之戰必須要全勝，而且還要面對飛天的瘋狂反擊，只有這樣，才能在明月站穩腳跟。而且我此去天京，除了要探察飛天的情況，更重要的，是因爲開元城守高權已經時日不多了。如果他們派一個精明的對手過來，那麼我的計劃將可能遇到阻礙，根據妳的情報，那個黃夢傑絕非一個平凡之輩，我不能讓他來到開元。所以我此去天京還有一個重要的目的，就是看能否阻止黃夢傑的任命，去將天京的那一鍋渾水攪得更渾濁一些。」

「可是此去過於凶險，我還是無法贊同你的行動。」梅惜月一臉的憂慮之色。

「我明白師姐是關心我，但是師姐妳不必再勸我，我心已定，天京是勢在必行。請師姐放心，要知道以我的身手，天下間能夠難住我的人不會超過十個人，如果出了事情，我想逃跑還是沒有問題的。而且青衣樓在天京一定有分舵，師姐可以傳命，讓他們暗中配合我的行動，難道師姐對於自己的手下都沒有信心？」

梅惜月一臉的無奈，她看到無法再勸阻我，「既然師弟你已經拿定主意，凡事小心，切莫魯莽行事。師姐只有在這裏為你焚香祈禱，願你早日回來。」她停頓了一下，接著說道：「不知師弟你打算何時動身？」

「我想就在這兩日，將這裏安排好就走。師姐不必顧慮，我自會小心行事。一旦事情辦好，我一定會火速返回，著手安排開元之戰。只是在我離開這段時間，涼州的事情還要請師姐多多費心，我會命令修羅兵團全力配合師姐的。」說完，我一臉期盼之色地看著她。

梅惜月沉吟半晌，抬頭看著我，堅定的說道：「師弟你放心，涼州事務我自會協助各位將軍，只盼師弟你早去早回，莫要讓師姐牽腸掛肚，你身繫青衣樓萬人的希望，家族的復興，更連接著炎黃大陸的未來，莫要意氣用事，還有我……」她說到這裏，沒有再說下去，但是眼中流露出的炙熱目光，已經告訴了我一切。

「師姐！」我心中突然一陣悸動，伸手將她的手緊緊抓住，雙眼看著她，也說不出話來。像我這樣一個外表並不是很出色的男人，卻得到像她這樣一個絕色睿智的女人的青睞，我應該是惶恐，亦或是應該高興呢？

我不知道，在我的心中，依然愛著小月，但是我知道從這一刻開始，我已經開始了另一段愛情，我是不是在玩火？雖然有些不安，可是我的心中，卻有一種非常得意的感覺。

第八章　獨闖天京

天京，飛天皇朝的首府，炎黃大陸上最爲雄偉的都城，人口兩千多萬，是炎黃大陸上人口最多的幾個城市之一。在六十年前，這裏曾經是炎黃大陸最繁華的城市，那時在姬無憂的治理下，飛天皇朝威鎮天下。姬無憂與西部的墨菲帝國的國君伊桑阿並稱兩大雄主，內有黃剛，外有許鵬，可以說是飛天皇朝最鼎盛的時期。天京作爲飛天的首府，更是人才濟濟，名士雲集，各國爭相前來朝拜。

在那個時候，天京真的是風光無限，似乎天下所有的人都希望能夠永遠居住在天京。然而，在姬無憂死後，飛天皇朝聲勢一落千丈，四大軍團各自爲政，相互間爭鬥不斷。天子久不臨朝，卻終日醉心於在宮中鼓搗一些木匠的小玩意，朝中大權把持在翁同之手，排擠忠良，結黨營私，天京已經不復當年的盛況。

不過，瘦死的駱駝比馬大，雖然已經衰落，天京依然熱鬧非凡。大街上不時可以看到各國的商賈和行人，雖然外面的世界是戰火紛飛，但是這裏還是一片歌舞昇平之色。在這裏，有飛天的王公貴族，皇親國戚，也有富賈一方的大戶。總之，從表面看去，天京依舊是一片繁榮景象，至於這裏面有多少水分，就無從考究了。

我坐在天京最豪華的寤寐閣的窗邊，這寤寐閣是天京最大的酒樓，之所以叫做寤寐閣，想來是從詩經中的「窈窕淑女，寤寐求之」詞句得來的。我身上有梅惜月為我偽造的文書，假扮的身分是墨菲帝國的宰相鄭羊君的侄子鄭陽，反正這裏離墨菲帝國有十萬八千里，誰會知道我這個假貴族呢？再加上我出手闊綽，來了這裏幾次，侍從們都已經認識我了。

我喜歡這個地方，不是因為這裏可以顯示出自己的高貴，而是因為這裏常有朝廷中的官員聚會，可以打聽到很多秘密的消息。

我慢慢地喝了一口高山浮雲，果然是好酒，綿甜爽口，入口清涼，令人回味無窮。突然間，我想到了涼州的那些將官，不知道他們看到我的那封留言會是什麼表情，一定會急得跳腳，想到這裏，我不禁啞然失笑。

「今天小兄做東，誰也不要和我搶。雨妹從開元回來，不顧一路疲勞，賞臉與小兄見面，小兄真的是感到萬分的榮幸，雨妹想吃什麼儘管點，千萬不要客氣呀，哈哈哈！」一陣嘈雜的聲音打亂了我的思路，從樓下走上來一群青年。

他們如眾星捧月般的圍著兩人。一個是二十八九歲的模樣，七尺個頭，不過上身長四尺，下身長三尺，好端端的一個身體讓他給長反了。還長了一臉的麻子和一對三角眼，臉色發青，一看就知是標準的酒色之徒。此時，他正一臉的阿諛之色，向身邊的少女大獻殷勤；再看那個少女，十八九歲的模樣，微黑的皮膚，俏麗的面龐，水汪汪的一雙鳳目，隱隱流露著精光。她大步走上酒樓，舉手抬足之間，透露著一股不遜於男兒的豪氣，好一個英姿颯爽的巾幗鬚眉！

我仔細地打量著那個少女，不是因爲她的美麗，而是因爲剛才他們提到了開元，顯然這個少女就是從開元城回來的那個雨妹！看她的樣子，不是一個尋常的女子，在這一群紈袴子弟中顯得格格不入，他們怎麼會走到一起？真是一隻鳳凰掉進了豬窩，我不僅皺了皺眉頭。

「此次雨妹前去開元探望伯父，小兄本來是想一起拜會，但是家父臨時交代小兄一件事，所以未能成行，想來真是有些慚愧。不知道伯父病情如何？身體可有好轉？小兄心中甚是掛念呀！」那個青年剛一落座，就連忙向那少女問道。

「多謝翁世兄關心，小妹代家父向世兄謝了！家父的身體一直還是那個樣子，唉！已經有兩年了，還是沒有好轉！」少女面帶一絲憂慮，臉上流露出一種淒苦之色。

那個青年的臉上流露出一絲喜色，雖然只是眨眼的工夫，但是怎能逃出我的眼神？由於我對那個少女心有好感，再加上她是從開元回來的，所以對於他們的對話特別的注意。

雖然他們坐在距我比較遠的位置，但是所說的每一句話，每一個字，我都能聽得清清楚楚，看來那個青年的身分並不簡單。翁世兄！我不敢相信自己的運氣居然這麼好，難道他就是我此次前來的目的之一——翁大江？我腦中靈光一閃，對於他們的對話更加的注意。

片刻之後，就聽那個青年語氣中帶著一種真摯的悲傷，「啊，實在是對不起，觸動雨妹心中的傷心事，實在是小兄的罪過，唉，已經兩年了，沒想到那賊子竟然如此的厲害，以伯父的深厚功力居然傷在他的手中，而且兩年都沒有治癒，想起伯父對小兄當年的照應和教誨，小兄真的是感激不盡，如今伯父長臥病榻，讓小兄心中既悲又痛，真是，真是……」

說到這裏，那青年的眼中居然擠出了兩滴眼淚，臉上也流露出一種淒然之色。我在一旁看到這裏，心中連聲叫絕，這個翁世兄果然是作戲的天才，居然能夠如此逼真，幾乎可以和我媲美了，如果不是剛才他無意中流露出的那一絲喜色，我想我也會被他這表演矇騙過去了，看來那個少女恐怕已經掉入陷阱了。

果然，那少女起身向那青年躬身一揖，「多謝世兄的關心，小妹非常感動。如今家父失勢，以前的那些朋友，都早已經不再和家父來往，沒有想到世兄如此掛念，令小妹真是有些意外。」雖然少女語氣真摯，但是臉上的表情卻十分冰冷。從她出現到現在，我注意到她一直都是一副冷冷的表情。

「哪裡，家父對於伯父是十分的欽佩，只是由於伯父長年在外，一直無法親近，心中十分遺憾。好了，好了，不提這些傷感的事情了，今日雨妹剛回天京，要開心一些，不要總是提起這種不開心的事情。掌櫃的，趕快上菜！來了這許多時候，怎麼還沒有上菜呀，再不上菜，我一把火燒了你這寤寐閣！」他轉身訓斥一旁侍從，其他人也連忙鼓噪起來。

我在一旁一直觀察著，心中有了一些答案。這個姓翁的青年，很可能就是翁同之子，翁大江，而那個少女，應該也是朝廷中的一個大臣的女兒。只是這翁大江爲何如此煞費苦心的奉迎這少女，我想除了食色之外，一定還有其他原因。

就在這時，侍從手端一盤剛剛做好的清蒸團頭魚向我走來。這是這裏最有名的一道菜肴，團頭魚肉質鮮嫩，而且無刺，味道極佳。只不過這道菜肴極其難做，首先要挑選一條兩斤多的鮮團頭魚，放在池中十天，不給牠一點食物，從兩斤多將牠餓到一斤半左右；這時的團頭魚通身再無一點脂肪，魚肉收縮，入口極爲滑嫩。然後再經過這裏的廚師用祖傳秘方，配合多種稀有的配料，用文火慢慢烹製兩個時辰，才可以起鍋。所以，這道菜往往需要提前十五天預定。

我初到天京，第一次來這裏時，聽到侍從對這道菜的推薦，就已經預定了，今天就是爲了一嘗這團頭魚的美味，才來這寤寐閣。遠遠的，我就聞到那團頭魚的香氣，不由得食欲大動。

「小二，將那道團頭魚給我端來！」就聽那翁姓青年高聲叫道。

那侍從聞聽先是一愣，想了想，還是向我走來。我聽到那青年的叫聲，眉頭一皺，心想：小子，你最好不要找我的麻煩，不然就算你是天皇老子，我一樣讓你好看。

「小二，你他媽的聾子呀，沒有聽見我說，把那盤魚給我端來！」見那侍從沒有理他，他可能覺得很沒有面子，再次厲聲喝道。

「對不起，公子！這道菜是這位客人在十天前就已經預定了，而且還交了全款。所以沒有辦法，除非是這位客人自己不要，不然，您只好先向櫃檯預定，十天後再來品嘗！」那侍從說話不卑不亢，而且中氣十足。

也許這寤寐閣的後臺十分厲害，那青年沒有再難爲侍從，而是對身邊的一個青年低語了兩句，青年甲立刻起身向我走來。他來到我的面前，用一種十分傲慢的口氣對我說道：「小子，這道菜我家少爺要了，你最好識相一些，錢呢，我們少爺一個都不會少你！」說著，在桌上丟下了幾枚金幣，轉身對那侍從說道：「給我們少爺端過去！」

這時，那侍從看著我，如果我不開口，他還是不會聽從青年甲的吩咐的。我一生中最恨的就是這種人，好像自己高高在上，別人都低人一等，其實自己不過是一條狗罷了！對於惡狗，我從來是不會給牠面子的。

「把菜放到我這裏，不要理惡狗狂吠！」

那侍從略微一猶豫，然後，還是將菜肴放在我的面前。青年甲聽到我的話，臉色大變，他轉身站在我的面前，「小子，你真是不知死活，竟然敢辱罵少爺，想來是活的不耐煩了！」說完掄圓胳膊，一巴掌向我打來。

這時坐在遠處的那翁姓青年和那少女也發現了我們這邊的動靜，他們沒有阻攔，只是靜靜地看著。

我實在是有些不耐煩了，不過，不是活的不耐煩，而是因爲那人的無理讓我怒火上升。我不惹事，但是並不代表我怕事，更何況，他打攪了我的食欲！微微一笑，我手指輕輕迎著那青年的掌勢點去，就聽一陣清脆的骨骼碎裂聲傳來，真氣穿透他的手掌，將他掌骨盡碎，與此同時，就聽一聲輕叱：「手下留情！」但是已經晚了。那青年捧著他已經掌骨盡碎的右手，跪在地上不停地哀號。

我對侍從微微一笑：「狗怎麼能說人話呢？狗應該說狗話，現在的聲音才是一條狗應該發出的聲響！」面對著那面色有些發白的侍從，我舉起酒杯向他一笑，「好酒！」

眼前人影一閃，我看清楚了，是那個少女，她飛身來到我的面前，先是拿起那青年甲右手觀看，臉上露出驚異之色。那翁姓青年隨後也來到我的身邊，臉色鐵青，雙眼噴火，惡狠狠地看著我，身後的一幫子人在不停地叫囂。

這時，少女站起來，對那青年輕輕地說道：「世兄，王賓的右手已經報廢了，掌骨盡碎不說，右臂的手筋也被震斷，看來沒有復原的希望了！」

翁姓青年先是一驚，臉上隨即露出兇狠的表情，「朋友，你好狠的手段！」他惡狠狠地對我說道。

我飲了一口酒，絲毫不理會他的兇狠，慢慢地回味著美酒的醇香，半晌之後，我輕鬆的說道：「過獎了，兄台！對於惡狗，我向來是從不留情，多少名士就是被門下的惡狗壞了名聲，今日我為兄台除去這頭惡狗，也是為你以後積福呀！」

「這麼說來，在下還要感謝朋友你了！」那青年面色鐵青，咬牙一字一頓地說道。

「如果兄台一定要感謝，在下也卻之不恭了，不過我剛才那一點，一共用了三道暗勁，第一道是將狗的爪子去掉，第二道是打斷牠的腿筋，這第三道嘛，就是將牠的一條腿完全給廢了，讓牠以後永遠沒有辦法再抬頭。現在，應該是第三道暗勁發作的時候了！」

我話音剛落，就聽一陣清脆的響聲，青年甲再次痛苦嚎叫，整個右臂軟綿綿的耷拉下來，好像被人抽去了骨頭。我閉上眼睛，仔細聆聽著那骨骼碎裂的聲音，半晌睜開眼，笑道：

「兄台，你知道嗎？我十分喜歡聽那骨骼碎裂的美妙聲音，殺人只是一下，然後聲息皆無，可是慢慢地折磨一個人，卻讓人回味無窮，聽！他的哀號，這麼高的調子，平時我們又怎麼能夠聽到呢？」

這時，翁姓青年臉色有些發白，他直直地看著我，臉上的怒火突然消失了，「朋友，好膽色，好手段！你知道嗎？你是在這天京中第一個對我如此放肆的人，如果是在平時，我一定要請你喝上一杯。但是你打了我的人，壞了我世妹的興致，就有些說不過去了，所以你最好跪下向我認罪，如果我世妹原諒你了，那麼就什麼事沒有，不然，你恐怕在這天京中寸步難行！」

「憑什麼？」我懶懶地看了看他，又斜眼看了一眼那個少女，只見她也在注視著我，眼光相遇，撞出火花。這時，酒樓上的客人都已經感受到了這邊的劍拔弩張，都饒有興趣地向這邊看來。

我的話將那青年噎的一愣，突然大笑，「原來你不知道我是誰，所以如此囂張！告訴你，我就是當朝太師之子，一等博陽侯翁大江，想來你聽說過我的名字，應該知道我憑什麼了？」

我心中暗喜，沒想到真是他，那我的機會來了！

「翁大江？哈哈哈！聽說過，不過，單是憑這個名字還無法讓我認錯，告訴你，這天下間沒有人能讓我俯首，更不要說一個女人！」

翁大江聞聽，臉色變了數變，剛要發作，只見身邊的少女突然將他攔住，在他耳邊低語了兩句，他考慮半晌，面色鐵青地點了點頭。

就聽那少女輕啓櫻唇，聲音如黃鸝歌唱，煞是好聽，「這位先生果然是好膽色，而且武功高強，令小妹佩服。小妹自幼習武，自認武功還算可以，今日看到先生如此武功，不由得見獵心喜，頗想與先生請教一番，不知道先生可否賜教一二，也好讓我們心服口服？」

「向我討教？可以！只是有些什麼彩頭？」

「如果先生勝了，我與世兄會向先生認錯。今日之事雖然是我世兄錯在先，但是先生的手段如此毒辣，傳揚出去我們面上無光，如果不討教一二，以後如何在這天京行走？所以還請先生不吝賜教！」

「哦？那麼我輸了又怎樣呢？」

這時，翁大江突然插口道：「如果你輸了，就把你的命留下！」顯然對我已經是恨極。那少女想要阻攔，但是卻已經晚了。

我哈哈大笑，笑聲中隱含真氣，整個寤寐閣好像都在我的笑聲中顫抖，酒樓上的眾人都不禁臉色煞白。

就在這時，樓梯上傳來一陣腳步聲，接著，就聽一個清朗的聲音說道：「世妹，翁世兄，原來你們在這裏！這位先生好功力，世妹妳絕非對手，萬不可輕易逞強！」

話音中，從樓下走來一個青年。我突然覺得眼前一亮，好一個絕世美男子！只見他身高八尺有餘，健碩無比，古銅色的膚色，顯示出此人是一個久經沙場的人物。他的五官勻稱，透露出股冷靜和堅毅，好像無論發生什麼事情都不會動怒。在我這二十二年的人生裏，只有南宮飛雲和向寧給過我這樣的感覺！我直覺判斷，此人應該就是黃夢傑，我心中頭號的飛天對頭！

那人一上樓，整個酒樓上立刻議論紛紛，翁大江的臉色霎時間變得十分難看，而那個少女的臉上則露出了難得一見的笑容，「表哥！」她歡快地叫道。

那人沒有回答，只是對少女微微一笑，他來到我的面前，拱手說道：「在下黃夢傑，先生好功力！」

我心中大叫世界真小，沒有想到居然會遇到他。不過黃夢傑如此的有禮，我也對他心生幾分好感，但是爲了我的計劃，我還是一副高傲的神情，「黃夢傑！聽說過你，據說你是這飛天年輕一代的驕傲，未來的國家棟樑，今日一見，也不過如此！」

「外面的人虛傳了，在下愧不敢當，今日一見先生，就知道什麼是天外有天了！」他沒有動怒，十分謙遜地說道。

反而是那少女首先發怒，「大膽！好個狂徒，如此囂張！我今日如果不教訓你，我就不叫高秋雨！」說完就要動手。

黃夢傑連忙將她拉住，「表妹，不得無理！這位先生乃是世外高人，絕非等閒之輩，剛才的笑聲中所蘊涵的真氣絕不是你我能比擬的，不要說你，恐怕就連我府中的天一真人都只能與先生在伯仲之間。」

此言一出，不僅高秋雨驚住了，就連一旁的翁大江也吃驚不少。要知道，這天一真人乃是不世奇人，在黃府中有第一高手的美譽，現在居然說面前這個面目平常的青年與天一真人不相上下，他如何不吃驚，眾人上下打量著我，臉上露出不信的神色。

「我不信，憑他居然和老神仙相提並論？」高秋雨一臉驚異，神情之中更是露出不服，「我要和他鬥一鬥，表哥你不要攔著我！說，你是幫我，還是袖手旁觀？」不知爲什麼，她生氣的模樣十分可愛，我很喜歡看她生氣的樣子。

黃夢傑一臉的無奈，他轉臉對我苦笑：「舍妹有些頑皮，恐怕先生不露兩手驚天之技，她絕對不會罷休！只是拳腳無眼，我害怕舍妹一個不小心觸怒了先生，恐怕難以留手，所以我兄妹想合力向先生請教，不知意下如何？」

「久聞黃夢傑大名，就讓在下領教一番，這樣吧！三十招內，我一定將你們擊敗。而且，頭二十招我不會還手，就坐在這裏不動，二十招內你們如果讓我起身，我就算輸。二十招後，我會起身還擊，而且要在十招內結束，如果十招內還不能將你們擊敗，就算我輸！」

我的話立刻激起了高秋雨強烈的反應，就連黃夢傑也有一些不信，他看著我，突然笑道：

「先生果然是高人，這樣吧，我們輸了，就拜先生爲師；你輸了，還請先生來我黃府一敘，也好讓在下能隨時請益！」

「好！君子一言！」

「駟馬難追！」

我坐在桌前，穩如泰山，閉上雙眼，體內噬天真氣迅速運行奇經八脈，遍佈全身，隱隱作勢待發。一股龐大的氣場瞬間將整個酒樓覆蓋，酒樓中的眾人臉色一下子蒼白了，而黃夢傑和高秋雨更是臉色大變，連忙運功相抗。

此時我靈台間一片空明，天地刹時與我融爲一體，萬物就像都是爲我所造，在這一刻，我可以清楚地感受到酒樓中所有人的氣機。其中有兩人的氣機最爲強大，那一定就是黃夢傑和高秋雨；牢牢地鎖住兩人的氣機，我可以清楚地感覺到兩人的真氣流動，特別是黃夢傑，當我覺察到他的真氣時，不由得微微一愣，真氣微微一頓。就在這時，兩個人突然動了，他們就像兩個幽靈一樣，兩股詭異的氣勁向我衝來。

在我觀察黃夢傑的真氣流動時，我突然發現他運行的真氣與我修煉的清虛心法有些相似，但是又不是完全相同，好像是一套殘缺不全的心法。我不禁一愣，這清虛心法乃是我師傅蛇魔道人的不傳之密，天下間除了亢龍山的人，就只有我和梁興還有小月會。莫非這個黃夢傑是亢龍山的傳人？不會這麼巧吧！師傅在給我的遺言中，讓我前往亢龍山拜訪師門，難道他就是我的同門？我不僅有些失神，氣機不由得一亂。

高手對陣，怎能分心，就在我那一愣的工夫，黃夢傑明顯感受到了我氣場的破綻。雖然有些迷惑，但他仍然毫不猶豫地騰身而起，雙手空中結印，身形如鬼魅般向我撲來，一道隱含陰陽二氣的強絕真氣向我襲來。與此同時，高秋雨也閃身撲擊，更加讓我奇怪的是，她的身法竟然與我修羅斬中的身法相似，著實讓我吃驚不少。

只見她瞬間撲擊到我面前，纖掌輕舞，漫天的掌影剎時將我籠罩，正是修羅斬十七式——漫天繁星！我知道這一招，漫天的掌影虛虛實實，半真半假，如果你認爲那是真實的攻擊，那麼也許就是假的，如果你想來是虛幻的掌影，也許恰恰是致命的一擊。

我卻突然笑了。原本我心中還有些忐忑，可是現在，他們簡直就是班門弄斧，面對著他們的攻擊，我抬起左手，食指輕輕一點，迎上黃夢傑。休要小看這一指之力，那是我融會修羅斬和七旋斬兩大絕學的精義所獨創的一指，名曰：破天指！一指中已經包含了天下所有精妙招式的精髓，這是化腐朽爲神奇的一指，威力遠遠大於當初我在東京校場擊敗丁顏的那一拳。

一指伸出，黃夢傑所有的攻勢瞬間瓦解，而發出的真氣彷彿石沉大海，沒有一點動靜。而且我那一指已經牢牢將他籠罩住，任他左躲右閃，卻始終無法躲開我這一指的攻擊，彷彿整個天地都已被我那一指之力所籠罩。而在我左手攻向黃夢傑的同時，右手輕擺，在空中畫圓，一股可以將天地吞噬的真氣在我身前流轉，逐漸形成了一個漩渦。

剎那間，漫天掌影消失不見，完全被我身前的漩渦給吞噬掉，而且真氣瀰漫，那漩渦產生巨大的吸力，彷彿要把高秋雨也吞噬進去。就連在一旁觀戰的人，也都感覺到了我漩渦龐大的威力。

高秋雨霎時間臉色煞白，連忙運功想抵抗那漩渦巨大的吸力，可是我們的差距實在是太大，她根本無法停下來腳步，彷彿一隻無形的魔手將她牽引著向我掌上撞來。

看到黃夢傑兩人驚慌失措的表情，我心中暗爽，和我鬥！鬥都沒有，除非你們有天榜中前十名的身手，或許可以和我抗衡，但是憑你們現在的實力，根本無法破解我這兩招！

我面帶笑容，看著他們在竭力地想要擺脫我的攻擊，額頭上流下豆大的汗珠，我突然間明白了貓捉老鼠爲什麼要欲擒故縱，那是何等的一種快感！不過，看著高秋雨臉色煞白，神情緊張，花容失色的時候，依然倔強的想要掙脫的樣子，不知道爲什麼，我突然想起小月來了，她不也是這樣的倔強嗎？

想起她，我心中不由得一痛，我實在不想看到高秋雨狼狽的樣子，長嘆一聲，散開真氣，默默地看著她，我想從她的身上找到一些小月的影子。

陡然間失去了束縛，黃夢傑和高秋雨彷彿和人已經爭鬥了千百招一樣，身體「噔噔噔」後退了十幾步，方才站穩身形，渾身大汗淋漓。兩人癡呆地看著我，酒樓上一片寂靜，只有他們沉重的喘息聲在耳邊迴響。

看著高秋雨蒼白的面孔，我不知爲何有些心痛，我知道她不是小月，可是卻好像看到了小月的身影，以前我們在一起時，每次我教完她劍法，她也是滿頭大汗的對我說：「阿陽，你好壞，你武功那麼高，卻一點也不讓人家！」

時隔半年，小月那嬌媚的聲音還時時在我耳邊響起。我突然有一種衝動，下意識地從懷中拿出一塊手帕，站起來走到高秋雨的身邊，將手帕遞給她，語氣溫婉的說道：「來，把汗擦擦！」

高秋雨先是一愣，接著，蒼白的臉上露出一抹微紅，她害羞的低下頭，接過我手中的手帕，那樣子和小月嬌羞的模樣簡直一樣，我不由得再次呆住了。

好半晌，高秋雨抬起頭，她的臉色已經回復正常，聲音如蚊蠅般一樣，小聲說道：「謝謝你！這手帕已經髒了，我拿回去洗淨以後再給你，好嗎？」說完，她的臉又一次的通紅，這次真的是紅到了耳邊。

突然她好像想起了什麼，猛地抬起頭，高興抓住黃夢傑的衣袖，「表哥！我們贏了！我們贏了！」

我先是一愣，猛然發現我已經起身離座，按照我們剛才的約定，在頭二十招內，我只要起身就算輸了，沒有想到我一時失察，竟然忘記了剛才的約定。女人！我不由得苦笑起來。

黃夢傑也先是一愣，然後馬上明白過來，他本來有些難看的臉色一下子燦爛起來，笑容可掬的來到我的面前，說道：「先生，你離開了座位，按照剛才我們的約定，你已經是輸了，呵呵！」話語中完全沒有剛才被我逼得上竄下跳的狼狽樣子。

看著他那副小人得志的模樣，我剛開始對他的好感一下子沒有了，不過，卻有一種同類的惺惺相惜感。我有些尷尬地笑了笑，一時間無言以對，我真是賤呀！好端端地站起來幹什麼？把手帕扔給她不就行了！對了，害我如此狼狽的就是她，我好心的給她手帕，可是她卻念念不忘我們打賭的事情！

我惡狠狠地環視四周，卻發現那個罪魁禍首就站在黃夢傑的身後，笑盈盈地看著我，不停的對我做著鬼臉，那有剛開始時我見到的那種颯爽英姿，一臉小兒女的嬌憨模樣，我不由得再一次有些呆愣了。

「咳咳！」一陣咳嗽聲將我從神遊中驚醒，我回過神來，看了看眼前和我一樣高大，一臉笑容的黃夢傑，不由得尷尬地咳嗽了兩聲。半晌，我終於憋出了一句話：「我輸了！」說完，我就有些後悔，媽的，真是我這輩子裏打得最窩囊的一仗！

這時，黃夢傑臉色一正，「先生哪裡話，剛才只是玩笑之言。論武功，我與舍妹根本不是先生手下的一合之敵，如果不是先生手下留情，以先生的身手，我們早已經躺在這裏了，勝負之言，乃是舍妹的玩笑話，先生萬勿當真！」

我先是一楞，這個傢伙不錯，我喜歡。我也躬身一禮，「黃兄此言差矣，勝就是勝，敗就是敗，男子漢大丈夫怎能如此耍賴。不過，我可能無法在黃兄府中長留，不如這樣，我今日就答應黃兄一件事，將來只要黃兄有求於我，在下都會竭力應允，決不食言！」

「好，就依先生之言！你我擊掌而誓！」

「好！那我們就擊掌而誓！」兩手相交，我們面對相視一笑，同是豪傑，又何需多言？

「不行，不行！」高秋雨突然竄了出來，「你們是你們，不關我的事情，你輸了，就要認輸，那你怎麼給我交代？」

我看了她一眼，就是這個小丫頭，讓我定力盡失，不過，我卻有一種想要去疼愛她的衝動。我將心中的激蕩平復，開口說道：「那妳想怎樣，總不成將我賠給妳吧！」話一出口，我頓時覺得有些輕浮，不由後悔不已。

果然，她的俏臉通紅，但是她沒有回避，一雙大眼睛看著我，「我要你也給我一個承諾！將來幫我做一件事！」

我連考慮都沒有考慮，馬上答應：「好！那我也給妳一個承諾，將來只要高小姐需要鄭某幫忙，鄭某一定決不推辭！」

「好了，你們的事情結束了，那麼，我們應該解決一下我們的事情了吧！」這時半天沒有出聲的翁大江突然插口道。

我眉頭一揚，「不知翁侯爺想和我解決什麼事情呢？」

「你武功雖然高強，但是卻無故將我的手下廢了，這筆賬我們該怎麼算呢？」他陰陽怪氣地說道。酒樓中的火藥味一下子又濃了起來。

我剛要開口回答，這時黃夢傑連忙出來打圓場，「翁兄，翁兄，都是一場誤會，大家都是朋友，何必傷了和氣，這樣吧，這位兄弟的醫藥費就由在下出了，另外呢，在下再出一筆善後費，反正絕不讓翁兄難做人，你看這樣可好？」

翁大江還有些不依不饒，黃夢傑又在他耳邊低語了幾句，只見他臉色一變，但是臉上還是一副悻悻之色，半天沒有說話。

「翁大江，你到底要怎樣！如果你再不出聲的話，小心我和你翻臉！」一旁的高秋雨有些不耐煩的樣子，厲聲的質問道。

說來也奇怪，這翁大江好像就是十分害怕高秋雨，一見她發火，整個人都矮了三分，連忙說道：「雨妹，妳千萬別生氣，我同意，我同意還不成嗎？」

真是一物降一物，根據我的資料，這翁大江是天京中的一霸，平日裏橫行無忌，連他老子都管不了，沒有想到卻對高秋雨如此害怕，真是可笑！我站在一旁，看到這種情形，不由得想笑出聲來。

「小子，今天的事情看在雨妹的面子上，我也不和你計較，以後咱們走著瞧！」他惡狠狠地扔下兩句場面話，悻悻的轉身下樓，身後跟著一幫人，頭也不回地離開了。

看著翁大江遠去的背影，黃夢傑無奈地笑了一笑，轉身對我說道：「先生莫要放在心上，大江就是這個樣子，都是他老子寵的。你我今日有緣，在下對先生十分欽佩，不如你我在這酒樓上好好的喝上一場，如何？」

我看了看滿臉期盼之色的高秋雨，微微一笑，「既然黃兄有請，在下怎不從命！」

撤去殘席，大家又重新點了酒菜，黃夢傑開口問道：「不知先生尊姓大名？認識了許久，還不知道先生如何稱呼，實在是汗顏！總是先生長先生短的叫，實在是拗口！」

我微微一笑：「在下鄭陽，乃是墨菲帝國宰相鄭羊君的侄子。在下自幼隨先師學藝，剛剛出師，想趁著年輕周遊天下，領略各國的風土人情。」

黃夢傑和高秋雨聞聽先是一驚，要知道，墨菲帝國乃是當前炎黃大陸上最爲強大的國家，就是在飛天皇朝最鼎盛的時期，也無法與之抗衡。鄭羊君乃是墨菲帝國太子的岳父，智謀過人，與當今天下第一高手，墨菲帝國的國師扎合木，並稱墨菲帝國的雙雄。沒有想到我居然是鄭羊君的侄子，這個來頭確實不小。

我看著他們臉上的驚異之色，心中暗暗得意，在這天京裏，沒有墨菲帝國的使節，而且也沒有人知道鄭羊君是否有這麼一個侄子，這可是我和梅惜月商量多時，考慮各個細節才決定下來的。

不過，黃夢傑到底是出身世家，臉上馬上恢復了常態，「沒有想到鄭兄的來頭這麼大，在下對令叔父聞名已久，只可惜路途遙遠，無緣拜會，今日能夠結識鄭兄，真是三生有幸！」他停頓了一下，接著說道：「在下一直以爲自己的武功，在當今年輕一代裏可以算是箇中翹楚，剛才與鄭兄交手，方知道天外有天，自己不過是井底之蛙，實在是太過狂妄了。只是不知鄭兄師從何人？竟然有如此功力，可以與當今天榜中的十大高手相抗衡，想來尊師一定是神仙人物了！」

他話一出口，在一旁一直默不作聲的高秋雨也饒有興趣，十分好奇地看著我。

真是一個狡猾的小狐狸，想套我的底，嘿嘿！可惜你狡猾，我更聰明，早就已經料到了你會這麼問。我一臉崇敬之色，拱手向天，用一種近乎於狂熱的崇拜語氣說道：

「黃兄說的不錯，先師乃是神仙中人。在下五歲得遇先師青睞，攜在下前往他修真的雲霧山洞玄府。十六年來，先師苦心教導，可惜在下愚魯，僅得先師衣缽的十之二三，想起來慚愧之至。先師久不入紅塵，名字早已經忘卻，只知道他道號叫做無名，但是江湖中，都稱他為洞玄真人，不知道黃兄有沒有聽說過？」

看著黃夢傑一臉的迷茫之色，我心中暗笑：小子，你去查吧，查到老你也找不到這個洞玄真人到底是誰。雲霧山乃是洪荒禁區，到處都是兇猛的野獸和毒物，還有幾近絕種的上古猛獸，方圓千里沒有人煙，嘿嘿，這下把你給唬住了吧！

黃夢傑和高秋雨對視半晌，沒有說話，半天才開口道：「咳，咳，原來鄭兄是洞玄真人的弟子，怪不得有如此身手。不過剛才聽鄭兄口稱先師，莫非……」

我臉色一變，馬上換上一副悲痛的表情，用沉重的語氣說道：「雲霧山中有一座玄天大陣，裏面困著一頭有數百年道行的上古凶獸。三個月前，天雷將玄天大陣的一個陣腳擊垮，導致大陣威力降低，那頭兇獸蠢蠢欲動，想要衝出來為禍人間，那兇獸一旦出來，天下蒼生將難逃厄運。先師抱著捨生取義的想法，在玄天大陣中與那凶獸大戰了十天十夜，當真是風雲變色，地動山搖，終於將那兇獸殺死。但是經此一戰，先師也是油盡燈枯，兩個月前，終於飛升，只留下了我這一個不成器的弟子。飛升前，先師將他從那兇獸身上取來的內丹讓我服下，並用一生的功力將我奇經八脈打通，想來先師對我真是恩重如山，讓我百世難以報答呀！」說到這裏，我努力擠出了兩滴眼淚。

「鄭大哥，你不要傷心，真人捨生取義，雖然已經不能再雲遊天下，但是卻永遠活在我們的心中。你年紀輕輕，已經有如此造詣，真人一定十分欣慰，他一定是希望你能繼承他的理想，爲蒼生造福。而且真人也一定不希望你這樣難過的！」聽了我這個故事，黃夢傑和高秋雨都是一臉黯然之色，看到我悲痛的樣子，高秋雨也流下了眼淚，在一旁安慰我。

「是呀！鄭兄，真人得道飛升，乃是天下武人畢生的願望，也是一件好事呀，你不必如此的難過。唉，都是在下不好，竟然觸動了鄭兄的傷心事，該死！該死！」黃夢傑也是一臉的神傷，在一旁不停地責怪自己。

看來這兩個人都是忠厚之人，我突然在心中產生了一種罪惡感，欺騙如此善良的人，我是不是真的十分可惡呢？我低頭沉思了一會兒，抬起頭，一掃臉上的悲痛：「黃兄，高姑娘，謝謝你們，在下只是一時的感懷，沒有事的！」

我停了一會兒，對黃夢傑說道：「黃兄，剛才我和你交手，感到黃兄的內力不凡，天下間沒有任何一門心法能夠與你的相提並論，雖然黃兄的修爲還不深，但是假以時日，必能擠身天榜前十位，名震江湖。不知黃兄師從何人呢？」

黃夢傑聞聽一笑，「鄭兄，莫要笑話在下了。不過，你說的和我師傅說的一樣，他說這門武功乃是本門絕學，名爲清虛心經。這心法共分五層，一般門人光是修習前三層心法，就耗去了大半生，後兩層心法都是掌門人才能修習，而且非常難以修煉。傳說只有我們的師門創始祖師才練至第五層，歷代的掌門人也只有寥寥數人練至第四層。而且二十年前，上一代掌門人外出雲遊，突然失蹤，以至後面的兩層心法無人知曉。我師傅他們這些年來，一直在尋找掌門人的蹤跡，聽說已經有了一些消息。如果能夠找到掌門人，將後面兩層心法補齊，一定可以使我們再上一層樓的。不過，我師傅沒有告訴我們到底屬於何門何派，只說等找到掌門人以後才能告訴我。至於我師傅，就是我們府中的天一真人，鄭兄可能不認識。」

我聽了以後暗暗點頭，心想：這天一真人應該就是從亢龍山來的師門故人，也許我應該和他們聯繫一下，如果可能，我就又添了一個爭霸江湖的得力助臂。目前單靠青衣樓，還遠遠無法在江湖立足，因爲他們畢竟目前無法露面，而且青衣樓所精通的大都是暗殺之術，從事的都是一些無法見光的事情。真正能拿出檯面的，也只有青衣樓供奉堂的那幾個老傢伙，但是他們畢竟已經老了。而這亢龍山想來不簡單，至少他們可以光明正大的和我一起去爭霸天下，從另一個角度而言，蛇魔道人乃是我的師傅，我更應該振興師門，讓那些所謂的名門正派在我腳下顫抖。

一時間，我陷入了沉思，思考著如何與他們聯繫，至於黃夢傑後來再說的話，我沒有聽見，只是呆呆地坐著。

「鄭大哥，鄭大哥！」我感到有人在叫我，然後有人不停地推我，我一下子從沉思中醒來，看見黃夢傑和高秋雨都是一臉的詫異，高秋雨有些不安地問我，「鄭大哥，你怎麼了，是不是不舒服呀？」

「沒有呀。」我十分奇怪她為什麼這麼問。

高秋雨的臉上流露出沒有絲毫掩飾的關懷神色，「鄭大哥，剛才我表哥和你說話，說著說著，就看見你眼睛發直，問你話也不理我，叫你也不答應，到底是怎麼了？是不是還在為真人的事傷心呀！鄭大哥，你真是一個好人，很多人在離開師門以後，就再也不理會師傅了，而你卻對真人念念不忘，看來你真的是對真人有很深的感情呀！」

這哪裡跟哪裡呀，不過，我對這個高秋雨又增添了幾分好感，真是一個好姑娘！我心中暗嘆。於是我微微一笑，「高姑娘，謝謝妳的關心，先師對我猶如父母，這一輩子我都不會將他忘記的。不過，剛才我不是因為先師的事情，而是突然想到了一些別的問題，所以一時失神，見諒！見諒！」我一邊賠禮，一邊接著說道：「不知道高姑娘剛才問我什麼呀？」

高秋雨突然臉上劃過一抹微紅，「鄭大哥，我剛才是問你，你看我的武功如何呀？」

我聽了又是一笑，「高姑娘，妳的武功非常好，招式十分精妙。但妳似乎並未學完這套武功，而且教妳的這個人似乎對於招式過於拘泥，要知道，創下這套招式的人，是為他自己的情況所量身創造的，並不一定適合每一個人。武功貴在創新，一樣的功夫，十個人學會有十種不同的效果，關鍵在於找到屬於自己的，所以並不一定要拘泥於前人的套路。要發展、探索，只有這樣才能有進步。妳要記住，招式是死的，人卻是活的，是人用招式，而不是招式用人，細細體會這句話，也許妳就會有新的發現。另外，妳的這套武功並不是單純的招數，更是一種奇妙的內功心法，妳雖然已經練熟了招式，但是並沒有體會到這裏面真正的精髓。我發現這套武功，必須是招隨氣走，而妳只得其形，而未得其神。好好想想我的話，嗯，明天妳來找我，我會教妳一套心法，也許會有用處的。」

我歇了一口氣，看著兩人都已經陷入了沉思，我知道我的話已經啓發他們進入了一個嶄新的武學境界。也許他們會成爲一代宗師，會成爲我今後的對手，但是我不後悔，因爲只有同級別的對手相衡，才能讓我感到有快感，不然這爭霸之路太過簡單，會失去了那中間的樂趣。

我沒有打攪他們，我知道，這個時候讓他們多思考一分鐘，會頂上將來他們一個月或者一年的探索，我靜靜的喝著那醇美的高山浮雲，一時間，靜悄悄的沒有一點聲音。

好半晌，他們兩人從神遊中回神過來，臉上精神奕奕，眼中的精光似乎明亮了許多。我知道他們在這片刻的思考中，已經又有了很大的突破。黃夢傑更是站起來向我深深一禮，「鄭兄，今日鄭兄的教誨，黃夢傑感激萬分，他日有所建樹，鄭兄當記首功！」

高秋雨也是一臉的激動，她忘情的拉住我的手，「鄭大哥，謝謝你！」

我笑著說道，「黃兄，高姑娘，你們客氣了，這是你們的悟性好，如果你們沒有這個悟性，那我說再多也沒有用處呀！」

沒有想到高秋雨的臉色突然一變，「鄭大哥，你是不是看不起我？」語氣十分委屈。

我有些莫名其妙，「高姑娘此話怎講呀？我又有哪裡看不起妳了？」

「那為什麼你和我表哥稱兄道弟，而對我這麼客氣，叫我高姑娘，不是看不起我還是什麼？」說著她的眼圈一紅，眼淚就要往下掉。

我最害怕女人哭，而且是這麼一個我心存好感的女人，連忙說道：「不是，不是，只是在下覺得不知如何稱呼姑娘好，如果太過冒昧，害怕唐突姑娘，讓姑娘生氣！」

「你還稱呼我姑娘！而且還一口一個姑娘！」

這下子，我真的有些不知道該如何是好了，我抬眼向黃夢傑看去，卻發現他東張西望，故意躲閃著我，一時間我手足無措，結結巴巴的問道：「那，那，高姑，不是！高，那妳讓我如何稱呼妳呢？」

看著我結結巴巴的樣子，高秋雨「噗哧」的笑了出來，然後滿臉通紅，用低若蚊蠅的聲音吶吶的說：「你可以叫我小雨嘛！」

「小雨！」我如釋重負地叫了一聲。

高秋雨的臉上露出了燦爛的笑容。看著她的笑容，我心裏也不由得高興了起來。

這時，侍從把酒菜端上來，我倒上了一杯酒，舉起酒杯，「黃兄，高，不！小雨，爲我們今日有緣結識，乾！」

「乾！」三個酒杯碰在一起，在酒杯相碰發出清脆聲音的同時，我腦中突然有了計劃。我想我已經知道，該如何來阻止黃夢傑出任開元城守！

一頓酒喝完，天色已經暗了下來。黃夢傑已經醉得人事不醒，高秋雨雖然沒有喝醉，但是也有些昏昏沉沉，我讓侍從將他們送回黃府，然後就回到房中，要了一壺涼茶，仰躺在床上思索問題。

我雖然沒有喝多，但是卻著實有些頭暈，而且心中隱隱覺得，有些什麼事情剛才好像忘記問了。站起來走到桌前，給自己倒了一杯涼茶。已經是冬天了，天氣早已經變冷，茶水冰涼，喝下去激靈打了一個冷戰，昏沉的頭腦有些清醒。

突然間我想了起來，高秋雨向我攻擊時，用的是修羅斬的招數，她怎麼會用修羅斬？我心中泛起了疑問，這修羅斬乃是我許家的絕學，當今世上，除了我和梁興以外，就只有向家父子會。梅惜月雖然知道修羅斬，但是卻不會使用，其他就再也沒有人知道了。難道高秋雨是梅惜月的人？

不會的！我馬上又否決了這個答案，如果她是青衣樓的弟子，不會不知道我的身分，而且梅惜月也一定會告訴我。另外，梅惜月雖然不會武功，對於修羅斬卻相當瞭解，她非常清楚這修羅斬的奧妙，可是高秋雨卻連修羅斬中的內功心法也不瞭解。這說明傳給她的人，本身對修羅斬並不是太熟悉。那麼是誰傳給她的呢？

我心中的疑問越來越重，不過，既然那人會修羅斬，而且還傳給了高秋雨，想來應該是和我許家關係十分密切的人。難道我們家族還有人活著？也不可能呀！

我躺在床上，翻來覆去無法入睡，這個問題我始終想不到一個合理的答案。我一把拉起床上的被子將頭蒙住，算了，既然想不通，就不要想了，以後我有的是時間去問她，想來她一定還會再來找我，睡覺！

睡得正香甜，迷迷糊糊中，我聽見門外一片嘈雜之聲，我睜開眼睛，天已經大亮了。我掀開被子，從床上下來，腦子裏還是一片混沌。

就在這時，房門輕響，有人在外面敲門，我迷迷糊糊的走過去，將門打開，就聽一聲少女的尖叫聲傳來，「鄭大哥，你，你怎麼不穿衣服！」

我被那尖叫聲嚇得一個激靈，混沌的大腦一下清醒了很多。只見門外站著一個少女，正是高秋雨。我低頭一看，哪有沒穿衣服，只不過是穿著內衣而已，用的著這麼大驚小怪？不過，我還是連忙道歉：「對不起，我剛起來，還沒有換衣服，妳稍等一下！」說完我連忙將門關住，用最快的速度將衣服穿好，用屋裏冷水洗漱完畢。媽的，我這一輩子還沒有在女人面前如此丟臉過，真是……

打開門，高秋雨站在外面，臉上的紅暈還沒有褪去，我也有些不好意思，連忙將她請進屋裏，吩咐侍從上一壺新茶。我為她倒了一杯茶水，然後問道：

「高，不對，小雨，這麼早來找我，有什麼事嗎？」

她低著頭，有些扭捏地說道：「鄭大哥，不是你昨天讓我來找你，說要教我什麼心法嗎？」

我有說過這話嗎？我不記得了，有些尷尬地笑了兩聲，「小雨，實在不好意思，昨天我喝的有些多了，回到房裏就睡著了，剛睡醒妳就來了，所以我還沒有來得及寫。這樣吧，明天，明天我一定將心法寫好，然後教給妳，說話算數，我不會忘記的！」

高秋雨聞聽，臉上露出笑容，「大哥，你知道嗎？表哥跟隨他們府裏的天一真人學藝，本來我也想拜他為師，可是他卻說什麼，他們門派傳男不傳女，不收我為徒。昨天我們回去以後，表哥在真人面前大大將你誇獎了一番，現在你是我們府裏的名人，連舅舅都想見一下你這個奇人。嘿嘿，鄭大哥，你要好好的教我，等我學成之後，好好在表哥面前顯示一下！」

我笑了，真是一個小女孩，一個沒有長大的小女孩，「好，小雨，只要妳用心學，我相信妳一定會比妳表哥強的！哦，對了，妳昨天用的招式是誰教給妳的呀，很精妙呀！」我裝做若無其事的樣子，順口問道。

「那是我家傳的招式，我爸爸教給我的，他說這套招式不完整，可惜了。本來我爸爸是不想教我的，他說女孩子耍刀弄槍的有失體統，後來經不住我天天纏他，就把這套武功教給了我。他說，這本來不是我們家傳的武功，只是從他一個朋友那裏學來的，所以教給我也不算是違背家訓！」

原來是這樣子呀，我明白了。我想了一下，剛想問她的父親是誰，她好像突然想起了什麼，一把拉住我，拔腳就往外走，一邊走一邊說道：「對了，我都忘記了，其實今天我來不是這件事，快點！大哥，我們快點走！」

我被她這一驚一乍的搞得有點頭暈，踉蹌著來到了門口。看著她冒失的模樣，我連忙使了一個千斤墜，穩住身形，苦笑著說道：

「小雨，妳這匆匆忙忙的幹什麼呀，我們去哪裡？妳總要給我說個明白吧！」

「對不起，鄭大哥，其實是這樣的，昨天我們回去，對舅舅他們一說起你，他們都十分想見你一下，連從來對什麼事情都沒有興趣的真人也有了精神，他們都在府中等著你，叫我來請你過府一敘！」高秋雨有點不好意思。

真是被妳打敗了，那邊有人等著，這裏還和我天南地北說了半天。不過，我也很想見識一下當年和我曾祖父齊名的黃氏家族到底是什麼樣子，而且，還有那個天一真人，也許就是我的同門，我也很想去見一下。

我拉住高秋雨的手，「小雨，別那麼急，既然是長者召見，我當然不會推辭，但是，妳總要讓我換件衣服，準備一下吧，不然，那是對長者的不敬！」

說完，我又將她拉了回來，讓她坐下，在行囊中挑選了一身白色的衣裳，在裡間換上，又拿了幾件小東西用來當作禮品，都是我來之前，讓梅惜月爲我準備的墨菲帝國的特產。

準備停當，我又叫來侍從吩咐了兩句，然後和高秋雨起身離開酒店，向黃府走去。

第九章　天一真人

沒有想到，權傾朝野，世代三公的黃府竟然是這個樣子。沒有高大的圍牆，沒有氣派的門樓，也沒有站在外面耀武揚威的家奴，只是一個非常平常的宅院，甚至還沒有天京普通的富商家醒目。如果不是門樓上那塊高高掛起的的牌匾上「護國公府」那四個金燦燦的大字，我真不敢相信這裏就是黃府。

在黃府的正廳裏，正牆上掛著一塊匾額，上書「榮辱不驚，卑賤不屈」，落款人是黃智，字體蒼勁有力，豪氣逼人，顯示出書寫者那廣闊的胸懷和淡泊的心境。匾下坐著一個人，年齡在七十左右，一臉的正氣，消瘦的面龐，依稀可以看出，此人年輕時一定是風流倜儻的絕世美男子，一身儒裳，更將他的書卷氣襯托得淋漓盡致。

高秋雨一見此人，立刻撲上去，小鳥依人般的摟住老人，「姥爺！」她叫道。

「姥爺？」那這人應該就是當年與我師傅邵康節並稱「飛天一曲」的黃風揚，此人雖然手無縛雞之力，卻是飛天皇朝黑龍軍團的上任軍團長。

據說他智謀過人，用兵詭異，在十年軍旅生涯中，未嘗敗績，目前在飛天軍中，他的聲望無人可以匹敵。十年前，由於身體不好，他從黑龍軍團下來，姬昀親封他爲逍遙王，雖然不在軍中，卻可以節制各個軍團，對於軍中的軍團長有監察之責，而且可以先斬後奏。從看見他第一眼，我就知道此人絕對不是一個易與之人，我心中暗暗警惕。

「姥爺，他就是我們昨天說的鄭大哥，他的武功好厲害呀！」高秋雨對老人介紹著，然後扭頭對我說道：「鄭大哥，這是我姥爺！」

我連忙上前躬身施禮，「晚輩拜見先生！」一般這些文人都喜歡別人稱他們爲先生，而且像黃風揚這樣從軍旅中出來的人，一定是不會服老的，所以，我的稱呼一定要十分得體。這先生的稱呼中，本來就有老師的意思，想來他不會見怪的。

他抬頭看見我的樣子，神情突然一愣，然後緩緩說道：「老夫黃風揚！」雖然語速緩慢，一股逼人的氣勢卻撲面而來，令我暗暗心驚。

「晚輩鄭陽，久聞先生大名，今日一見，實在是三生有幸！」

「你就是夢傑所說的那個武功高強的鄭羊君之侄？」

「晚輩正是！」我恭敬地回答道，我知道，一輪測試馬上就要開始了。

「二十年前，老夫曾經參加八國在五原樓的會盟，那次我曾經見過一次鄭羊君，那時他還年輕，但是卻是神采飛揚，我就知道此人絕非池中之物。果然這許多年後，他已經是一國的宰相，這些年他一向可好？」

我就知道，這個老頭絕對聰明。幸好我有萬全之策，來之前已經將那鄭羊君的底細打聽的清清楚楚，我恭聲回答：「先生恐怕記錯了，那時家叔還在遊學安南，您說的應該是家父鄭西元吧！」

「是嗎？那老夫當真是老了，記性不好了！」黃風揚一副沮喪的樣子，「令尊可好？」

你老了？你要是記性不好，恐怕沒有人記性好了！我心中暗想，但是表面上，還是一副畢恭畢敬的模樣，「家父在十年前已經病故了！」

「哦！真是天妒英才呀！對了，爲何沒有聽過賢侄的事呀？」

「晚輩五歲就被先師帶到了雲霧山學藝，一直沒有回過家，所以外面很多人都不知道晚輩！」

「那三年前我送給你叔父的禮物，令叔是否喜歡？」

禮物，誰知道你送的什麼禮物？這一下，我的後背有些發涼，腦子急速地轉著。傳聞說鄭羊君爲人清廉，從來不收受禮物，既然他收下了，那必然是黃風揚投其所好，一定是他十分喜愛的東西。聽說鄭羊君十分喜愛書法，酷愛臨摹姬遠的字體，莫非……但是我如果說錯了，就暴露了我這個冒牌貨，怎麼辦？

但是情況不允許我長時間思考，我一咬牙，「晚輩出門的時候，家叔曾經吩咐，如果能夠見到先生，讓我當面感謝您送的瘦金帖，他說他十分喜歡！」說完，我體內調動真氣，準備隨時出手。

「哦，喜歡就好，回頭見到令叔，代我問好呀！」

我長出了一口氣，沒有想到矇對了，這運氣真的不是一般的好呀，我只感覺到渾身冷颼颼的，剛才出了一身冷汗。

就在這時，就聽廳外有人叫道：「鄭兄，是鄭兄來了嗎？」

只見從廳外走進兩人，當頭一人正是黃夢傑。我激動得幾乎要哭了出來，老兄，你怎麼不早點來呀？

黃夢傑興沖沖地跑進大廳，我連忙迎上去，一把將他抱住，「黃兄，你好呀！」黃夢傑沒有想到我會如此激動，有些臉紅的掙出我的懷抱，「鄭兄……」他沒有說下去。

我也感到了有些失態，連忙解釋道：「這是我們墨非的禮節，好朋友見面，一定要擁抱顯示雙方的友情。」從昨天我碰見他到現在，真是謊話不斷，說的我都有些不知道自己說的是謊話了。

「鄭兄！」他臉上呈現出一副恍然大悟的表情，先向黃風揚請了安，然後激動地說道，「昨天你說的人是活的、招式是死的那番道理，我今天仔細想了許久。剛才在練習的時候發現，以前許多無法完成的招式，今天都水到渠成，我師傅十分驚奇。我將昨天你說的話重複了一遍，師尊對你產生了極大的興趣，剛才聽說你來，就和我一起來了。來，我給你介紹，這位是我師傅，天一真人！」

我這時才注意到他身後的那人。只見這人一身道裝，面色紅潤，看外表像四五十的模樣，不過我估計，他的年齡應該和黃風揚差不多，說不定比黃風揚還要年長。

就聽黃夢傑又對那道人說道：「師傅，這位就是我給你提起的鄭陽！」

天一原來微閉著的眼睛突然睜開，眼中精光暴射，宛如有形，我心頭就好像有一把大錘敲了一下。好功力！我也不甘示弱，真氣流轉，眼中精芒隱現，直直的與他對視。

「貧道起手了！」他抬手行禮。

「晚輩還禮了！」我也躬身一揖。

霎時間，大廳中暗流湧動，勁氣激蕩。

天一的真氣十分雄渾，畢竟以他的年齡歷練，幾十年苦修的內家真氣絕對非同小可。或許他無法勝過摩天，但是卻和那鍾離宏不相上下，如果不是我兩次因禍得福擴展經脈，突破了清虛心經的第五層心法，那麼我絕不是天一的對手。但是，現在我可以說是亢龍山一脈創建以來，第二個將清虛心經練至第五層的人，一身內力已經超過了當年蛇魔道人的水準，天一自然已經不是我的對手了。

兩股詭異，但是又十分強橫的真氣在空中相碰，整個大廳中的人立刻感到勁風撲面，難以呼吸。離我們最近的黃夢傑臉色蒼白，湧動的暗勁讓他有一種幾乎窒息的感覺，他連忙向後退去。

我和天一的身體都是微微一晃，我的臉色一變，沒有想到天一竟有如此修爲，僅憑著清虛心經前三層的心法，居然硬抗我七成功力，而且還未落下風！而天一的臉色變幻得更厲害，臉上的紅光淡了許多，但是卻有幾分喜色。

我們相互對視，大廳中靜悄悄的，連黃風揚都沒有想到我居然和天一戰成平手，高秋雨的神情更是緊張。

「施主好功力！」天一突然開口說道，單掌直立，擺在胸前，看似是起手行禮。但我知道這是亢龍山不傳之密——七旋斬的第一式，掌式隱隱已經將我籠罩。這是七旋斬的起手式，也是威力最弱的一式，多是在兩人相互切磋時，向對手表示敬意，他這是在向我試探，「不知剛才施主用了幾成功力？」

我左手放在胸前，右手擺了一個相同的手勢。別人看不出來，只有亢龍山的親傳弟子才會明白我的意思。我的左手護住胸前大穴，破去他的招式，而右手則一樣是七旋斬的起手式，這是亢龍山修習七旋斬的弟子才會明白的禮節。

我緩緩說道：「在下昨夜沒有休息好，在客棧裏喝多了酒，口乾舌燥，直到三更才睡，所以只能用七成的功力！」我話中有話，其實是在告訴他，我現在說話不方便，最好能夠在今晚三更到客棧來找我，如果他是一個明白人，應該可以清楚我的意思。

果然，天一的臉上流露出一絲激動，但是那激動的神色轉眼即逝，馬上又恢復平靜，「施主年紀小小，居然有如此功力，明明以七成功力硬抗貧道九成的真氣，貧道真是白活了這許多年！」他在回答時，將「明」字和「白」字的語氣加重，我知道他已經瞭解了我的意思。

我剛想開口說話，就聽天一搶先說道：「貧道明知道不敵施主，但是遇高手而不切磋，實在是心癢，所以貧道見才心喜，想再領教施主的高招，你我點到爲止，不知施主意下如何？」

我知道他是不相信我剛才只用了七成的功力，所以想再試探一下，當下我微微一笑，「既然真人相邀，晚輩怎敢不從？」我向後退了兩步，全神準備。

毫無聲息，天一的身形飄然旋開，雙掌分開，兩股無形罡氣分叉而出，卻在刹那間匯合一起，隔成一道浩蕩無比的勁力，狂飆般捲向我。我大喝一聲，身形暴彈而起。左十掌，右十掌，成圓弧拋擲反擊，那飛掠的弧線尚未消失，我整個人橫空急翻，這是七旋斬中的破浪斬。

道號高宣，天一面色凝重，形態肅穆，在我施展的弧影星芒中挺立如山。他的兩掌帶起渾厚沉猛的至剛力道，看似緩慢，實則其快無比地走著，太極圖形在全身四周迴繞。只見空氣排湧激盪，呼嘯撞擊，萬鈞力道旋轉交織，那種宛如成了實質的勁氣就布成了一面密密的網、一道堅固的牆，雄渾極了，也奇妙極了！

瞬息間，飛舞的弧手掌刃流曳掠射，彈閃翻騰，與浩大的勁力相互碰撞纏絞，就似是萬千星團，繞著一座熊熊燃燒的火山，穿織的月星要透射進去，燃燒的火山卻以它的熱焰舌力加以拒抗，風聲尖銳，力量澎湃激揚。這時，場外的眾人除了掌影腿勢所帶起的幻象外，根本就看不見那拚鬥中的兩人。

我十分奇怪，天一使用的根本不是七旋斬中的招式，而是一種我從沒有見過的招式，難道失去蛇魔道人的這些年裏，天一自己創出了另一套武功？看威力，這套招式絲毫不弱於七旋斬。而天一的神情更是激動，好像是多年沒有碰到對手的人，猛然有一個和自己旗鼓相當的對手出現，那種興奮難以言表。

鬥場上的兩人打得難解難分，鬼哭神號，一旁觀戰的人也看得膽戰心驚，由於大廳中的打鬥，驚動了黃府上上下下所有的人前來觀戰，此時已經將廳門堵得嚴嚴實實。看到有人和他們心目中的老神仙鬥的不相上下，不由得吃了一驚，還有人不停地打聽和天一真人拼鬥的是什麼人。

高秋雨的一雙俏眼雖然不停地左右上下轉動，卻仍追不上雙方的身法招式，她直看得眼花撩亂，頭昏腦脹，逐漸連雙方的移動也看不清了。只見一陣風撲著一陣風，一股力迫著一股力，彷彿兩個帶著氣流的精靈在追逐奔跑，根本就分不出這是怎麼回事了。她急促地喘息著，感到似乎連天與地也在轉動了，腦子裏嗡嗡作響，又脹又悶，雙眼看出去全是模糊的一片，頓時，她整個人也搖搖晃晃起來！

站在一旁的黃夢傑連忙將她扶住，關切地問道：「表妹，怎麼了？」

「我頭暈，表哥！他們的動作太快了，我根本看不清，頭好暈！」高秋雨閉上眼睛，喘息了一會回答道。

黃夢傑一聽，啞然失笑，「表妹，這是一種超凡脫俗的挪移法，不要說妳，就是我也看不清楚。這鄭兄和師傅，都是可以代表當今武林中最厲害的人物，他們這一戰，恐怕沒有多少人能夠和他們媲美，我想已經可以和千年前文聖梁秋與少牟正的那場絕世之戰相比擬。今天妳我都有眼福，能目睹當今武林中的翹楚之戰，實在是難得！」

高秋雨聽了不禁點頭。

這時，黃風揚開口道：「你們兩個不要說了，看樣子，他們已經鬥起了興頭，恐怕難以控制了。我們現在離他們太近，很容易殃及池魚的，還是出去，離他們遠一點，我這條老命還想再活幾年呢！」

高秋雨和黃夢傑看看在場中拼鬥的兩人，都不由得打了一個冷戰，連忙點頭，三個人踱到大廳的牆邊，慢慢向廳外走去。

我根本沒有注意到其他。天一的功力的確不凡，我這時感覺到，他比那鍾離宏還要高上一籌，僅比摩天略低半分。從和摩天一戰之後，已經有半年多沒有這麼痛快的一戰了。勁氣呼呼轟鳴，掌影繽紛飛旋，就在這一剎那，我身體突然騰空，七旋斬七式同出，一排排；一溜溜、一行行、一片片、一圈圈的如刃掌影驟然從四面八方，各個不同的角度傾瀉向敵人。瞬息間飛砂走石、尖嘯如片，彷彿宇宙中的力道完全在這個時候湧向了天一。

天一再也無法保持平靜，臉色蒼白，他大喝一聲，飛身躍起，身體在空中暴旋，掌式如閃電流星，將他的身體幻成一道旋風。那旋風粗有丈餘，將那如刃掌影吞噬的同時，他本人宛若一個九天魔神，彷彿有三頭六臂，剎時舞出漫天掌影，天崩地裂，天地在這一刻彷彿要塌陷，在強橫勁氣的侵蝕下，連大廳都在顫抖！

我單足旋地，猝然連串地狂轉急回，在這閃電似的轉回式中，長臂暴起，劃過一弧大圓，由左右斜圈驀翻。於是，一陣無形無影的罡烈力道，突然在空氣中沸騰起來，宛如天神的巨掌在猛揮，六個巨杵在並搗，帶著無可比擬的雷霆之勢翻湧排擠，天與地間充滿了尖銳的呼號。四周空隙展現出一片滾動的迷濛。

像是來自九霄的咆哮震撼著這裏，來自大漠的狂飆席捲著這裏，這股匪夷所思的力量甫始產生，我的雙掌已催動著這股奇異力量擴展，變幻著鬼魅似的方向，飛閃如刃般片片飄然而至！

修羅三絕式之一，天地同悲！觀戰的眾人刹時被這片突起的罡氣吹逼得東倒西歪，紛紛踉蹌退後。不知何時，天地間瀰漫著塵土，不知道是從那裏跑來如此之多的灰塵，將黃府前院籠罩著。

天一此時面色煞白，早先那種仙風道骨的神仙氣跑到了九霄雲外，他嘶聲大喊道：「八法歸一！」但見雲滾風號，萬象混濛，掌腿齊飛，厲嘯似哭，就在這種令人心驚膽裂的聲勢中，「嗤」的一聲，裂帛之響傳揚，兩條人影向兩邊飛去，整個黃府歸於沉寂！

煙霧瀰漫，灰塵蕩漾，大廳終於無法再忍受我們的肆虐，轟然倒塌了，沒有任何的聲響，整個大廳早已經被我們的勁氣侵蝕，被暗勁靡成粉末狀隨風飄揚。地上是一層厚厚的粉灰，大廳裏的傢具已經消失不見，唯一完整的，就是躺在厚厚的粉灰中的那塊由黃智題寫的匾。

沒有一個人說話。煙塵散去，我白色的儒裳已經成了條狀，頭髮蓬亂，呼吸急促，我想，此時我的臉色一定是鐵青。再看天一，他的臉色更差，道裝自雙肩撕裂，直達袖口，露出內襯的灰白色中衣來，而他的面容也是灰中帶白。他全身汗透，甚至濕淋淋地往地下流淌，好似才自水中撈起。

但是令黃府中人更加驚異的是，在他的背後，有六個掌印，掌印所在，衣料已經不見，可以直看到他裏面的膚色。

「我敗了！」好半天，天一生澀地說道。一陣陣驚呼傳來，黃府中人無法接受這個現實。「施主在我背後的六掌先行印上，掌力含而未發，我雖然也擊到了施主，但是卻無法完全收回掌力，所以，論招式，論內力，貧道敗的心服口服！」

「仙長胸襟廣闊，功力絕世，修爲無雙，而且參透名利，更讓晚輩佩服！」我緩了半天，才喘過氣來，雙手合十，深深一躬。

「好了，好了，你們是痛快了，可是我這黃府大廳算是完了！」在一旁的黃風揚突然發話，這時，我們才注意到此時我們頭頂天，腳踩地，站立於一片廢墟當中，四周圍觀的人都是一臉震驚。

雖然黃風揚一副無所謂的樣子，我卻不禁覺得有些羞愧，第一次來人家家裏，就順手拆了人家大廳，這實在是有些說不過去。看著慢慢走過來的黃風揚，我訥訥的有些無法啓齒。

看出我的尷尬，黃風揚哈哈一笑，他走到我的身邊，拍了拍我的肩膀，「小夥子，不必感到不好意思，老夫雖然不懂得武功，但是統領數十萬大軍多年，麾下猛將如雲，也見過無數的高手，但是今日你們這一戰，卻當真是讓我大開眼界！雖然賠進去了一座大廳，但是值得，真是值得！而且天一這老雜毛，我認識他已經有二十多年了，論武我當然贏不了他，可是論文，我也未占上風。多少年了，我一直希望能見到這老雜毛能有一敗，也讓我看看他失敗時的落魄樣子，今天我終於看到了，真是痛快，痛快！哈哈哈，小夥子，老夫好多年沒有像今天這樣痛快了。說實在的，雖然你拆了我的大廳，但是老夫還要感謝你，能讓老夫如此開懷一笑，哈哈哈……」

在一旁的天一聽了，氣得頷下的鬍鬚亂抖，但他現在實在沒有力氣再說什麼話了，剛才他消耗的真氣實在是太過巨大。

「就是，就是，鄭兄，不必爲這大廳抱歉。大廳沒了可以重新建造，但是像今日你與師傅這一戰，不是誰都能目睹的，說句實在話，我也受益頗多。而且這大廳已經是實在太陳舊，我早就看不順眼了，今日鄭兄將它拆去，還讓我們省去了不少錢，我還要感謝鄭兄呢！」一旁的黃夢傑也連聲說道。

看著他神采飛揚的神情，我知道他說的是真心話，而且從剛才我和天一的這一戰，他也領悟頗多，我心中的慚愧也消失了不少。

「你們別站在這裏呀，鄭大哥和真人都已經十分累了，還是趕快找地方讓他們調息，恢復一下吧！」這時，高秋雨對眾人嗔怪道。

眾人這才從震驚中清醒過來，黃風揚讓人將我安排到偏房休息，而天一也回到了他的房間。

剛才這一戰，我幾乎用盡了全力，而且最後天一打在我身上的那兩掌，雖然已經收回了大部分的內力，卻依然對我的內腑造成了一些不大不小的傷害，經脈也受到了一些損傷，確實需要好好地調養一番。我盤坐在榻上，五心朝天，運轉清虛心經，噬天真氣在體內緩慢的運行。這天一確實了得，雖然沒有排名在天榜十大高手之列，但卻絲毫不遜於那摩天；而且他年齡比那摩天要年輕許多，如果再讓他修煉二十年，或者讓他知道後兩層的心法，那我倆的勝負還很難說！看來天下還有許多奇人異士，萬不可小看了世間英雄。

漸漸的，我的靈台進入空靈，天地間彷彿又回歸到了一片渾沌，只有隱含陰陽二氣的真氣在緩緩地流轉，萬籟俱寂。無人、無我、無生、無滅，空靈死寂，身外物在感覺中消失了。

一場大戰之後，我進入了一種難以形容的玄妙境界。體內的陰陽二氣雖然已經融爲一體，但是原先我還可以感覺陰陽的分別，可是現在，只有一團混沌，在這混沌當中，充滿了勃勃的生機。而那混沌之氣此刻充斥著我的身體，不斷地改造著我的身體，強化我的經脈，至此，我的清虛心經才算是真正的大成。天下間，除了那神兵利器，尋常的刀劍再難傷我半分，而且就算我不運功，清虛心經也會自動運行。

那混沌之氣以一種難以察覺的速度在我體內滋生，不知過了多久，眼前似見一片光明，四肢百骸，處處是氣，口中不自禁發出一片呼聲。這聲音猶如龍吟大澤，虎嘯深谷，遠遠傳送出去，瞬間，那嘯聲傳遍整個黃府，籠罩了天京。方圓百里內，霎時間迴蕩著我悠長的嘯聲，天京城內的百姓甚至疑是天神動怒，九天龍吟，紛紛停下手中的事情，朝天膜拜。

嘯聲傳到了正在調息的天一耳中，他只覺得那嘯聲中隱隱有一種勃勃的生機，體內真氣隨著嘯聲加速運轉，幾近耗空的真氣眨眼間恢復了一半。他神情激動，喃喃自語：

「這，這莫非就是師門傳說的清虛心經第六層，一元復始之境？自亢龍山創建以來，無人能練到此中境界，那首『一元復始，萬象更新』的偈語莫非應驗到他的身上？莫非我亢龍山隱世數百年，將要再歷紅塵？」他神色激動，久久無法平息。

可惜此刻我沉浸在那玄妙絕倫的神遊當中，根本無法瞭解到外面的動靜，那嘯聲持續了有近半個時辰，方才平息。

我心中不禁十分暢快，當我睜開眼睛，看到的是一張幾近癡呆的俏臉，是高秋雨。我輕輕拍打了一下她那有些麻木的臉龐，「小雨，妳怎麼了？張著嘴巴，傻呆呆的發什麼楞呀？」

好半晌，她恢復了她的神智，有些結巴，但是十分激動地問道：「鄭，鄭大哥，剛，剛，剛才是，是，是在長，長，長嘯嗎？」

我微笑著點了點頭，「是呀，小雨，有什麼不對嗎？」

「鄭，鄭大哥，你，你，你還是人嗎？」她的臉色有些狂亂。

我更加奇怪，笑著說道：「怎麼這樣問？我當然是人了，妳怎麼了小雨？發生了什麼事情？」

她沒有說話，一把將我從榻上拉起，飛奔出門，向府外跑去。一路上，我看見好多宛似雕像的人，他們呆若木雞地站在院中，一看到我，立刻發出一聲尖叫，轉身跑開。

我有些莫名其妙，跟隨著高秋雨，我來到府門前，高秋雨停下腳步，打開府門上的小窗戶，扭頭對我說道：「鄭大哥，你自己看！」

我狐疑的從窗戶上向外看去，這一看，立時讓我倒吸了一口涼氣。府外密密麻麻地跪滿了人，他們在黃府的門樓外焚香禱告，而且人越聚越多，將黃府外的長街堵得嚴嚴實實。我疑惑的看著高秋雨，「小雨，這是怎麼回事？」

「鄭大哥，剛才你在運功時作聲長嘯，聲音涵蓋了整個天京，百姓都以為是天神降臨，恐慌不已，後來有人發現那嘯聲是從黃府傳來，就在府外禱告，祈求天神降福。一傳十，十傳百，就成了現在這個樣子。而且還驚動了朝廷，舅舅剛下朝回來，皇城裏就派人過來將他召回，連姥爺和表哥也被召去。姥爺臨走時還囑咐我，讓你千萬不要出去，等他回來，說是有事情要和你商量！」她的嘴巴像是連珠炮一樣，一口氣說完，然後又用一種崇拜的目光看著我，拉住我的手，「鄭大哥，你這麼厲害，一定要好好教我，好不好？」一邊說，一邊晃，一副小兒女的嬌態。

我也沒有想到只是一聲長嘯，居然驚動整個天京，而且連皇城那邊也驚動了。我不禁一陣苦笑，「好，小雨，我一定會教妳，妳放心吧，只是這練武可不是一朝一夕的事情，妳要做好準備，還要持之以恆，妳能做到嗎？」

「當然能！」高秋雨堅決地說道。

我又扭頭向外面看了一眼，嘆了一口氣，「現在也沒有事情，妳姥爺他們估計一時半會兒還回不來，這樣吧，趁現在有空，我先教給妳一套心法，用來配合妳的那一套招式，只要妳能將那套招式練好，我想在天下間，能夠與妳對抗的人不會太多！」

我下決心要將修羅斬的內功心法教給她，不管將來是怎樣的情況，至少可以讓她不受欺負。

「現在?會不會太倉促了?」

「妳還想給我行拜師之禮?」我看著她笑道。

她的頭搖的像撥浪鼓。

「那妳學不學?」

「學！」她十分堅決地說道。

我們來到黃府的花園，我一字一句地將修羅斬的心法告訴她，然後又爲她打通了經脈，將修羅斬中的招式補全。說實話，她真的是一個學武的天才，我只需要講解一遍，她就完全明白了，而且還能夠舉一反三，我看她的悟性不比小月差，得賢徒而教之，人生一大快事！

時間就這樣一點一滴過去，天色已經暗了下來，黃家的一家老小回到了府中。可以看出他們都十分高興，特別是黃夢傑，更是神采飛揚；而黃元武，這個飛天的一品大臣，當朝的宰相也是面露喜色，可以想像一定是遇到了什麼高興事。惟有黃風揚，臉上有些憂慮。

一回到府中，他就把我單獨叫到了書房裏。我不知道是什麼事情，但是當我面對這個老者的時候，心裏總會有一些忐忑。因爲這個老人實在是太過睿智，我不知道什麼時候我就會露出馬腳，和他說話的時候，我總要保持十二萬分的小心。

「賢侄可知道我爲什麼叫你來嗎？」一進書房，黃風揚就沉聲問道，書房中燈光幽暗，氣氛顯得有些詭異。

我一楞，「晚輩不知，請先生指點！」

他負手站在屋中的一幅畫前，呆呆的看著。那畫上畫著三個人，當中一人神情威嚴，隱有帝王之氣；右手邊一人羽扇綸巾，書生氣十足；左手邊的那人，一身戎裝，殺氣逼人，有一種金戈鐵馬的威武，又有一種君臨天下的氣勢，不知爲何，讓我產生了一種親切感。

黃風揚不說話，只是一直看著那畫中的人物，等了好半天，他長嘆一聲，背對著我說道：「今天進宮，聖上問我那嘯聲之事，我說是夢傑的一個好友在練功時作聲長嘯。聖上十分驚喜，說夢傑有這樣的好友，一定會有一番作為，同時想召你入宮相見！」

我一聽，心中一驚，雖然那姬昂不認識我，但是難保有人會認識我。我剛想開口，黃風揚轉過身來對我說，「我已經拒絕了，我說你是一個山林之間的異人，脾氣古怪，恐怕不會前來拜見。所以聖上也就沒有堅持，只是讓我好好的款待你。同時下旨十天後，要夢傑和翁大江金殿面試，爭奪那開元城守一職，我想由於你的出現，夢傑出任此職務的可能性比較大！」

我鬆了一口氣，連忙說道：「那可真的要恭喜先生了！」

「如果是在昨天，我可能會十分高興，因為開元城守一職事關重大，手握二十萬雄師，何等風光！雖然夢傑之前一直是掌管天京防務，但是手下的將士多是我以前的將領，而天京目前十分安全，除了一些宵小之輩，沒有什麼戰事，也無法磨練他。開元地處飛天明月的邊境，雖然也多年沒有戰事，但是聽說明月的一等傲國公許正陽目前奉命把守涼州，此人絕非易與之輩，雖然目前沒有什麼動作，但是聽說他上任幾天，接連將涼州城內勢力最大的地頭蛇連根拔起，再加上之前的升平慘案、血戰東京等一連串的傳說，恐怕兩國之間的戰爭是遲早的事情。夢傑年輕，有此對手，也可以磨練一下，最重要的是，我不相信許正陽有傳說中的那麼厲害！」他緩緩地說道。

我隱隱感到有些不妙，暗中戒備。

他接著說道：「但是，今天我改變了主意，賢侄可知爲什麼？」

我強做笑臉，「晚輩愚魯，還請先生明示！」

「因爲你！」他雙眼緊緊地盯著我。

「這和晚輩有什麼關係？」我冷汗流了下來。

「真的要我說的這麼明白嗎？傲國公許正陽，而且還是許鵬的後人！」他一字一頓地說道。

我臉上的平靜無影無蹤，特別是他最後一句，更是讓我大驚失色。雖然我不清楚他是如何知道的，但是我已經決定要讓他消失，這樣一個老人，實在是太可怕了。

當下我力透雙掌，冷冷說道：「既然王爺已經知道了我的身分，許某也就不再隱瞞了，王爺，你實在不應該和我單獨一起！」說完，我閃身撲上，斗室內勁風蕩漾，燭火搖動，我要擊殺黃風揚。

就在我下定決心要將黃風揚擊殺的同時，他突然說道：「慢著！賢侄，我想讓你先看一樣東西，如果你看完之後依然決定要殺我，那麼我無話說！」

我放下手，但是依然保持著高度的戒備，死死地盯著黃風揚，心中想：我倒要看看你還有什麼花招要耍，以我們之間如此近的距離，我還會害怕你耍出什麼花樣不成？我點了點頭，沒有說話。

只見他走到了那幅畫的前面，從畫背後拿出了一封信，遞給我，他也沒有說話，只是靜靜地看著我。

我接過那封信，滿臉地疑惑，「這是什麼？」我狐疑地問道。

「賢侄還是先打開來看看再說！」他十分鎮靜，但是卻難以掩飾顫抖的語氣，看來他很激動。

我就著燈光，看見信封上寫著「許家子弟啓」，那字體蒼勁雄渾，力透紙背，這字跡好熟悉，我好像是在那裏見過，但是一時半會兒又想不起來。我再次看看面前的黃風揚，只見他點了點頭，示意我打開信封。

裏面是一張有些發黃的信紙，四四方方地摺著。我打開信紙，映入眼簾的依然是那蒼勁雄渾的字體：

許家子孫，你能看到這封信，就說明你一定是我的後代，我不知道當你看到這封信時，是什麼年代，但是我要告訴你的是，絕對不能傷害手持這封信的人，而且要儘量給他們幫助！

許鵬，炎黃曆一四四一年六月二十八日

沒有錯，這正是我曾祖的字跡，我太熟悉這字跡了，我從小就熟讀的《練兵紀要》就是曾祖親手寫的，我又怎會不認識呢？我抬頭看著面前的黃風揚，一臉的迷茫之色，怎麼辦，殺還是不殺？我臉上一時間陰晴不定，陷入了兩難。

黃風揚在書房中的那席話，確實不能不讓我意外。他與我曾祖之間竟有著那般複雜的情誼。不過，他的話也讓我放心，至少黃家是不會難爲我。只是我沒想到，高秋雨會是高權的女兒，若她知道我便是讓她父親殘廢的兇手，會有什麼樣的反應呢？

我昏昏沉沉的走出了書房，腦子裏亂糟糟的，我甚至不記得是否向黃風揚告退。僕人將我引到偏廳，所有的人都在那裏，包括黃元武在內，一見我都表現得十分熱情，高秋雨更是興高采烈，在我身邊嘰嘰喳喳地說個不停，還有黃夢傑，也在不停地和他的父親商量在十日的殿試。我的大腦已經停止了思維，完全沒有將他們說的聽進耳朵裏去，只是心不在焉地應付著，談了一會兒，我就藉口今天有些睏乏，先行告辭了。

高秋雨將我送到了門樓，我讓她不用送我，她用極其關心的眼神看著我，我笑了笑，讓她回去，然後一個人慢慢地向寤寐閣走去。

最難消受美人恩呀！我躺在床上，腦子裏還是亂哄哄的，一個一個身影不停地在我腦海中閃現。高秋雨、南宮月、梅惜月、顏少卿、南宮飛雲、高權、黃風揚，還有許多許多人，最後，這些人的面目都模糊了，好像都變成了一個模樣，我也分不清到底誰是誰，只剩下空白的一片，沉沉的，我睡了過去。

昏昏沉沉中，我隱約聽見一陣輕微的衣帶破空聲，心中立生警惕，神智也立刻回復了清醒，接著，我聽到有人輕輕的敲擊窗戶。「誰！」我低聲喝問。

「貧道天一，守約前來與施主相見，驚擾之處，多多海涵！」一個渾厚蒼老的聲音從窗外傳來。

沒錯，是天一。我輕輕一拍腦袋，真是糊塗了，我今天和天一相約三更見面，但是今天在黃府發生的事情實在令我吃驚，腦子裏全部都是女人的事情，幾乎已經把這個事情給忘記了，實在是不應該。

我連忙從榻上下來，點燃桌上的燭臺，然後來到窗邊打開窗戶，果然是天一站在外面，我連忙將他請進屋內，口中連聲抱歉：「在下失禮，屋外天寒，累長者久候，實在是該死，還請真人恕罪。」

天一沒有說話，飛身閃進屋內，他緩緩地踱到桌邊，舉目環視屋中，突然說道：「權力、金錢果然誘人，單看這房間內的擺設，就知道世人爲何爲這兩樣虛幻的東西，爭得頭破血流！」

此時我已經關好窗戶，聞聽天一這麼一說，不由得一楞，「在下愚魯，不明白真人話中真意，還請真人明示！」

天一笑著說道：「這區區一個客棧，擺設如此豪華，任取一樣，已經可抵尋常三口百姓家的一年費資，這裡的住宿費，想來也是一般人不能想像的。怪不得天下紛亂，其實人們爭的，不就是這種高人一等的感覺嗎？有再多的金錢，再大的權力，但終無法擺脫生老病死的天理，兩手一伸，赤條條的來，赤條條的走，蓋世的功業轉眼化做雲煙，到頭來人爭的是什麼呢？唉！」

天一說到這裏，突然轉身對我一笑，「施主莫要介意，貧道只是一時有感而發，胡言亂語罷了。」

我聞聽微微一怔，但立時露出笑臉，肅手讓座，一邊說道：「真人的話確有幾分道理，但是晚輩卻不敢苟同！」

看著他臉上露出詢問的表情，我接著說道：

「權力、金錢確實可愛，但也確實罪惡，它能勾起人最原始的欲望，讓世人爲之瘋狂，爲它犯罪，但是卻不可否認，也正是這種欲望，才給了世人前進的動力！自從炎黃大陸被人類統治以來，數千年的歷史，從野蠻人的噬毛飲血，到現在的精美菜肴，從用樹葉獸皮裹體到今天華美的衣裳，從草屋茅棚遮風擋雨，演化到今天雄偉的城池，不都是因爲這種欲望而產生的動力？至於今後這炎黃大陸會成爲什麼樣子，我不知道，但是我想不會比現在差，因爲人的欲望是永遠無法滿足，人們總是在想過更好的日子，那麼這個世上的爭鬥就不會停歇，人類就會繼續前進。

我們看到了一些醜惡的東西，比如爭權奪利，血腥殺戮等等，但是卻不能否認，這種欲望也讓我們生活的更加快活。所以，只要這個世上有人類的存在，名利之爭就永遠會延續下去！而且，這世上有多少人能夠將那名利看破？就連千年前的文聖梁秋，不也曾經雙手沾滿血腥，去遊說各國的君王？或者說，他是爲了一個崇高的理想，但是那難道就不是一種欲望？千年後的今天，歷代君王將他的語錄奉爲治世寶典，文人騷客爭相爲他著書立傳，爲的是什麼，不也是爲了延續他的那種欲望？

真人是道門中人，講的是清淨無爲，與世無爭，跳出三界外，不在五行中，看不慣人們爲了名利打破頭皮。但是不要忘記，道門始祖在創立道門學說時，不也留下了洋洋五千字的經文，按照道家的理論，應該是清淨無爲，既然清淨無爲，那麼又何必留下那五千字千年流傳呢？真人難道說這種欲望是醜陋的嗎？所以我說，我不會放棄塵世的名利，因爲我是俗人一個！」說完，我停了下來，靜靜地看著天一。

天一久久沒有說話，好半天，他才開口道：「施主說的不錯，但是也不能否認，爲了名利二字，多少人借著行善的名義爲惡？貧道不否認因爲名利，世人產生欲望，因爲欲望，人類在進步。但是施主有沒有看到，爭鬥的結果是少數人得道，芸芸蒼生依然沉淪苦海，如果人們沒有了欲望，那麼眾生平等，又是何等的快事！」

「真人此言差矣，在下認爲名利並不可怕，可怕的是人心。人心不化，天下何來眾生平等？真人看到世人墮落，就遠走避世，但是紅塵中，當真就有一塊淨土嗎？那只是一種逃避。其實在下更佩服文聖梁秋，明知不可爲而爲之，或曰不智，但是挺身而出，教化眾生，那是一種何等的勇氣！連佛祖也說：我不入地獄，誰入地獄？一味逃避，或許能使個人心安，但是又如何面對天下蒼生？眼看蒼生沉淪苦海，卻束手旁觀，也不是大丈夫所爲。道門講究功成身退，可是真人還沒有建功就萌生去意，未免有些……」

我故意停頓了一下，看著天一的臉色有些難看，知道我已經說中了他的心事，接下說道：「當今天下，諸侯林立，八國爭雄，蒼生身陷水深火熱之中，真人卻不理世事，獨善其身，未免有些自私。在下不才，也有七情六欲，對那名利二字也甚是嚮往，難以脫俗。但是如果在下能讓百姓安樂，蒼生脫離苦海，就算在下是爲了一己之私又有何妨？此刻危難之時，真人應該挺身而出，教化眾生，即使在紅塵中沾染俗物，也是功德無量。我知道道家有一句名言：上善若水。但水無常形，應該善爲疏導，如若任其肆虐，終成禍害，人心若水，正需真人疏導呀！況且真人真能免俗嗎？真人在這世上，吃的，住的，不都是塵世俗物嗎？既然真人已然身在紅塵，何妨尋找這紅塵之樂，就算是他日得道，也不枉涉足這塵世一次呀！」

「這，這，師門的訓示，貧道也無奈呀！」

嘿嘿，既然已經用師門的訓示來搪塞，那麼說明你已經心動了，就讓我再給你添上一把火吧。我心中暗笑，既然你坐在我的面前，我要是不把你拉下水，就不叫許正陽！

我不由得長嘆一聲，「真人可能在昨日你我的比試中發現了，你我的招式十分相似，不知真人師從何處呀？」

對於我突然改變話題，天一先是一愣，不過，這也是他今天來找我的主要目的，可是不知道怎麼回事，竟然開始和我談論起人心的問題。他看了看我，沉吟了一下，「請恕貧道無禮，施主鄭陽這個名字恐怕不是真的名字吧！請施主先回答我的問題，施主可是明月的一等傲國公許正陽許大人？」

我裝做先是一驚，臉色大變，體內真氣洶湧勃發，房間裏的燭火搖動，我作勢就要出手。天一一代宗師，怎麼會感覺不到我真氣的異樣和我的殺機，連忙出聲：

「施主莫要見疑，貧道絕無惡意，只是想要證明一些事情，如果施主不是許大人，那麼，今夜我們就沒有再談下去的必要。如果施主確是許大人，那麼貧道想，你我之間的淵源頗深！」

我緩緩收回真氣，但是臉上依然有十分明顯的戒備之色，我看著天一，沉聲說道：「既然真人已經看出來了，那麼在下也就不再隱瞞，不錯，在下正是許正陽！」

天一的臉上露出喜色，他有些激動，聲音顫抖的問道：「聽說大人師從亢龍山金龍洞的蛇魔道人，不知此事是真是假？」

「不錯，先師正是亢龍山的蛇魔道人方浩天。真人有什麼疑問嗎？」我沉聲答道。

「沒有，沒有，貧道只是確認一下。」天一更加激動，他說：「其實從今天的比試中，貧道已經猜了出來，但是還不敢確定，畢竟大人乃是明月的朝中重臣，手握涼州兵馬，怎麼突然出現在天京？貧道原來打算過幾日前往涼州，向大人確認，沒有想到，沒有想到……」

他說話有些結巴，然後說道：「既然大人師從蛇魔道人，不知道有沒有聽說他還有幾個師弟？」

我裝做疑惑地回答：「聽說過呀，而且先師還曾經囑咐，讓我將清虛心經和七旋斬的心法交還給師門。只是由於亢龍山遠在安西，乃是飛天的領土，在下當時闖下滔天大禍，乃是飛天的重犯，不能前往師門拜見長輩，心中一直十分不安。此次前來天京，就是想看看飛天的情形如何，如果可以，在下就想前往師門，了卻先師的一樁心事。真人為何問這個問題？莫非，莫非真人就是……」我一副吃驚的模樣。

天一微笑著點頭，「貧道正是方師兄的小師弟。大約在六十年前，方師兄代師授藝，傳授我們八個師兄弟，所以雖然方師兄名爲我們的師兄，實際上是我們的師傅。三十年前，方師兄將清虛心經的第三層心法和七旋斬傳授給我們，他說依照我們的進度，大約十年可以有成。他決定雲遊天下，讓我們在亢龍山好好修煉，等我們將第三層心法練成，他就回來傳授我們新的心法，隨後即飄然而去。果然如師兄所言，十年後，我們將第三層心法練成，等待師兄的歸來。可是苦等許久，卻沒有師兄的消息，我們知道師兄是有信之人，絕對不會無故失信，於是，我們輪流出來打探師兄的消息，但是卻沒有任何音信，我們心中十分著急。我們八人都是孤兒，幸得師傅收留，與方師兄的年齡差距很大，所以在金龍洞的大部分時間，都是師兄照顧我們，方師兄就像我們的父親一樣，所以在這二十年裏，我們一直沒有放鬆對師兄的尋找。

十五年前，我結識了黃風揚，我想以黃家的力量，應該可以給我幫助，於是我告訴了眾位師兄，他們就讓我前來天京打探消息。一晃已經十二年了，我幾乎已經放棄了希望，但是一年前，我突然聽說明月出現了兩個人，一個叫做許正陽，一個叫做梁興，他們自稱是亢龍山蛇魔道人的弟子，我心中十分激動。我知道江湖上的人都稱呼方師兄爲蛇魔道人，而且又是亢龍山的弟子，我想，應該可以從你們身上打聽到師兄的消息。於是，我馬上通知了師門的師兄，大約在三個月前，我得到回信，他們讓我儘快和你們聯繫，接著，我就得到了消息，說你已經奉命駐守涼州，我原來想把這裏的事情處理一下，就馬上趕到涼州與你見面，卻沒有想到你竟然出現在天京，真是，真是……」他真是了半天，也沒有將下面的話說出來。

果然和我猜想的一樣，我也不禁有些激動，「原來如此。沒有想到竟然在這裏碰到了師叔。」我連忙起身，向他躬身大禮參拜，「不知是師叔當面，正陽今日多有得罪，還請師叔原諒！」

「不用多禮！」天一雙頰顫抖，連忙將我扶起，「三十年了，整整有三十年了，我今天終於又見到了威力恢弘的七旋斬，你剛才說先師，難道?快告訴我是怎麼一回事?」

「是這樣的！」我原原本本的將事情說了一遍，甚至包括我的身世，既然是同門，那麼我就要拿出一點誠意來。

最後我說道：「雖然我從小就拜在師傅的門下，但是並沒有見過師傅，直到一年前，我反出開元，在十萬大山的極陰洞府中見到了師傅飛升後的遺體，看到了師傅的遺言。不過我一直不明白，以師傅的內功和修爲，怎麼會在摩天之前飛升，而且極陰洞府對於修真之人乃是上佳之地，師傅怎麼會突然就逝去呢?只是師傅在信中沒有說，我也不知從何查起。」

天一點了點頭，也贊同地說道：「沒有錯，師兄乃是一個十分守信的人，絕對不會無緣無故的失約，想來一定是發生了什麼事情。正陽，你現在官居極品，可以好好的打聽一下，看看能不能找到一些線索!對了，你說崑崙派曾經多次找你的麻煩，而且摩天還親自出來了?」

「不錯，崑崙派在知道我是亢龍山弟子以後，欺我人單勢孤，多次向我挑釁，圍殺、下毒、設伏，卑鄙手段無所不用，虧他們也號稱是名門正派，三清弟子，實在是道門中人的恥辱。」我憤憤地說道。

「那崑崙派當真如此卑鄙？」天一變色地問道。

看來他就要掉入圈套中，我心中暗喜，長嘆一聲，「師叔，你是不相信我呀！我的話要是有一點虛假，天打雷劈！他們先是在我剛入京時千方百計的阻撓，然後在亂石澗設伏，數十個崑崙門人在南宮飛雲的帶領下圍攻，崑崙七子又暗中埋伏，趁我殺出重圍時突然襲擊，好在我命大逃出。他們不甘心，又買通我府中婢女，在我的茶水中投入陰陽奪命散，然後崑崙七子趁我毒發，想將我除去，好在我的屬下拼死護我，更有一人不惜拼死相救。

師叔你知道，我們亢龍山的清虛心經乃是天下間第一等的奇功，他們沒有想到沒有將我毒死，反而使我因禍得福，突破了清虛心經的第五層渾淪境；之後東京攻防戰中，他們屢施詭計，都被我識破。於是他們請出摩天那雜毛潛入東京，企圖暗殺明月皇帝，從而嫁禍於我，但是依然被我發現，皇城中大戰，摩天連同三個門人圍攻於我，這事連皇帝都親眼目睹，幸好我的手下及時前往，才使得我能夠單獨和那摩天相鬥。他們之所以敢如此的多次爲難我，無非是看我亢龍山無人，而他們人多勢眾罷了！」

我說的有聲有色，許多事情都是真實的，只是我又誇張了許多。

天一聽的臉色數變，他對我說的話深信不疑，因爲許多事情他都已經聽黃風揚說過，只是有許多細節外人並不清楚，今日聽我再一重複，他又何嘗再有半點的懷疑。

蛇魔道人在他心目中就像父親一樣，他對我師傅有的只有尊敬，我敢說如果有任何人在他面前辱罵我師傅，他一定拼死也要維護。我和梁興乃是我師傅的傳人，那麼我就和他自己的弟子一樣，當他聽說我受到如此之多的欺負，他如何不惱。

天一惡狠狠地一拍桌子，鬚髮俱張，厲聲說道：「他崑崙欺人太甚，難道我亢龍山就奈何不了他崑崙半分？孩子，你莫要委屈，以前師叔不確定你是我的師侄，如今既然已經知道，絕對不會讓任何一個門派再欺負你和興兒。崑崙派！我亢龍山一脈與你們勢不兩立，崑崙一日不滅，我天一無顏在九泉之下見我師尊和方師兄！正陽，我明日就立刻手書一封，遞交給亢龍山你其他各位師叔，請他們出山與你做主！正陽，好樣的！果然是我方師兄的弟子，沒有丟方師兄的人，亢龍山有你這樣的弟子，當真是亢龍山之幸呀！」

我連忙阻攔，「師叔萬萬不可，萬萬不可爲弟子如此大動干戈！那崑崙派人多勢眾，諸位師叔都已經是七十高齡的人了，正陽世上已經沒有多少親人，今日能見到師叔，心中已經是十分歡喜，怎敢勞動師叔大駕，爲正陽一人榮辱而興師動眾，萬一有個閃失，正陽萬死莫辭！」我臉上露出悲痛之色，接著說道：「師叔放心，正陽和梁興二人足已，決不會丟我們亢龍山一脈的威風，就算赴湯蹈火，也要讓那些宵小之輩知道我金龍洞不容欺辱！而且那些人身為道家之人，卻強搶民女，在道觀之中藏汙納垢，實在是我道門中的敗類，正陽誓與他們鬥爭到底！」

這把火估計是可以把天一的火性全部燒起來了，我心中暗暗盤算著。

「正陽說的當真？」

「當真，是師傅在信中告訴我的，他之所以和崑崙有衝突，也就是為此，不信，師叔將來可以到涼州，我將師傅的信給您，您就知道我說的是真是假。」

天一的怒火終於完全爆發，「正陽莫要擔心，這二十年裏，我和你幾個師叔並不是白白度過的，亢龍山現在也有弟子百人。我和你師叔們更是日夜鑽研，在七旋斬的基礎上闖出了亢龍八法，也是天下絕學，我立刻通知你幾個師叔，讓他們帶領亢龍山門人前往涼州，崑崙不滅，我道門清譽何在！」

「正陽感謝師叔的鼎力相助！」我心中十分高興，能夠得到亢龍山一脈的支持，我爭霸武林將不再是一句空話，「師叔能夠出山，實乃蒼生之幸！」

天一站了起來，在房中來回的走動，突然他回身對我說，「這樣吧，我明天就向黃家辭行，親自趕回亢龍山，然後帶領門人前往涼州與你會合，你在這裏的事情如果辦完，也儘快趕回涼州，我估計大概三個月後，我們就能到達涼州。」說完，他起身就要離去。

我躬身施禮，「恭送師叔！」

他走到門邊，好像突然想起了什麼，扭頭對我說：「正陽，黃夢傑乃是師叔的記名弟子，算起來也是你的師弟。黃家乃是忠義之門，希望你不要太過爲難他們，能夠放過他們，就不要讓他們太難過！」

「謹遵師叔令諭！就算師叔不說，正陽也不會爲難黃兄，不管怎麼說，黃兄乃是正陽的朋友，正陽做事會有分寸的！」我恭敬地回答。

「那好，這樣我就放心了！那我就先回去準備了，涼州見！」天一十分滿意我恭敬的態度，開門離去。

看著天一遠去的背影，我心中暗暗高興，沒有想到，此次前來天京，竟然能夠得到如此的力量！看天一的身手，想來其他那些師叔也不會太弱，嘿嘿，有亢龍山一脈的力量，再加上我和梁興手中的大軍，天下又有誰能是我的對手！想到這裏，我不禁放聲大笑。

第十章　分化之法

通州之危解除，夜叉兵團初戰告捷，梁興的夜叉之名頓時傳遍了整個大草原。縱橫草原的拓拔部落神風鐵騎，第一次碰到了比他們更加強橫的對手，有魔神堅盾之稱的赤龍軍也無法阻擋梁興的鐵甲槍騎兵，那黑色的鐵甲，成爲閃族人的噩夢，有誰能夠阻擋住狂猛的鐵甲軍？神風鐵騎失敗了，赤龍軍也不行，那麼，只剩下魔神的龍鷹隊，但是，他們真能擋下夜叉兵團的前進步伐嗎？

閃族人第一次對他們的魔神產生了懷疑，他們在觀望著，觀望著夜叉和魔神的對決。

司馬子元再也不敢小覷眼前的年輕人，古銅色的皮膚顯示這個年輕人絕對不是一個在溫室中長大的花朵，平凡無奇的面孔總是充滿了真摯的笑容，像一個鄰家的大孩子，可是當他收起笑容，板起面孔，在他身邊的人都會感到一種徹骨的寒意。這時的他，周身都散發著一種殺氣，一種可以讓人窒息的殺氣，活像一個剛才從地獄裏走出來的死神！光看他帶領著鐵甲騎兵橫穿二龍山，深入敵後，就知道他不是一個只知道打打殺殺的武將，那膽氣，那智謀，不是一個普通的武夫所能具有的。再看看他身邊的將領，各個都是剽悍異常，武功高強，平日裏一個個耀武揚威，傲氣沖天。可是到了他的面前，都是俯首貼耳，老老實實的，能夠將這群桀驁不馴的人歸攏在手下，這本身就是一種本領。沒有兩下子，又怎麼將這群傢伙收拾得服貼？至少司馬子元自認絕對沒有那個本事。

而且，聽說這個夜叉上面還有一個修羅，一個比夜叉更加厲害的傢伙。當他們提起修羅的名字時，都是一臉崇敬之色的尊稱爲：國公大人。別人不說，鍾炎和仲玄這兩位老將，他司馬子元是認識的，而且知道這兩人不是一般的狂傲，就連當初的太子和六皇子都奈何不了這兩人。當他們說起夜叉梁興時，語氣中十分尊重，可是當他們提起修羅許正陽時，臉上流露的則是狂熱的崇拜。

司馬子元實在是無法想像出那個修羅到底是什麼樣子，但是從眼前的梁興，他隱約可以猜出，那絕對不是一個普通的人物。一個高於夜叉的人，究竟會是什麼模樣，司馬子元不知道，但是有一點可以肯定，修羅一定是一個比眼前的梁興更加可怕的傢伙！

夜叉兵團來到通州已經有三個月了，除了剛到的時候，他們在通州停留了一夜外，其餘的時間都是駐紮在城外，從來沒有進城擾民。這一點就連從前的鐵血軍團都沒有做到。他們駐紮在城外，整日操練，從軍營中傳來的操練聲，司馬子元坐在城守府裏都可以聽見。每天在那隆隆的戰鼓聲中，司馬子元睡得特別的香甜，特別的安穩。

整個兵團在通州城裏的，只有朝廷派來的監軍太監江鐵生，就連夜叉兵團的統帥梁興也住在軍營中。司馬子元原來想把城守府讓出來做梁興的帥府，沒有想到梁興卻說，一軍統帥應該和他的士兵住在一起，堅決不來，只是讓他給監軍大人安排了一處既幽靜、風景又好的住所，說是監軍大人是皇上的代表，應該好好照顧。

這樣的元帥，一個可以和士兵同甘苦的統帥，司馬子元還是第一次見到。而且，通常元帥和監軍都是水火不容的，但是梁興和江鐵生兩人卻好像是朋友一樣，整日裏說說笑笑，沒有半點的隔閡，這樣的情況，也是他司馬子元第一次見到。

至於梁興的嚴肅，則是在夜叉兵團剛到通州時，有一些士兵在城裏鬧事，梁興問明原由之後，一張臉變得鐵青。司馬子元清楚記得，當時整個大帳中都瀰漫著一股殺氣，帳中的將官沒有一個人出聲，就連那個平日裏嘰嘰喳喳的納蘭蓮也是臉色煞白。梁興毫不猶豫賞了鬧事的士兵和將領每人一百鞭刑，而且還是在監軍大人的求情下，不然那些人小命難保。

不過雖然是受了刑，受罰的人卻沒有半點怨恨。私下裏聽他們說，每一次他們犯錯，元帥也要跟著受罰，而且對外都是將罪過揹在他一個人的身上。司馬子元聽了以後，既敬佩又慚愧，因為此次鬧事的挑起人是他的麾下，他捫心自問，如果手下犯了錯，他自己有沒有勇氣批評自己？答案是否定的。

就是這樣的一個統帥，率領著一干剽悍的兵馬。這樣的力量，又有誰能夠抵擋呢？在這樣一支軍紀嚴明，作戰兇悍的兵團的拱衛下，通州很快恢復了以前的繁榮，閃族的遊騎數次犯境，但是每次都是鎩羽而歸。可是在每一次的捷報上，自己的名字總是排在前面，想起來，司馬子元就有些慚愧。他想起自己夫人的話：能夠在這樣的統帥手下效命，本身就是一種樂趣。而司馬子元現在就正在享受這種樂趣。

今天戰國公梁興派人前來通知司馬子元，讓他到城外的軍營裏議事，司馬子元一路上在思索著這幾個月來的經歷，想起來就有些開心。

來到軍營前，只見夜叉兵團的軍營以九宮八卦陣形排開，旌旗招展，一派森嚴氣象，營前不時有巡邏隊走過，個個威風凜凜。司馬子元心中暗自稱讚：這才是軍營，自己的城防軍和眼前的夜叉兵團比較，簡直就是民團。

營門前早有梁興的親兵等候，見到司馬子元，連忙躬身施禮，「城守大人，元帥已經在大帳中等候多時，吩咐如果大人一到，立刻前去！」

司馬子元向那親兵道了聲謝，舉步走進大營，心中還在想：究竟是什麼事情讓這個凶名卓著的夜叉這麼著急召見自己？他的心裏暗中犯著嘀咕。

大帳中，梁興面無表情的坐在帥案後，帳中還坐著其他夜叉兵團的將領，幾乎千騎長以上的將領都在，各個都是正襟危坐，神情肅穆。司馬子元一進大帳，就感到了一種莫名的緊張，他的心中有些忐忑不安起來。

梁興看到司馬子元進來，略一點頭，算是給他打了招呼，示意他坐下，然後環視了一下帳中眾將，半天才開口說道：「今天將各位將軍緊急召來，是因為有一件非常棘手的事情要和大家商量。但是在說正事之前，有一些事情需要處理！」梁興停了一下，想了一想，突然對司馬子元說道：「司馬城守！」

司馬子元連忙躬身站起，恭敬地應聲道：「下官在！」

「我想請你看些東西！」梁興說著，將桌案上的一摞信件交給司馬子元，司馬子元恭敬地接過，打開來閱讀，看著看著，他的額頭不禁冷汗直流。原來這些信件中所寫的，都是關於他在通州之圍前，如何坐視閃族遊騎在通州城外掠奪，使得閃族部落的氣焰高漲，百姓財產受到極大的損失；而且在通州危機來臨之時，他不思退敵，卻在城中散播消極的消息，造成了通州百姓舉家逃離。信中甚至尖銳地指出，他可能就是閃族的奸細。落款人都是通州的富紳。

司馬子元看得冷汗濕透了後背，他萬萬沒有想到會出現這樣的事情，抬頭看看面無表情的梁興，撲通一聲跪在梁興的面前：

「國公大人，冤枉呀！這些都是城中的小人造謠，當時的情況不是下官不想出戰，而是城防空虛，無力出戰呀！通州兵馬巡查使蘇綽不聽下官的勸阻，強行領兵出城，結果全軍覆沒，這是城中諸將都看到的呀！下官在城外也有置辦產業，受到的損失不比這些人小，在通州合圍的前一晚，下官看到城中的兵馬很難堅守，害怕城破之後百姓受到屠殺，所以才下令讓他們離開，絕非什麼消極備戰，鍾副帥也看到了，那時下官已經決心與城同亡，這點副帥可要爲下官作證呀！」

說到這裏，司馬子元已經泣不成聲，他哽咽著說：「下官自來到這通州，至今已經有五年了，五年來，下官盡心盡力，包括南宮飛雲在時，下官也沒有半點失職，一心爲民。同科的同窗，有些現在已經是朝中的二品官員，下官至今仍然是個五品的城守，但是下官沒有半點怨言，因爲下官知道，通州是我明月的北大門，朝廷將下官派來，是對下官的信任，五年來起早貪黑，不惜得罪權貴，沒有想到現在，現在……」司馬子元再也說不下去了。

鍾炎也點了點頭，證實他的話沒有錯。梁興臉色稍緩，他看著跪在地上的司馬子元，開口說道：「司馬大人，先不要哭，我這裏還有一封信，你看完再說！」說著，又從帥案上拿起一封信，讓身後的親兵遞交給司馬子元。

司馬子元顫顫巍巍的將那封信接過，他實在不知道該不該看這封信，終於他下定決心，拆開信封，發現裏面是一份奏摺。

他打開奏摺，看到上面寫道：

臣梁興密奏吾皇，臣受吾皇重託，把守通州，至今已有三個月。臣觀通州城守司馬子元乃是國之棟樑，鎮守通州，盡職盡責，百姓口碑極佳，而且臣暗中觀察，司馬子元有經天緯地之才，困守於通州這彈丸之地，實在是我明月的損失。臣以為，我朝適逢大亂，理應起用新人，以增強活力，司馬子元實是極佳人選。

臣自來通州，發現此地富紳多與朝中大臣相連，個中關係千絲萬縷，臣竊思，既然如此，為何通州兵變，南宮飛雲起兵之時，僅有司馬子元一人上報？朝中大臣應更加清楚！如吾皇早知，使各城兵馬挾制鐵血，何來皇子之亂，使得吾皇骨肉刀兵相見？故臣以為此中奧妙，需吾皇細細查探。

臣自來通州，多有富紳狀告司馬，臣暗訪通州，發現其中多有虛假，臣不明此中的關係，但是誣告忠臣，毀我明月棟樑，其心當誅！且臣查知，富紳借助朝中勢力，在通州作威作福，搜刮民脂民膏用以孝敬朝中小人，實乃我明月一害，同時臣還發現，富紳暗將我明月的精良兵械賣給閃族，致使閃族武器精良，猶甚於我通州守軍，也造成了閃族部落屢屢對我明月進犯，實乃國之敗類。故臣奏請有二：

一、請吾皇嘉獎通州城守司馬子元，以慰忠臣之心，臣以為二品大員即可，吾皇可著令其繼續駐守通州，臣願與司馬大人齊心協力，為吾皇分憂；

二、請吾皇同意臣處理通州富紳，臣得知，通州富紳頗為富足，財產總和，甚至高於我國庫存銀，臣駐守通州，所需費用極大，若能將通州富紳家中產業收為公有，通州駐軍三年可不需朝中費心，三年後，臣定能將閃族之亂平息，那時通州將不需朝廷撥款即可自足。

望吾皇三思臣之建議，臣翹首以待！

明月一等戰國公梁興拜奏

司馬子元看完，神色激動，他雙手將奏摺放在帥案之上，然後對梁興躬身一禮：「國公大人明查，司馬子元感激萬分，只是大人此舉，勢必得罪朝中小人，爲了下官實在是不值！」

梁興聞聽，哈哈大笑，「不值？怎麼不值！司馬大人爲國盡心竭力，豈容小人糟蹋。梁興身爲國之大臣，焉能坐視？莫說他們不能把我怎麼樣，就算他們得逞，我還有傲國公大人可以幫我做主，我倒是要看看，誰敢來招惹我兄弟二人！」他頓了一下，看著司馬子元，雙目炯炯，「司馬大人，我有一事想請你幫忙，不知你可敢做？」

「下官本應早已經葬身通州，如果不是大人前來，下官如何能夠現在依然站在大人的面前？所以，下官的這條性命是大人所救，大人如有差遣，儘管吩咐，下官定會盡心盡力！」

「好！」梁興拍案而起，走到司馬子元身邊，從懷中拿出一張紙，對司馬子元說道：「我來通州三個月，明查暗訪，發現城中一些富紳與閃族叛逆相互勾結，或是販賣精良軍械，或是暗通消息，將我通州城防情況告之叛逆。所以，我想請大人率城中本部兵馬，將這些富紳一網打盡，沒收財產，全數充公，以解我通州燃眉之急，而且，也可以使我兵團軍費稍稍寬裕，不知大人可敢？」

司馬子元一聽，心中有些緊張，他遲疑地看著梁興，「大人，您在奏摺中上奏朝廷，奏摺還沒有送出，不知朝廷的意思，如果貿然行動，是不是有些……」

梁興微微一笑，「時間緊迫，我已經和監軍大人商量了，我們不必等朝廷的答覆，因為我害怕遲則有變。放心，如果朝廷怪罪，由我一人承擔！」

「大人未免小瞧了子元，你我軍政一體，利益相關，怎能讓大人一人承擔。好，既然大人已經下了決心，下官立刻點齊兵馬，將這名單上的人一一查辦，只是這些人抓住後，怎樣處理？」

司馬子元沉思了一下，斬釘截鐵地說。

「通敵叛國，其罪當誅！難道還要將他們送到京城給我們興風作浪？」梁興冷冷地說。

司馬子元躬身應道：「下官明白！大人放心，絕不會有一個奸細漏網！下官告退！」說完扭身向帳外走去。

梁興看著司馬子元的背影，滿意地點了點頭，然後對帳中諸將說道：

「一個月前，閃族各部落在墨哈元的薩葉城會盟，各位想必都已經知道了。本帥以為，他們會盟，無非是商量如何與我們交戰，想來我們之間將要有一場大戰。目前已近寒冬，估計在天暖之前，我們會有一段太平之日，算起來，還有三四個月的時間準備。閃族下次來犯，必將傾全力來攻，以報兵敗通州之仇，各位都有什麼高見？」

大帳中一陣沉默，過了一會兒，鍾離師起身說道：

「元帥，在下聽說此次閃族會盟，拓拔洪烈和子車侗兩人鬧得十分不愉快，子車侗責怪拓拔洪烈將他的一萬赤龍軍扔在通州，拓拔洪烈則說，都是由於赤龍軍沒有阻擋住大帥的進攻，才造成了全線的潰敗，有愧魔神堅盾的稱號，兩人不歡而散。還有，這許多年來，子車部落一直被拓拔部落和墨哈部落壓制，子車侗心中早有不滿，而且據傳聞，這閃族族長之位原本是子車侗之父擔任，後來在子車侗的父親死後，墨哈元勾結拓拔洪烈強行將這族長之位奪取。由於兩個部落遠遠強大於子車部落，再加上閃族聖師，也就是他們三人的師傅也支持墨哈元，子車侗一直隱忍不發。如果我們能夠派人遊說子車侗，許給他閃族族長之位，讓他能夠在陣前反出，那麼將會大大的打擊閃族的軍心！」

梁興不住地點頭，聽鍾離師說完後，他環視帳中眾將：

「鍾離軍師的話深得我心。兩軍交戰，並不是雙方單純的廝殺，還有很多的因素可以左右戰役的勝負。記得離開東京的前一夜，傲國公曾經和我徹夜長談，也曾說起了這閃族的事情。他說閃族之所以能夠成為我們的心頭大患，一是由於我們的輕敵，放任他們發展；二是因為閃族人的騎射天下無雙，他們從小就在馬背上長大，天生的騎兵料子；三是閃族人的團結，這是他們給我們造成威脅的最大原因。許大人說，如果要平息閃族的叛亂，殺戮是不行的。我們應該利用他們部落之間的矛盾，分化他們的力量，讓他們的力量成為我們的力量。要達到這個目的，就要恩威並施，子車侗既然心有怨恨，正好是一個機會，子車部落是閃族的第三大部落，在閃族中也有一定的威信，我們要能將他拉攏過來，也就拉攏了其他一些親近子車部落的閃族人，既降低了敵人的力量，也增強了我們的實力，很好，很好！」梁興讚賞的看了看鍾離師。

「那麼怎麼來勸說子車侗呢？」寧博遠問道。

一旁一直沉默的仲玄突然插口道：「子車侗既然想當閃族的族長，我們就讓他當，以夷制夷未嘗不是一個好辦法。再就是我們可以給他一個官職，讓他名正言順的成為族長，這一點，要元帥上奏朝廷，爲他要一個適當的職務。三就是取消對閃族歷來的苛捐雜稅，改變對閃族族人的待遇，允許他們進入到通州直接從事商業活動，免去以前奸商們層層的剝削，我想只要能夠讓他們生活的好，這些人也不會隨意作亂的！」

帳中眾將連連點頭，梁興笑道：「官職的事情好辦，既然大家都沒有意見，那麼誰願意前去做這個說客？」

這一問，讓平時耀武揚威的武將們都面面相覷，衝鋒打仗沒有問題，可是這耍嘴皮子，可不是他們的本行。一時間，大家齊刷刷地將目光放在了坐在梁興下手的鍾離師。

鍾離師爽朗的一笑，站起身來，「我看就不用再討論了，我想大家都有了共識，既然這樣，在下願意討一支將令，前往子車部落，遊說那子車侗！」

梁興聞聽，有些不情願，但是卻找不到更好的人選，他看著鍾離師說：「我實在是不想讓軍師前往，只是卻找不到合適人選，只好麻煩軍師一趟，只是此行凶險萬分，軍師要多多小心，如果情況不妙，就請軍師立刻返回，不要停留！」

鍾離師哈哈一笑，「元帥敬請放心，在下自會小心。我馬上準備，明天就動身前往，多則兩個月，在下必定將那子車侗勸的歸降，元帥還是爲我準備慶功酒，等候在下的佳音吧！」

鍾離師豪氣沖天，那無邊的豪氣，也讓眾人感到了一種莫名的信心。

昨日我和高秋雨約好一起去臥佛寺上香，正午時分，我和高秋雨便行向天京城外的三柳山。

臥佛寺建立在群山深處，歷經千年，始終持守遁世之道，雖然炎黃大陸千年來戰火不斷，卻依然完好，沒有受到任何的騷擾。一來是因爲它身處群山，二來此地是文聖梁秋鍾愛之地，也是天下士子心中的一塊聖地，所以許多年來，它一直坐落在這亂山荒嶺之中，見證著炎黃大陸的發展。

寺中第三進靈骨殿中，安放著歷代僧眾歸西後火化的骨灰，是臥佛寺中靈氣最旺的所在。寺中住持將金殿也放在這裏，爲的是讓歷代的高僧能夠永受膜拜，同時也使得臥佛寺的香火旺盛。廣場下端，階石兩側植有兩株參天古柏，蒼勁插雲，高二三十丈，圍可四人合抱，據說是梁秋在得道後，親手所手植的，樹齡已達千數百年。歷代無數的名人曾在這裏參拜，希望能夠得到梁秋的冥冥指點。

我和高秋雨循循而進，來到了這臥佛寺的靈骨殿，住持明亮大師早已經接到了黃家的通知，在殿中等候我們。

明亮大師是黃風揚的摯友，據黃風揚說，明亮大師是一位奇人，只是他看破世情，從不理會塵世中的俗事，無論是姬昀或是姬昂都曾經多次請他出山，但是都被他婉言拒絕，只是醉心於佛學之中。

對此我原本不信，但是當我一踏進靈骨殿，就感到一種莫名的壓力，使我的氣機極爲不順，好像有一種無形的力道將我的真氣抑制。而那壓力，則是來自於肅然站立在佛前的明亮大師。

要知道我的武功在當世之中已經是箇中翹楚，即使是面對摩天之時，我也沒有這樣的感覺，更何況到了今天，我的武功又有了精進。沒有想到在這裏，竟然碰到了如此人物，我連忙運轉噬天訣，妄圖擺脫那種壓力。可是那壓力卻似千絲萬縷，將我的真氣牢牢的束縛，當我運功相抗，卻有無處著力之感，這是自我出道以來從來沒有發生過的事情，難道這明亮大師當真是佛法無邊？

老和尚似乎感到了我的抗衡，他原本微合的雙眼突然睜開，眼中電芒一閃，臉上也露出驚異之色，但是轉眼之間，他又恢復到了那種古井不波的肅穆神態。我感到那壓力也隨之消失，我驚異地看著老和尚，這次我是敗了，敗的心服口服。

我不理一臉疑問的高秋雨，恭敬地走到老和尚的面前，躬身深深的一拜，「大師高人，晚輩受教了！」

老和尚眼睛微微睜開一線，看了看我，「仇易解，十年情，血雨腥風起太平；莫讓俗名掛心頭，佛心血手亦悠悠！施主，老衲給你四個字，去休，去休！」

我一愣，但是瞬間就明白了老和尚的意思，仇易解，說的是讓我不要將仇恨蒙蔽了雙眼；十年情？我有些不懂。後面的幾句話是說，讓我不要計較虛名，即使雙手沾滿血腥，但是只要心中保持著一種悲天憫人的佛心，也無所謂，天下將會在腥風血雨中得到太平。

我看著眼前雙目緊閉的老和尚，心中既佩服，又疑惑。我深深地再次向老和尚施了一禮，沒有再多說，因爲我知道即使我問他，他也不會再開口了！

這時，高秋雨已經上完香，她來到我的面前，輕輕地拉了我一下，「鄭大哥，我們走吧！」

我點點頭，和她抬腳向殿外走去，當我來到殿門前，老和尚突然再次開口道：「望施主謹記老衲今日之言，施主好走！」

我聞聽身形一頓，忍不住扭頭再次向老和尚望去，只見老和尚不知何時已立在殿中的佛像之前，在身後大佛的襯托下，在殿中的梵唱聲中和香霧繚繞之下，顯得格外的莊嚴。在我眼中，他已經和那身後的大佛合而爲一，他就是佛，佛就是他！

這讓我不由得產生了一種膜拜之心，霎時間，我似乎心有所悟。非他武功高我許多，而是因爲氣勢，他憑藉著靈骨殿中的靈氣，化身於靈骨殿中，那靈骨殿就是他的氣場，再加上那殿中的佛像、梵唱和寺院中的肅穆，他就是這靈骨殿，靈骨殿也就是他，從我一踏進靈骨殿的那一刻，我就已經置身於他的身中。

他武功確實高於我，但是絕對不會高到那種讓我連出手的機會都沒有的境地，不要說是他，就算是整個炎黃大陸上，也沒有人能夠做到這一點。只是我置身他的身中，我的心思，我的意圖，他一清二楚，當我還未動，他就已經先將我的招數封死。

好厲害的老和尚，我無法做到這一點，我相信，這炎黃大陸上沒有一個人能夠做到這一點，光憑這，他被譽爲天下第一高手，絕對是當之無愧！我心中暗暗感謝，就是他讓我在不知不覺中，領會到了武功的另一個境界，我深深地佩服他！

出了臥佛寺，高秋雨突然對我說：「鄭大哥，你可知道，這明亮大師從四十歲起，就沒有睜開眼睛。即使是我外公在他面前，他還是閉著雙眼，沒有想到今天他竟然爲你打破了三十多年的習慣，要是讓我外公知道，他一定會很驚奇的！」

突然間，我有一種受寵若驚的感覺，老和尚閉上雙眼，是因爲世事紛亂，他不想看到塵世中俗人的醜惡；今天他爲我睜開雙眼，也許是因爲他認爲我可以改變這個世界。但是，我真的能改變這個世界嗎？我心頭突然沉重了許多，那麼多的長輩對我都寄予殷切的希望，我感到肩頭上壓著一副沉重的擔子，那擔子好重，好重……

「鄭大哥，你爲什麼不說話？」一旁的小雨看見我半天不出聲，有些不滿。

「哦！我在想大師爲何要緊閉雙眼！」我應付道。

「那你想到了嗎？」小雨信以爲真。

我當然想到了，可是我不能告訴妳呀，小雨！但是我又不能沒了面子，影響到我在小雨心目中高大的形象。對不起，老和尚，我只好出賣你了！

當下我微微一笑，「塵世間有太多的誘惑，眼睛看到的是各種色彩；鼻子聞到各種氣味；嘴巴品嘗各種美味，耳朵聽見各種妙音，這些都會引起心賊，讓人產生欲望。修真之人講究靜心，可是這世間有太多的誘惑，你無法將嘴巴縫住，因爲縫住了嘴巴怎麼吃飯、喝水？你無法將鼻子堵住，堵住了無法呼吸，那麼就只剩下了眼睛和耳朵。你不能將這兩樣都去了，那樣就真的成了與世隔絕。所以眼賊和耳賊，必須要選其一而絕。老和尚選擇了眼賊，別看他不睜眼，可是他比任何人都看得清楚，因爲他是用心眼在觀看這大千世界。」

我看了看聽的聚精會神的小雨，心中有些得意，接著說道：「老和尚身懷絕學，除去眼賊，反而可以有助於他的修煉和悟道！」

「鄭大哥，你是說明亮大師會武？」高秋雨驚叫道。

我笑著點了點頭，說道：「是的，而且老和尚的武功只在我之上！」

「他的武功還在你之上？」高秋雨更加驚奇，接著就是若有所思的樣子。

我心中暗暗向老和尚抱歉：對不起呀！老和尚，雖然你幫我解開了心結，但是當我離開以後，小雨不能沒有老師呀。像她這樣一塊美玉，是需要明師雕琢的，既然你和她的外公有交情，那麼就只好讓你來代勞了！

緩緩的，我們來到了半山腰的一個天然形成的亭子，站在這裏，可以俯視天京，讓人心曠神怡。亭邊有一塊奇石，形狀宛如一個在眺望遠方的婦人，而那亭子就好像是在爲婦人遮風擋雨，我們坐在亭中，我指著那塊石頭問小雨，「小雨，這塊石頭好生奇怪，好像是一個望夫早歸的婦人。」

小雨沒有應聲，眼中流露出一種淒迷，我叫了她兩聲，她才回過神來，「鄭大哥，你有所不知，這塊石頭就叫做諾言石，傳說很久以前，有一對夫婦，兩人在這裏立下諾言，在這裏相見。然後丈夫入京趕考，妻子在家裏含辛茹苦地維持家庭，照顧父母，撫養孩子，每天她都會在這裏遙望京城，等候丈夫的歸來。丈夫在京考試，榮登三甲，被當朝宰相的女兒看中，成爲宰相的女婿，漸漸的忘記了家中的老婆、孩子。妻子並不知道，依舊每天在這裏等待，後來有人告訴他真相，妻子不相信，她說丈夫曾經說過要她在這裏守候，丈夫是不會食言的，於是依然在這裏每天遙望，有一天，電閃雷鳴，一道閃電將正在這裏守望的妻子擊中，化爲石像，永遠的在這裏守望。

丈夫的母親聽到這個消息，就帶著小孫子前往京師，將那丈夫一頓臭罵，丈夫幡然醒悟，回到了這裏，可是妻子已經化爲石像，丈夫痛悔不已，他想起了他的諾言，於是就拿著傘在這裏爲妻子遮風擋雨，後來也化爲了這個石亭！每年都會有情侶來這裏山盟海誓，互表忠貞，所以這個亭子也叫做諾言亭。」說完，小雨已經是滿臉的淚水，她突然拉住我的手，「鄭大哥，你告訴我，你喜不喜歡我？」

她這突然的問題讓我愣住了，看著她那熾熱的目光，我的耳邊響起明亮大師的那句偈言：仇易結，十年情，莫非說的就是我們，十年情，爲什麼是只有十年？不過，既然老和尚說我和她有緣，想來不會騙我，十年，也許只是一個比方。

霎時間，我的心境豁然開朗，什麼仇恨，都讓它滾到一邊，再大的仇恨也比不上真摯的愛情！就讓我放開心境，將我的幸福把握在我的手中。我看著小雨，拉住她的雙手，正色的說道：

「小雨，我不喜歡妳！」

霎時間，她的臉色變得煞白，吃力的想抽回被我握在手中的纖手，但是我緊緊地握著她的手，不容她收回，真摯地接著說道：

「但是我十分愛妳！而且愛的發狂！」

她聽的一愣，瞬間臉色通紅，她還是用力的想抽回她的手，但是又如何能夠收回，我看著她通紅的面頰，不由得哈哈笑了出來。

小雨見無法從我手中將手抽回，惡狠狠地一腳踢在我的迎面骨上，可惜當她的腳踢到我時，我體內的真氣早有察覺，順勢消去了那一腳的力道，不過我還是裝做很痛的樣子，抱著腿，在山腰上亂跳，那滑稽的樣子將小雨逗得哈哈直笑。

我們鬧了一會，我來到小雨的面前，拉起她的手，正色地說道：「小雨，妳聽好，其實我有很多的事情在瞞著妳，只是我現在無法告訴妳，這點希望妳能原諒！」

她先是一愣，笑容也隨之一斂，緩緩的，她問道：「這我不管，我只想知道，你剛才的話，是不是真的？」

我點了點頭，「剛才的話，發自我心，出自我口，所說的每一個字都是我肺腑之言！」

她聽了，臉上又露出笑容，「那你敢在這諾言石前發誓嗎？」

「這有何不敢！」我大步來到諾言石前，朗聲說道：「剛才我說的每一個字，都是我的真心話，我是真心的愛小雨，如果有半個虛字，就讓我下輩子做小雨懷中的小狗，天天被她打，天天被她罵！」

「好了，好了，鄭大哥，我知道你說的是真心話！你別再發誓了，笑死我了！」她一邊笑著，一邊也來到了石前，小聲地說：「老天爺，我知道鄭大哥對我是真心的，他對我有所隱瞞，也一定是有原因的，我不怪他，我只希望你能保佑我和鄭大哥永遠在一起，永遠的快快樂樂！」

我聽在耳中，心中一熱，來到她的身旁，「小雨，還有一件事情，我也許過段時間就要走了，不過妳放心，我一定會回來的，我向這諾言石起誓，那時，我要妳風風光光地嫁給我！」

她沉默了半天，沒有說話，好半晌，她抬起頭來，「鄭大哥，你放心的去辦你的事情吧，我會在這裏等你！」

我一陣激動，伸手將她攬入懷中，她順從的依偎在我懷裏，我摟著她，遙望遠方，雖然寒風刺骨，但是我感到周身都是熱烘烘的。

天色已經是黃昏，殘陽夕照，將我們的身影拉的好長，兩個身影依偎在一起，慢慢的融爲一體。

炎黃曆一四六一年十二月二十八日，魔皇許正陽和武后高秋雨定情三柳山，在諾言石前緣定三生。

我坐在瘑痳閣的角落中，靜靜的等待著。雖然我和高秋雨在三柳山定下終身，但是決不能因爲兒女私情影響我的計劃。明天就是黃夢傑的殿試之日，我在天京城中留下暗號，只有青衣樓的弟子才能明白的暗號，我要在這瘑痳閣中約見青衣樓在天京的掌舵人。

我在酒樓中靜靜的坐著，等待著我要見的人的出現。

一個衣著華麗、大腹便便的胖子走上酒樓，我一看見他，忍不住想要笑出聲來。好一個胖子！原以爲陳可卿是我見過的最胖的人，但是和眼前的這位仁兄相比，他簡直就是苗條到了極點！

這位仁兄好一副尊容，兩顆細小的眼仁，一雙淡黃的眉毛襯著一隻蒜頭酒糟鼻，大嘴巴咧到了耳邊，一對招風耳，肥得幾乎墜到了肩頭上。再加上他那肥胖卻粗壯的身體，和走起來顫動的肥肉，令人一見到便會聯想起供神時，擺架在香案上的那頭褪了毛的豬。

但是這位仁兄卻好像對自己的尊容十分自豪，揚首闊步，傲氣十足，一副盛氣凌人的樣子。那模樣，讓人看見就生厭！他站在樓梯口，張望了一下，接著徑直向我走來。我心中一楞，不會是他吧！難道他就是我要等的人？

正在思量時，那胖子已經來到了我的身邊，他也不客氣，一屁股坐下來，高聲的吆喝：「小二，來一壺上等的香片！」那樣子，當真是粗俗到了極點，我眉頭不僅微微一皺，剛要開口，就聽他低聲地說道：「青衣蒙垢落紅塵！」

當真是他？沒有想到青衣樓在天京掌舵的竟然是如此的一個人！但是，他既然已經向我表示了身分，我也只好低聲回答：「修羅長恨起蒼茫！」

「屬下青衣樓天京分舵掌舵金大富，見過主公！」他恭敬地向我低聲說道。

「金大富？」聽到這個名字，我不禁一愣，梅惜月不止一次的向我介紹到這個人，說他是青衣樓眾多掌舵人中最出色的一個，沒有想到居然就是他，我不禁心中長嘆，當真是不能以貌取人呀！

「金掌舵，不要拘束！梅樓主也多次向我提到了你，今日一見，真是三生有幸！」我客氣道，雖然前面的話是真的，不過最後一句話卻是有些違心。「涼州方面眼下如何？」我問道。

「主公，你突然離開涼州，而且久無音信，涼州眾位將軍都十分著急，樓主更是多次傳令，要儘快和主公聯繫上。數日前，黃府驚天長嘯，我已經隱隱猜到是主公你，但是苦於無法和主公聯繫上，心中十分焦急，今日看到主公留下來的暗號，心中才算鬆了一口氣，我已經派人通知樓主，想來不日就可以傳到！」

如此著急的找我，讓我有些不安。我連忙問道：「樓主如此著急，難道是涼州發生了什麼變故？」

金大富呵呵一笑，「主公莫要擔心，涼州一切安好。樓主說一切都在控制之內，而且主公的計劃也在順利的進行當中。只是一直沒有主公的消息，樓主和眾位將軍難免有些掛念，特別是向三將軍和兩位葉將軍，更是對主公十分生氣，說主公出來痛快了，卻把他們扔在涼州，有些不夠意思。所以三位將軍輪番帶領兵馬出來巡邏，和飛天的巡邏隊多次的發生激鬥，樓主攔也攔不住，只好任由他們了。」

「另外，樓主還有一句話讓屬下轉告主公。」他說到這裏，停了下來，看著我有些爲難。

我知道一定不是什麼好話，不過，我也想聽聽梅惜月到底要告訴我什麼，當下笑了笑，「沒有關係，說吧！」

「樓主說，主公如果在外邊玩夠了，就趕快回去，不要在外面拈花惹草，沾得一身腥再回去！」金大富有些爲難地說，一邊說，一邊看我的反應。

這話怎麼聽著十分彆扭，酸氣沖天的，好像是有些不對味！我看著金大富，突然好像明白了什麼，「你是不是給師姐報告了什麼？」

金大富有些尷尬地一笑，「其實在十日前，主公驚天一嘯，我就已經知道主公的行蹤了。但是主公沒有相邀，想來是不到時候，所以屬下就暗中命人保護主公，一方面是爲了主公的安全，另一方面，也是樓主的命令！」他看著我，最後又加了一句，「不過主公放心，屬下只是如實的彙報，並沒有任何的誇張！」

如實彙報，那不就是把這些天我的行蹤全部告訴了梅惜月，這些日子，我整天都和高秋雨一起，怪不得有些酸，原來是打翻了醋瓶。我狠狠地瞪了他一眼，可是也沒有辦法怪他，這是他的職責，有什麼辦法。

我喝了口茶，「好了，不說這些了，今天叫你來，是有事情要你去做！」

「請主公吩咐！」

「聽著，明天就是金殿面試，就要決定到底由誰出任開元城守，我要你想辦法散佈謠言，就說我已經來到天京，而且和黃家交往密切。」我看著金大富，緩緩說道：「記得！一定要讓整個天京人都知道，明白我的意思嗎？」

金大富略一思索，馬上明白了我的意思，「屬下明白！主公放心，此事屬下一定會辦得妥妥當當！」

然後他停住話頭，臉上露出擔憂的神色，「主公，這樣你不是太危險了嗎？如此一來，你可就要暴露了，是不是等你離開後，再將這個謠言發佈出去？」

我微微一笑，「放心！此事我自有主張，我還要借此機會，來會一會飛天的英雄，看看這飛天有沒有什麼厲害的角色。」

看到金大富臉上的憂色，我安慰道：「別擔心，我知道分寸，就算我打不過，難道還逃不了？天下間能留住我的人，不會超過五個，而這五個人恐怕也不會這麼快知道我的行蹤。明天面試結果一出，我就會立刻趕回涼州，你馬上給樓主傳信，告訴她，我將會在近日趕回！」

金大富還是無法消除心中的憂慮，但是他也無法再勸我改變主意，只好點頭答應。

我們又聊了一會兒，金大富起身告辭。我目送他離去的背影，心中也有一番感慨，如此一個看上去粗魯的人，想不到也會有一個玲瓏剔透的心。我給自己滿上了一杯剛上來不久的香茗，慢慢的品了一口。

突然間，我心中又閃過一絲驚悸，渾身有些寒意，一種被毒蛇盯住的感覺再次油然而生。好奇怪，這些天，常常有這樣的感覺湧上心頭，難道會發生什麼事情嗎？我突然有一種不祥的預感，那感覺讓我很不舒服。

當天下午，我來到了黃府，將我手抄的一份內功心法交給了黃風揚。我告訴他，這份心法對高權的內傷大有幫助。黃風揚聽了十分高興，畢竟高權是他的女婿，而且，他總是希望能夠解開我和高權之間的仇恨，因為這中間還有一個高秋雨夾在中間。如今我將這份內功心法交給他，也就表明了我已經放開了對高權的仇恨，這是一個好的發展。

他向我深深的表示了感謝，接著，我們又談到了對目前的時勢看法。說著說著，我突然將話題一變，「先生，晚輩在這幾日就要離開天京了！」

黃風揚先是一愣，但是他並沒有表現出十分吃驚的模樣。他看著我，「孩子，我算了算，你也是應該在這幾日裏向我辭行了。我雖然早已經做好了準備，但是你這一提出，我依然有些不捨。人老了，總會產生各種各樣的感情！只是你這一走，你我不知道將會何時再見面了！」他的語氣有些傷感。

我也有些動情。這些日子裏，每天和這位老人下棋聊天，從他那裏，我學到了不少的東西。他傳授給我的，是他多年的經驗，對於一個年輕人而言，那是一種寶貴的財富。在這樣的交流中，我也對這位老人產生了深厚的感情。

我動容地說：「先生，其實我這次來天京的目的您十分的清楚，我也不會向你隱瞞什麼。晚輩唯一擔心的就是我這一走，會不會給您帶來危險？」

「孩子，有你這一句話，我心中十分的安慰。放心！我黃家在飛天根深葉茂，不會有什麼事情的。而且，我們和那姬家多少也有些血緣關係，他不會把我們怎麼樣。只是你元武叔和夢傑一定會因此事受到些影響，但是也不會有什麼大問題。其實，我也早就想讓他們脫離這是是非非了，飛天已經沒有救了！這一點，我心裏十分清楚，我不希望我黃家成爲什麼亂世的忠臣，忠臣是沒有什麼好下場的！我只希望如果有一日他們去投奔你的話，你能夠看在這些日子的情分，給他們一個著落！」黃風揚話裏有話。

我心中一動，「先生莫非覺察到了什麼？」

「任何一個家族，都不可能永遠屹立不倒，我黃家歷經飛天七任帝王，始終能在這朝中穩居一席，祖上淡泊的家訓功不可沒，但是那也要看是誰在把持朝綱。烈帝姬昀雖然殘暴，但是還不失一位明君，至少他沒有任朝中的大權旁落。可是你也看到了，眼下的這位皇帝，四年不理朝政；如果不是你那天的一嘯驚動了他，恐怕還是不會出來。飛天朝政落在翁同手中，而皇上對他寵信有加，表面上看，我們的勢力相當，但是誰知道他是否還有其他的隱藏力量，至少我們已經沒有了，光是這一點，我已經落在了下風。偏偏元武看不透這中間的奧妙，死守忠義，和那翁同糾纏不停，嘿嘿，飛天的病根不是這一個翁同，而是在皇上。看著吧，遲早元武會招來大禍，他看不到，但是我必須要想到呀！忠義，狗屁！盡忠也要看個對象，像姬昂這樣的人，不值得呀！」黃風揚仰天嘆道。

突然間，我對眼前的這位老人充滿了敬意，這是一個看事情十分透徹的老人，他的思想讓我有一種找到知音的感覺。

我堅定地保證：「先生放心，只要正陽有一口氣，那麼黃家就不會衰落！我向您保證，黃家一定會更加的繁榮！」

黃風揚欣慰地點了點頭。他的神情十分疲憊，我看到他已經無心再說下去了，於是起身向他告辭。臨走前，他只對我說了一句：「孩子，記得你今天給我的保證！」

我點了點頭，大步離開了黃府。

我一個人躺在客棧裏閉目養神。但是隱約中，我始終感到一種莫名的不安，很難解釋這種不安，就好像冥冥中有一種奇怪的力量，使我感到了一絲驚悸。既然沒有合理的解釋，那麼就躺下來，好在過了明天我就要離開這裏，想到了這裏，我感到有些放心。

就這樣，在這種不安中，我迷迷糊糊睡著了。模糊中，我隱隱聽到了一陣嘈雜聲，雖然聲音並不是很大，但是已經足以讓我從迷糊中醒過來。我睜開眼，心中有些不快。這痞寐閣是怎麼回事？都已經快深夜了，還這麼的亂，我起身來到窗邊，外面的情形讓我出了一身的冷汗。

不知道在什麼時候，痞寐閣已經被層層包圍，窗外的長街上，肅立著無數手持火把的士兵。他們沒有發出任何聲響，顯然都是訓練有素，看服飾，好像是飛天的御林軍；在對面的房頂上，也蹲著一排排的弓箭手，箭已經上弦，目標就是我這間房間。所有的人都是劍拔弩張，我可以感覺到那濃重的肅殺之氣。

我倒吸了一口冷氣，看來我的行蹤已經暴露。我連忙來到床前，打開包裹，套上玄玉軟甲，將誅神背負在背後，將旋天鍘並排掛在腰間。微微的涼意從玄玉軟甲傳來，讓我慌亂的心情馬上平復下來。

我突然有些好笑。不就是被發現了？難道就憑這些土雞瓦狗就讓我如此的驚慌？平靜過後，我對那個發現我行蹤的人突然產生了一些的興趣。我很想知道，是什麼樣的人物竟然可以看破我，沒有想到這天京竟然有如此的對手，我有些興奮！

我靜靜地坐在房中等待，等待著那個神秘的人物出現。輕輕地調息體內的真氣，我儘量使自己保持在最佳的狀態。等待，好枯燥的等待……

半晌，我聽到一陣盔甲碰撞的聲音。我來到窗邊，透過窗戶，我看到在御林軍正中央，如眾星捧月般地站著兩個人，雖然距離很遠，但是我依然可以清楚的認出那兩人。一個是白皙的面龐，一雙小眼睛中，閃爍著奸詐、貪婪和陰險，雖然變得有些臃腫，但是我還是可以認出，他就是那個德親王，那個使我失去了恩師的德親王。而另一個人，即使她化成灰燼，我也不會忘記。月竹！那個背叛了我的賤婢！她依然那麼俏麗，那麼楚楚動人。我說怎麼沒有她的行蹤，原來是來到了這裏。

看到了這兩人，我心中再也無法保持平靜。一個與我有殺師之仇，另一個辜負了我的培養，爲了一個男人，背叛了我，使高山失去了一條胳膊，同時落下了咳血的病根，而且還讓我揹上了永遠無法償還的心靈債務！我怒火中燒，一掌將窗櫺擊碎，現身窗前，厲聲喝道：

「德親王、月竹賤婢！還記得許正陽嗎？」

兩人先是一愣，接著放聲大笑，德親王得意地說道：

「賤奴，許正陽！當日被你逃出了開元城，本王一直念念不忘，殺子之仇令本王日夜難眠。沒有想到，今日你竟然自投羅網，許正陽，今日如果不將你千刀萬剮，本王勢不爲人！」

我冷冷一笑，「德親王，你莫要得意，就憑這些土雞瓦狗，就想將我留下？今日我如還將你這肥豬留在人世，又如何能夠讓我恩師在天之靈瞑目？」

德親王聞聽大怒，我清楚地看到他那扭曲的面孔。這時，月竹在他耳邊悄悄說了兩句，使他從震怒中平靜了下來。接著月竹仰面看著我，嬌聲說道：

「主人，自從在東京一別，小婢對主人真是日夜思念，今日在這天京能夠重睹主人的風采，實在是讓小婢欣喜若狂！」

我怒極而笑，遙望著月竹，「月竹，我也是沒有一天不在想念妳。沒有想到半年過去，妳還是這麼伶牙俐齒，越發有魅力了，嘿嘿！」我笑道，一股沖天的殺氣遙遙的撲向她。

月竹先是臉上一驚，接著，臉上露出了燦爛的笑容，「主人，多謝你對我的掛念，今日小婢還為主人請來了一位朋友，大家好不容易聚在一起，也好讓主人開心！」接著她嬌喝一聲，「來人！將貴客請上來！」

一個滿面血污的人被兩個軍士架了上來。我凝神望去，這一看，讓我心中劇顫，不由得倒吸一口冷氣，原來是他！

請續看《炎黃戰神傳說3》

天下炎黃 卷2 無敵兵團（原書名：炎黃戰神傳說）

作者：無極
出版者：風雲時代出版股份有限公司
出版所：風雲時代出版股份有限公司
地址：105台北市民生東路五段178號7樓之3
風雲書網：http://www.eastbooks.com.tw
官方部落格：http://eastbooks.pixnet.net/blog
Facebook：http://www.facebook.com/h7560949
信箱：h7560949@ms15.hinet.net
郵撥帳號：12043291
服務專線：(02)27560949
傳真專線：(02)27653799
執行主編：朱墨菲
美術編輯：許惠芳

法律顧問：永然法律事務所 李永然律師
北辰著作權事務所 蕭雄淋律師

版權授權：蔡雷平
初版日期：2013年9月
初版二刷：2013年9月20日
ISBN：978-986-5803-12-4

總 經 銷：成信文化事業股份有限公司
地 址：新北市新店區中正路四維巷二弄2號4樓
電 話：(02)2219-2080

行政院新聞局局版台業字第3595號 營利事業統一編號22759935

定價：280元　特價：199元

國家圖書館出版品預行編目資料

天下炎黃 ／ 無極著. -- 初版-- 臺北市：風雲時代，
2013.07 -- 冊；公分

ISBN 978-986-5803-12-4（第2冊；平裝）

857.7　　102012853